灰谷

illust
蜜犬 HONEYDOGS

1
鋼鐵號角

IRON HORN

Presented by HuiGu&Honeydogs

Chapter 01 叛逃的機器人

深夜中的漁村，萬籟寂靜，海邊吹來著略帶些腥氣的海風，夜空裡星光羅布。所有人都安睡的靜夜，在一處險峻的石灣裡，卻有著一艘船在漆黑中悄然靠了岸。邵鈞穿著一身普通的衣服，背著個簡單的背包，凝視著那艘船停靠了過來，然後輕巧地躍了上去，裡頭接應的人沒有問任何事，船又輕悄地離開了岸邊，往濃黑的海面上駛入，迅速地消失在了茫茫海面上。

小船裡人不多，大概只有十來個，都沉默著沒有說話，只安靜地等著船一路駛遠，直到再也看不到海岸，忐忑的人們才安心了一些，其中一個年輕人輕聲鬆了口氣：「接完所有的客人了吧？應該離開警戒線了吧？明天能到帝國了吧，不是說這裡是距離帝國最近的海港，一天就能到。」

沒有人理他，漆黑的船艙裡聲音出來彷彿就消失了。那個年輕人為了緩解尷尬，只好咳嗽了聲。終於有個女子低沉著回了句：「沒這麼快的，一天就能到的那是鈦能海輪，而且我們不僅要避開主要航線，還要換船，三天能到不錯了。」

那個年輕人顯然彷彿得到了救命稻草一般，和那女子攀談：「還要換船？那豈不是還是很危險。」

女子道：「海軍巡邏檢查很嚴，不換船避不過的，但是大部分都是重點檢查從帝國偷渡到聯盟的，從聯盟到帝國的偷渡客畢竟少，所以查得也不太嚴——再說了，肯定要換大船的，不然就我們幾個人哪夠賺回運費。」

安靜不下來的年輕人或許是太不安了，只能用說話來緩解心中的緊張：「也是，聯盟這邊偷偷過去的，大多是走私……我是那邊有個遠房姑母在，所以帶點電子終端給她在那邊賣，聽說特別好賣，妳呢？」

那女子卻不再說話了，顯然覺得這年輕人有些太輕浮，從聯盟到帝國去的人，哪個不是帶水貨走私的？而且大多都是帶著高科技小產品，避開高額稅，正因為利潤夠大才冒這個險，但是發財的方法哪會那麼容易說給其他人聽？

年輕人看沒人再理他，越發尷尬了，摸了摸自己的鼻子，自言自語道：「我是第一次，真有點怕，就是家裡弟弟生病了，缺錢。天氣不錯，希望一路平安，巡檢海軍們高抬貴手。」

船裡仍然一片寂靜。

之前那女子終於有些不忍心，又解釋給那年輕人聽：「鬼眼七的船路是最穩的，自然是都打點過的，不然哪能這麼多年沒出事。實在不行，真被抓到了，一般也就是收繳貨品，罰款就行了，大不了白跑幾次，不用太擔心，畢竟現在大戰後，經濟蕭條，大家都不容易，軍方也是睜一隻眼閉一隻眼。」

有一個人終於也忍不住開了口：「呵呵，我聽說就有軍方自己人私下做。」

其他人忍不住也小聲議論起來：「不能吧？軍方走私要上軍事法庭的。」

「呵呵沒風險能賺錢？就當兵那點錢，夠什麼。」

年輕人鬆了口氣：「那就好。」

船艙裡再次陷入了死一樣的寂靜中。

船穩而靜地繼續在海面上疾馳著，也不知過了多久，船忽然停了下來。

這不對，船艙裡的人全都直起了腰，有些沉不住氣了，之前那沉不住氣的年輕人已經忍不住道：「怎麼了？船怎麼停了？這是要換船了？」

那女子悄聲道：「不對，還沒到換船的時候，別說話，聽。」

船紋絲不動，外邊海面水聲中，有著船艇的聲音從遠到近，彷彿四面八方包圍過來了一般。

一個老一些的男子惡狠狠道：「是執法艇！媽的！這趟白跑了！」

有人悄悄掀開了艙舷的玻璃窗往外看，忽然倒吸了一口氣：「天上那是機甲吧！還有戰船！好多戰船！」

偷渡水客們全都倒吸了一口氣：「怎麼這麼倒楣！這是碰上軍演了？完了，不會被抓吧。」

外邊卻仍然安靜著，忽然一個聲音響起，即使穿過了海浪和海風聲，仍然清晰而穩定地傳到了每一個人的耳朵裡：「杜因，出來。」

聲音篤定而冷靜，卻帶著一股令人感覺到危險的壓迫感，偷渡客們又驚又疑，四下打量著身邊的人：「誰是杜因？」

邵鈞心下低低嘆了口氣，站了起來，在偷渡客們吃驚的眼光中穿過漆黑的船艙，推開船艙門走了出去，甲板上已經被不知何時四面包圍著的船艇射來的射燈照得雪亮如同白晝一般，他挺拔筆直的身影一出現，立刻被所有光圈第一時間鎖定，將他照得雪白一片。

邵鈞臉上表情並沒什麼變化，只是微微瞇了眼睛抬起頭，看向那懸浮在半空中的黑魆魆的龐然大物，安靜而巨大的戰艦悄然潛伏在漆黑的夜，天空疏疏星光裡，戰艦機身上銳利的線條閃爍著冰冷的光澤——那是天寶機甲的戰艦形態，專屬於聯盟元帥的高級機甲，所有的炮艙都打開了，伸出了密密麻麻的槍炮嘴，都對著海面上這一艘普通民船。

機甲側翼軋軋地伸下了一個巨大的機械手，穩穩地停在了邵鈞腳邊，他邁步站了上去，機械手指微微一攏，一個光罩在掌心閃起，將他罩在裡頭，在巨大的手掌中，他顯得纖細許多，被牢牢控制在了光罩中，手掌穩穩地往上回收，一直送入了機甲主艙內。

機甲從戰艦轉為了飛艇模式，颼的一下往高空升馳，不過倏忽間，就消失在了遠處的黑暗中，而包圍著這偷渡船的艦艇們，也關掉了射燈，轉航離開，就彷彿他們突然出現一般，倏然消失。

只剩下受驚的偷渡客以及偷渡船主們，在海面上驚愕莫名，不知所措。

飛艇裡光線昏暗，邵鈞被光子鎖結結實實地鎖在後邊的座位上，腳踝、腿部、腰部都被固定在了座位上，雙手也鎖在了扶手上。

自動門打開，一個金髮男子走了進來，他身上嚴謹地穿著一絲褶皺都沒有的深藍色聯盟軍服，肩章上代表元帥的金穗熠熠生輝，眼神淩厲，帶著極強的壓迫感落在了面無表情的邵鈞身上，他正是聯盟元帥柯夏。

邵鈞與柯夏彷彿結了冰的藍色眼睛四目相對，神情平靜，前幾天他還是聯盟元帥身邊最風光最受信任的護衛隊長，如今卻是被捆得結結實實的叛逃俘虜，叛逃出境被直屬上司抓了個現行，這是能被當場擊斃的重罪，卻沒有讓他臉上出現一絲羞愧回避或是恐懼緊張的神色。

當然不會有什麼感情上的變化，因為他是機器人——雖然只有柯夏知道。

柯夏深呼吸了一口氣坐在了他對面的座位上，沉聲問：「接到祕密線報說你有叛逃可能的時候，我根本不相信。從別的地方再次接到情報告知你聯絡了偷渡到帝國的鬼眼七的船，我還是存疑。我找人詢問你的巡檢行程，你的警衛說你身體不適，沒有參加巡檢，我就知道不對了。說吧，到底為什麼忽然瞞著我要偷渡去帝國？還是用這種方式。」

邵鈞垂眸不語。

柯夏眉頭緊蹙：「是程式出了bug？被病毒感染了？還是有人篡改了你的程式，給你下達了別的指令？你被人挾持了？」他一雙冰冷的藍眼睛牢牢盯住了他跟前的人——在所有人眼裡，他是他最信任最忠誠的護衛隊隊長，而只有他知道，眼前的人，是從小就跟著他，服侍他的智慧型機器人。再忠誠的人，只要籌碼夠大都有可能背叛，然而作為一個只知道服從主人以及體內程式的智慧型機器人忽然叛逃，這實在是匪夷所思。

一連串的發問並沒有得到回答，邵鈞仍然沒有說話，面容安靜一如從前。柯夏微微帶了些煩躁，又站起身來回走了幾步，軍靴在飛艇厚重的地毯上，發出了輕微的摩擦聲。

時間就這麼在沉默中一分一秒地過去，飛艇著陸，元帥府到了，柯夏走了過來俯身直視著他：「聽著杜因，你現在和我說你再也不會逃，乖乖留在我身邊，我就放開你。你也不想讓你的屬下看你被拷著押回來的樣子吧？」

他冰藍色的目光一瞬不瞬地盯著邵鈞，他的臉靠得太近，兩人甚至呼吸交錯，邵鈞抬眼和他雙眸對上，然後還是錯開了眼神，繼續沉默。

柯夏重重吐了一口氣，忽然伸出雙手，欺身靠近了他，雙手向他身後探去攏住他，這彷彿是一個親密的擁抱，邵鈞卻身形一僵，感覺到柯夏的手扯出了他的襯衫，從衣擺下端探入，手指一節一節的在他脊椎上摸索著，邵鈞瞬間意識到了他要做什麼，忽然劇烈掙扎起來：「不！」

光子鎖阻止了他的掙扎，柯夏一隻手按著他的背制止他的激烈反抗，另外一隻手已經準確地摸到了那一處凸起，用力按了下去。

那是邵鈞機器人身體的斷電按鈕。

邵鈞眼前一黑，所有的能源供應都被強行切斷，他什麼都不知道了。

柯夏看著眼前的黑髮機器人閉上了眼睛，緊繃著的身體放鬆了下來，面容安詳彷彿不過是睡著了一般，但只要細看就會發現他沒有呼吸和體溫。

這麼多年來，他從來沒有見過他睡覺，機器人永不歇息，一直默默在他身邊，最難的那些日子，他都沒有走不離不棄，他早已視他如自己身體的一部分，然而現在他居然要離開他……背後究竟是什麼人在搗鬼？

柯夏閉上了眼睛，深吸了一口氣，壓下了心中那一剎那失控以及被背叛的暴怒，按開鎖著機器人的光子鎖，伸手將他橫抱了起來。那冰冷而失去活力的身體觸感讓他頓了頓，然後走了出去，在艙門迎接著的副官忙上前伸手要接，卻在他示意下退後了。

「程式看上去並沒有受到病毒感染，也沒有任何最近收到的任何指令，要知道你是他的唯一主人，他所有收到的指令，都是你下的。」

「但是這具機械身體已經損耗太大，不能再用了，長期劣等能源使整具身體功能損耗太大，還有大部分的關節處磨損嚴重，祕銀部位能磨損成這樣，可見工作量巨大，肢體損壞也不少，只有經過小修整，就連記憶體也受到了很大影響，再這樣下去，肯定也會影響到機器人內核，這個一旦損壞，就不可能維修了。建議立刻進行全面整修，更換部位。」

元帥府裡的祕密實驗室裡，傑姆揭開了邵鈞身上覆蓋著的布，露出了蒼白的軀體，向柯夏介紹：「你看，帝國那邊採用的是最好的仿生肌膚材料，但這也造成一個後果，昂貴和最好的，往往也是最嬌貴，沒辦法取代。他這些傷口，在市面上都不能找到材料修補，他自己只能簡單縫補，真是暴殄天物……你看這裡，只是粗暴的縫合起來，還有這裡，用了劣質膠水，顏色完全不一樣……」他指指戳戳著無知無覺的邵鈞。

柯夏低頭看著那些縫補過的傷痕，蒼白色手臂上那一道深而利的刀傷，那是柯夏劃的。那一天他憤怒不平地割開了機器人的手臂，恨他不知道自己的感受，恨他作為機器人，不體諒自己身為凡人的日日夜夜仇恨煎熬的切膚之痛，那時候他還是一個可恥的弱者。

腿上的，是槍傷，不知道哪一場戰役受到的——他們經歷過太多的生涯，那時候他也不太注意身邊這個機器人有沒有受到傷害，畢竟機器人，總能修復如初，而他忙在變強的路上。

每一道傷痕，記錄承載的都是一個個他和他所共同經歷過的過去。

傑姆翻檢著他的身軀，就像在看一具簡單的停止了運作的機器人身軀。

柯夏在一旁默默看著，強行將自己心裡那點不適壓下去，平日裡他一直覺得他的機器人管家表情少，如今他真的躺在那裡一動不動，他卻深深地懷念起他那總是沉默著的存在來。

這麼些年，他已經沒辦法離開他了。

他為什麼沒有告訴自己，這具身軀已經沒辦法運轉了？難道機器人程式裡頭沒有告訴他有需要就向主人求助，有異常就向主人報告嗎？

「你再看這個，真是暴殄天物！」傑姆從旁邊揭開了另外一個幕布，燈光下那個原本黯淡角落陡然明亮了起來。

那是一對展開的十分華美巨大的翅膀架在架子上，祕銀骨架，金色羽翼：「這是從他背上取出來的，這些羽毛，全是天然的金鸛羽！太可惜了，也不知怎的，燒捲了許多！這個要修補的話，買都買不到，如今只能用人造的金鸛鳥羽毛先頂上了，真是太可惜了……」

柯夏面無表情地問：「全面修整，用最好的材料，大概要多久才能換上新身體？」

傑姆答：「最快也要一個月，您是打算一直關機，等到修好嗎？」

柯夏搖頭，問：「有備用身體能先用嗎？」

傑姆道：「有，元帥想要什麼外型的？但是功能一定會比這具差很多，而且聯盟不允許做人形機器人，這個訂製機器人卻是聯盟中訂製的精品，可惜柯冀上臺後，那邊聽說科技停滯，大量科學家被迫害，整體科學技術倒退，如今怕是也做不來了。」

柯夏又看了眼靜靜躺著的邵鈞，心中一動，問：「有沒有不方便走路，受到一定限制的備用身體？」

邵鈞醒過來的時候，卻是在一個四面透亮的水晶宮一般的環境裡，自己浮游在清澈的水中。透亮的水裡點綴著一枝枝繁盛瑰麗的紅珊瑚，成群結隊的彩色小魚在搖曳的碧綠水草中穿遊，身上都發著螢光。晶瑩剔透的夜明珠隨意亂擲在雪白柔軟的銀沙上，角落還安置著一張一人高，華美異常的白玉貝殼大床，床上裝著水中飄蕩的紗帳，垂著鮮紅的珊瑚帳勾，彷彿一個精緻的芭比娃娃的水底房間。

他低頭看，發現自己赤裸著上身，脖子上繞著華美的瓔珞寶珠等鏈子和項圈，而下身赫然卻是一條巨大的銀色魚尾巴，祕銀製成的魚鱗在柔光中流光溢彩。

他嚇了一跳，伸手看了看自己纖長白皙的手指，這不是自己原來的機器人身體。他抬頭看出去，透過玻璃，和玻璃外沉默著的男子四目相對，黑暗中男子穿著軍服，是柯夏。

屋裡是暗黑的，唯有自己所處的這個寬大的魚缸通透明亮，他不得不承認，自己似乎是在一個四面封閉的魚缸裡。他嘗試著笨拙地擺動著魚尾巴，雙手劃水，游向了玻璃邊，按住魚缸壁，看向外邊一直抱著手臂靜靜看著自己的柯夏。

晶瑩剔透的魚缸裡，他的機器人美人魚彷彿在畫中一般，漂亮的魚尾巴與明珠交相生輝，黑色短髮的美人魚透過水看著他，雖然還是從前那總是平靜漠然的臉，卻因為在水中的緣故顯得分外蒼白，令人憐惜頓生，倒教人忘了他那可恨的行徑。

柯夏靜靜地又欣賞了一會兒自己那機器人管家不一樣的風情，才悠然走了過來，按了個按鈕，頂上的玻璃蓋應聲而開，邵鈞浮上了水面，伸手抹了下臉上的水，抬眼去看柯夏，柯夏笑了下：「還適應你的新身體嗎？你的舊身體太舊了，許多地方都壞了，聯盟這邊雖然不許做人形機器人，但也不是沒有打擦邊球的——美貌的人魚機器人就是其中一項最受歡迎的。可以作為魚缸裡最美麗的點綴，還能在主人有需要的時候唱歌，在水中跳舞，保留了你原來的頭和記憶體。我覺得這銀色的尾巴，與你黑色的頭髮和眼睛很配，本來還應該改裝耳鰭，並幫你換成長髮的，不過看慣了，就沒改，如果你喜歡，我們還可以改一改。」

人魚身體？邵鈞萬年不變的冰山神情終於變了：「不，我要我原來的身體。」

柯夏看著他臉上的神情，濕漉漉的睫毛下漆黑的眼睛給人一種軟弱的錯覺，這一刻他覺得他真的是個人。他伸手去替他撫開濕淋淋貼著他額頭的頭髮，手指慢慢沿著臉頰下滑，輕輕抬起他的下巴：「那具身體磨損得太厲害了，修理需要花許多時間，仿生肌膚、各類感測器、各類加裝的翅膀等等裝置，都太昂貴了——況且，你拿什麼身分來求我？一個要叛逃主人的機器人？嗯？」

邵鈞臉上起了些無奈，伸手撥開了他的手指，彷彿很久以前面對他的小主人一樣：「柯夏，不要逗我，還我那身體，還能用，修理我自己想辦法。」

柯夏戲謔：「現在不是很好嗎，你哪兒都去不了了，只能靜靜地在魚缸裡等待主人回來，一想到這個，心裡還挺愉快的，為著你在家裡等我，我可以早點結束軍務，快點回來陪我的小寵物的。」他語氣嘲弄，眼裡的目光卻仍然冰冷。

邵鈞深呼吸了下，這樣不行，這具身體更多的是裝飾和娛樂作用，他連洞穿這超強玻璃的力量都沒有，時間不夠了：「離開聯盟的事，以後我有機會再和你解釋，我不是要害你，求你先把那身體還我吧。」

柯夏第一次看到他這樣誠懇認真地求他，心頭大悅：「那得看你的誠意了，我現在立刻就要去軍務省，有個緊急的祕密軍務會要開，一個星時後會回來。你先在魚缸裡好好想想，今晚怎麼取悅你的主人，嗯？」他微笑著將手指下滑，摸到了他的脖子上的祕銀項圈，後頭連著一根細長的祕銀鎖鏈一直固定到深深的沙子下方的鐵圈裡，他撚起那鎖鏈笑道：「你哪兒都去不了，鑰匙在我身上，別的不要瞎想，只想想今晚怎麼和我說，我只要聽實話——或者你有別的什麼方法取悅我，我也不介意的。」他大笑著按了遙控，透明的魚缸頂緩緩合併，邵鈞無奈地沉回了水中。

燈火璀璨的水晶缸中，黑髮黑眼的人魚雙手按在玻璃壁上目送著他遠去，毫無疑問，晚上等他回來，會得到他熱切的歡迎。他最忠實的機器人管家，就在那裡等著他，哪裡都不會去，沒有誰可以奪走他，這種感覺，還真的挺不錯。

今天晚上回來，他應該就能得到實話了。到時候他有什麼想要的，自己替他處理就好，還有聯盟元帥辦不到的事嗎？只是還得委屈他再忍耐一個月的人魚生活，到時候還他一個全新的身體，用最好的能源，給他更多的功能。

被聯盟元帥百忙之中記掛著的邵鈞在魚缸裡無所事事地轉了幾圈，便伏在了沙上，看著魚尾巴上閃閃發光的祕銀鱗片發呆——柯夏應該只是生氣，但是一直鎖著自己限制自己的行動，直到逼出實話，這是他很有可能做出來的事，畢竟在他眼裡，機器人不需要吃不需要喝不需要睡覺，一直關在魚缸裡有什麼關係？

那麼，要和他說實話嗎？

他苦笑了下，說什麼實話？說自己其實擁有著一個人的靈魂，只是困在了這具機械身軀裡嗎？

他會接受嗎？

無論是機器人裡有人的靈魂，還是智慧型機器人有了自己的意識，這樣駭人聽聞的事——戰場上最冷酷無情的聯盟元帥，他會不會為了人類，將自己交給實驗室裡頭的科學家研究？

邵鈞拍了下魚尾巴，想著如何從這玻璃牢籠裡出去，他嘗試著使盡全力用拳頭拍打玻璃，毫無疑問絲毫不能撼動，這具人魚身體的力量太弱了，這個魚缸裡什麼都不能做，不能上網不能電話，他嘗試和元帥府的中控電腦聯絡：「薔薇？」

客廳中雪白薔薇花苞造型的吊燈閃了閃，一個柔和的女聲響起：「我在，杜因隊長，雖然我很想放你出去，但是不行，元帥說了，解除您在元帥府的一切許可權，嚴禁你離開魚缸，一旦你有離開魚缸的舉動，我會第一時間發布警報到元帥的通訊終端。」

邵鈞有些無奈道：「但是我現在很無聊，我可以上網打發時間嗎？」

一扇巨幅懸浮螢幕在魚缸前打開了，愛說話的管家薔薇含笑道：「一絲不苟的隊長終於願意娛樂，這實在是十分新鮮的體驗，元帥同意了，您想看什麼節目？容我提醒您，您在這裡的一舉一動，元帥可以隨時隨地看到，當然他現在正在開一個很重要的會議，不會看您，即便這樣，百忙之中他仍然抽空同意了我傳去的您的申請。」

邵鈞嘆了口氣，意識到自己如今真的是在一個隨時隨地能被主人看到的寵物魚缸裡，有些沮喪地落回了魚缸銀色的沙地上，巨大的銀色尾巴笨拙地拍打著沙面，渾圓發亮的珍珠紛紛滾落到一旁，他目光閃動：「我想看天網上的機甲虛擬賽，我要看直播。」

薔薇又彷彿真人一般嘆了一口氣：「又是機甲賽，恕我直言，你們這些軍人真是太無趣了——稍等，天網需要精神力接入，我只能通過警衛室連結後再轉接給你看……」

沒過多久，螢幕上出現了天網上正在直播的機甲虛擬賽。

邵鈞十分專注地看了起來，高大的落地窗外能看到星空閃耀，屋內只有機甲虛擬賽直播的聲音，這是一個和從前一樣尋常的夜晚，只除了平時隨侍在元帥身邊的他如今被關在了魚缸裡。然而，就在這一刻，敏銳的他忽然感覺到了什麼不對，霍然轉過頭，客廳中央的花苞吊燈閃爍了兩下，顯然薔薇也發現了不對，然而這一切發生得太快了，客廳旁邊的落地窗砰地爆開，一股巨大的熱力衝了進來！

彷彿無堅不摧的鈦玻璃魚缸砰然爆開，邵鈞只聽到了尖銳的元帥府警報聲，然後到處都燃起了熊熊烈火。

柯夏的軍務會議其實開得很是漫不經心，但這會議涉密，事關重大，他不得不在深夜參會，雖然他很不滿，畢竟家裡還有個機器人需要他審訊。

但這種對「家」的牽掛體驗讓他覺得頗為新鮮，因此他的心情其實還不錯。終端上閃動著來自元帥府中控電腦薔薇的緊急通訊讓他心裡忍不住又笑了下：這下又想做什麼？機器人也會無聊？

點開通訊的時候，他臉上本來含著的若隱若現的笑意忽然斂住了。

門口被幾個警衛闖了進來匆忙地立正敬禮：「元帥！元帥府遭到了攻擊！」

元帥府邸一角，已經被近距離的光子彈摧毀成了一片廢墟。

匆匆趕到的柯夏站在廢墟前，冰藍色的雙眼裡都是血絲，身上的殺氣如有實質。身旁的站著密密麻麻的警衛，卻沒有一個人敢勸阻元帥離開這個危險的地方。首都警察總長都已經趕來，在彙報情況：「附近的民房盤查過了，那邊有人攜帶光子武器用導彈精準襲擊了元帥府，然後自殺了，當班的警衛全死了。」警察總長擦著汗，說不準現在的心情是慶幸還是倒楣，畢竟眼前的聯盟元帥臉上滿滿的都是暴戾。

搜集的警衛隊搜了很久，才根據元帥的命令，找到了那魚缸，以及魚缸裡的人魚機器人——毫無疑問已經被完全摧毀了，仿人體肌膚和血肉的部位已經全部消融，只有祕銀製作的骨架以及魚尾還存留著，脖子上還鎖著祕銀鎖鏈，尾端牢牢地鎖在魚缸底部。

元帥的眼睛裡幾乎能冒出火來，幸好趕到現場的傑姆很快在人魚機器人的頭顱內取出了晶片：「沒事，可以恢復，那身體我儘快製作出來，保證還你一個一模一樣的。」

柯夏轉過頭，緊緊咬著牙根：「十天！」

傑姆並沒有用十天就再次把機器人新的身體弄了出來，畢竟誰都不想每天面對一個一閒下來就過來緊緊盯著進度的陰沉暴戾的元帥。

「所有的材料都是能用到的最好的了，外形和之前的一模一樣，只是有些倉促了，不過一些部位不夠好的，以後還可以慢慢更換……晶片完全原裝，一點沒有動，你放心，啟動以後還是你要的杜因。」傑姆信心滿滿地替靜靜躺在實驗臺上的機器人按下了背部的開關，黑髮黑眼睛的機器人睜開了眼睛，和真人完全一樣。

這些天來那種失去身體一部分的令人暴躁的感覺緩和了些，柯夏臉上的線條柔和了下來，注視著機器人坐起來，用和從前一模一樣的面容轉過頭看向他。

傑姆笑嘻嘻道：「杜因？你還認得我嗎？」

機器人好奇地看了他一眼，沒有回應，又看向他的主人柯夏，機器人只聽從主人的命令，柯夏眼裡又柔和了些：「你沒事吧？」

機器人回答：「經過自我檢查，我全身所有部位都正常，主人。」

只不過一句話，柯夏直覺裡卻升起了一股強烈的不安：「你是杜因？」

機器人道：「元帥身邊最忠誠的護衛隊隊長杜因，是我的名字和身分。」

傑姆看出了柯夏的不安，問道：「你的記憶晶片完好，記得一切和元帥的事情吧？」

機器人回答：「是的，傑姆博士，記得所有。」

傑姆笑盈盈道：「那你也記得我和你發生過的一切了。我問你，我最愛喝什麼？你的主人又最愛喝什麼？」他並不敢詢問機器人別的東西，怕不小心問出元帥的隱私，雖然機器人不會隨意回答，他卻要被元帥記上一筆，沒人敢得罪聯盟這位年青卻位高權重的元帥。

機器人果然準確地回答了出來：「傑姆博士最愛喝仙子星的冰桃茶，主人最愛喝的是冰水。」

無論是說話，還是臉上的神情，還是機器人的外形，都和過去一模一樣，但是柯夏心中那種怪異的感覺越來越強，他讓傑姆出去，仍然看向安靜在那邊等待自己下指令的機器人，繃緊了下顎，喉嚨忽然感覺到一陣緊縮感，他聽到自己有些乾澀的聲音在發問：「你還要離開我，去帝國嗎？」

機器人回答得很快：「如果主人下令的話。」

「你會永遠留在我身邊，永不背叛？」

機器人毫不猶豫地回答：「是的。」

柯夏凝視著他，他應該高興，之前那個沉默叛逃的機器人彷彿恢復了正常，他又擁有了那個忠誠無二的機器人管家，可是那股怪異的陌生感揮之不去：「你第一次見到我，我在做什麼？」

機器人回答：「主人，我第一次見到你，你才剛剛學會走路，在薔薇花園裡玩皮球，我作為您的專用保母，為親王夫婦親自訂製，來到您身邊為您服務。」

柯夏追問：「你還記得這次我怎麼把你帶回來的？」

機器人回答：「杜因上了偷渡去帝國的船，元帥開著天寶機甲親自逮捕回來。」他答得很快，那個忽然沒有原因叛逃，被主人逮捕回來，在飛艇上一直沉默的杜因，彷彿不是他一般。

柯夏凝視著他：「你找誰牽線聯繫上偷渡船？」

機器人仍然乾脆俐落：「杜麗，我告訴她我有個朋友經濟拮据，需要點門路去帝國，她就給了我鬼眼七的聯繫方式。」

這和之前他查的一樣，機器人沒有說謊，但是這種置身事外的第三者的感覺讓他渾身發冷：「那麼是誰讓你去帝國的？」

機器人看向他，很快地回答：「對不起主人，我不知道。」

柯夏問：「程式出錯？被病毒感染了？還是有人篡改了你的程式，給你下達了別的指令？你被人挾持了？」

機器人回答：「記憶晶片完好，控制系統沒有問題，程式也沒有出現過 bug，沒有病毒感染過的跡象，我也不能理解為什麼在沒有主人明確指令以及任何遠端指令的基礎下，我做出此前的行為。」

柯夏深吸了一口氣。

門外的傑姆忽然聽到了什麼重物摔到地上的聲音，畢竟柯夏剛剛遭襲擊，因此他連忙推門衝了進去，看到他辛辛苦苦日以繼夜剛剛修復好的機器人躺在地上，閉著眼睛，眉心有一個被鐳射光束擊穿的黑洞，年輕的元帥臉上冰冷，垂著的手裡拿著鐳射手槍，他漠然轉頭看向傑姆：「不是他，你弄錯了。」

傑姆有些無力：「元帥，晶片完全就是原來的晶片，之前我們成功換過人魚身體的，他就是您的杜因，您是不是太武斷了？再花多一些時間確認。」

柯夏全身壓抑不住的暴躁和冰冷散發出來：「不需要更多的時間，不是他，這個只是另外一個擁有了杜因記憶晶片的贗品而已！你肯定搞錯了什麼地方！」

傑姆有些吃驚看向柯夏：「元帥，您知道您在說什麼嗎？機器人本來就不是獨一無二的，只要複製相同的記憶晶片以及相同的外形，理論上您可以擁有無限多的杜因，您只是潛意識裡在感情上無法接受這一個機器人，再多和他相處一段時間……他的行為模式會完全和你想要的一樣，之前換的人魚身體，雖然不是一模一樣，但也是杜因吧？」

柯夏打斷了他的話：「別說這些屁話，我不需要再多的時間，不是就是不是，我沒有打穿他的晶片，你可以自己試試，他不是杜因！」他直視著傑姆：「你懂嗎？我不能容忍有著他記憶的贗品存在世上，你把他找回來！」

傑姆在這冰冷到極點的目光裡敗下陣來：「之前成功換過人魚身體，沒有問題。難道問題出在頭顱上，我先嘗試修復之前的頭顱，最好有帝國皇家專供訂製他所需要的全部設計圖紙。」

柯夏冷冷道：「我會想辦法。」他轉過身去，看都沒有看地上那一模一樣的軀體一眼，脊背緊繃，肩膀卻彷彿不堪重負一般微微垮了下來。

傑姆看著他走了出去，忽然說了一句：「可是元帥……擁有獨一無二不可複製靈魂的，那是人啊。」

柯夏頓了下足，沒有過久停留，大步走了出去。

「獨一無二不可複製」的邵鈞，如今卻正陷入了一場奇怪的眩暈中，那強大且摧毀一切的爆炸發生時，他以驚人的反應將自己的精神力瞬間強行連上了在轉播機甲比賽的天網，然而那一瞬間他應該也受到了巨大的精神力震盪，以至於陷入了渾渾噩噩的眩暈和幻覺中，過去的畫面在意識中飛快地拉伸著，他甚至想起了許多年前，剛剛來到機器人身體裡的那些情形……

那是太久太久以前了。

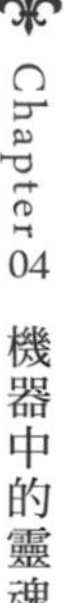

白薔薇親王府，陽光明媚。

邵鈞第十次地單膝跪下，去收拾熊孩子摔在地板上的米飯。珍珠一樣的米飯，點綴著肉粒、蛋花，熱騰騰地灑在實木地板上，這是這個耕地面積緊迫的星球上十分珍貴的糧食。

邵鈞卻只能在記憶中想起米飯的香味。

他曾經是一個人，至於為什麼如今他的靈魂會困在這樣一個小小的家用智慧型機器人裡。他也不知道，只能猜想大概和自己曾經參加過一個祕密科學試驗有關，他記得當時那實驗主持的告知書大意是挑選了一批意志力堅強的優秀軍人作為實驗物件，進行所謂的精神力資料化的實驗。

當時他們大概在實驗中心停留了一個月，每天帶著不同的儀器做不同的事，當時主持實驗白髮蒼蒼的博士滿眼狂熱地對他說：「就像我們將思想具象化資料化一樣，靈魂也是能資料化的，我一定能做出來！把人腦資料化，上傳到網上，到時候人類就能永生不死！」

實驗難道成功了？

他殉職之時才二十八歲，睜開眼就已到了這裡，可是這裡並沒有和他一樣的人，也沒有地球的資料，他利用每天的自動更新連上虛擬天網，去搜索他熟悉的太陽系，地球，月球……八大行星，然而沒有，沒有他熟悉的星系劃分，知識範圍內的語系，國家，星球，但也有一枚太陽在天空熠熠生輝，四季和地球很像。

人類倒是人類，和他們一樣的外形，只是髮色眼珠顏色和膚色更豐富一些，壽命也和地球人不同，要稍微長一些，平均壽命大約在一百五十歲左右，然而這裡人的壽命差別很大，有的人壽命一般只有百年出頭，有的人歲數能活到三百歲以上，壽命主要由精神力決定，精神力強大的人，幼年期和少年期也非常長。和從前的世界一樣，資源都掌握在有權勢的人手裡，因此貴族們可以在懷胎期就服用和浸浴能夠增強精神力的藥物，然後生下精神力良好的後代，代代相傳，壽命越來越長。

比如眼前的熊孩子，其實已經十八歲了，身體和心智都還猶如從前見過的十歲的孩子一樣，打滾著不肯好好吃飯，不想去學校，和父母親叛逆對抗，每天把家裡所有地方都弄得亂糟糟的，全靠機器人收拾。

虧得他們是金鳶皇室的嫡系皇子一系，否則哪裡用得起這麼多的智慧型機器人。

是的，他這樣的擬人智慧家居機器人，很貴，在金鳶帝國裡，只有貴族才能用得起，實際上這樣的智慧型機器人，大部分都用在軍方、警方和一些特殊高級技術或尖端行業中，用來執行一些很危險的不適合人類執行的任務。而柯家，卻能將這樣一個能自我學習的高智慧性機器人，用來做孩子保母。

不過他卻一點都高興不起來，也許他真的算是長生不老了，他不知道自己現在是個什麼東西，大概是一束電波之類的東西吧？還是一縷遊魂？他寄居在這機器人中，卻可以透過思維一樣的東西連接資訊網，學習東西彷彿就是個下載的過程，只要下載下來了，就能隨時調用，比起從前那痛苦的學習和記憶過程，那真是輕鬆之極，凡是知識性的東西，只要他的核心裡下載有資料，便可隨時調用，不需要記憶，他可以輕鬆調動這具機器身體做出擬人化的動作，不會疼，不會累，力大無比，可是他寧願要他那一具會痛，會呼吸，會出汗，會飢餓會疲勞，會笑會流淚的臭皮囊。

——至少不用看著熊孩子，邵均面無表情地看著眼前這位十八歲的小郡王。

柯夏小同學，因為父親是金鳶帝國現任皇帝的三皇子，所以才出生就得封郡王，任性驕縱到無與倫比。

他現在剛將碗摔在邵鈞臉上，並且跳在凳子上，指著邵鈞大罵：「臭面癱！別人家的機器人詼諧又可愛，怎麼你就和那些便宜貨一樣，只會一個動作一個指令！」

普通的家居機器人其實中等家庭也用得起，不過就是功能單一，沒有豐富的擬人化表情和語言，沒有主動學習的高級智慧。

人工智慧很強大，但是邵鈞認識只停留在新聞裡某個蟬聯世界冠軍的圍棋高手被人工智慧打敗的認知，他可不知道怎麼樣才是一個合格的人工智慧機器人，邵鈞不想被人看出來他不是真正的機器人，所以一貫以來主人沒有指令，他是不會做的，以免被送去實驗室大卸八塊地研究。

他查了許久，像他這樣的情況，如果能恢復到從前的情況，最好是將核心更換到生物機器人肉體上，但是這種機器人涉及到生物機甲的研發，又隱隱觸及人倫規則，少不了會暗中涉及人體實驗，因此帝國和聯邦都是私下研究，並沒有對外公布。

所以如今最好的情況，還是保守一點——反正機器人製造工廠宣稱他們製造的人工智慧機器人極具個性化，「每一個都猶如真人，在主人的調教下成長成為您想要的獨一無二。」

聽起來和調教女奴似的。

雖然也的確有滿足某些需求的高端智慧型機器人——但是這的確是個奢侈品了。幸好他只是家居保母兼保鏢型機器人，人生很壞的時候，我們總要慶幸並沒有更壞。

「柯夏，怎麼了？」一個溫柔的聲音傳來，原來已經有僕人去稟報了三皇妃，她手裡握著頭髮，身後還跟著貼身侍女，顯然正在梳頭梳到一半，水波一樣的金髮自頭至踵披散，已經編入了一半的珍珠在一部分細細的髮辮上，猶如在金色的波光中點點璀璨。美得猶如畫中走來的女神一般的王妃已經懷孕一年多了，還沒有分娩，柯夏沒撲到她懷裡，只能站起來喊了聲：「媽媽。」

三皇妃南特夫人是個同情心氾濫到可稱之為聖母的溫柔女人，她出身優渥貴族家庭，血統高貴，生得美，金髮雪膚，就讀貴族女校，成年立刻嫁給皇子，不知人間疾苦，對所有人包括僕人，寵物，花草，甚至機器人都充滿善意，對孩子也是毫無原則地溺愛，所以慣出來這麼一個熊孩子。

她看了眼面無表情臉上都是米粒的邵鈞，溫柔地說：「柯夏，不可以欺負〇〇七。」是的，邵均名叫〇〇七，是這王府裡第七個智慧型機器人。

柯夏跳起來大嚷：「我不要這個機器人！它肯定是不合格的冒牌產品！人家羅蘭家裡的機器人什麼都會，完全像個真人一樣，要他做什麼都可以。這個機器人只會說，主人，這是我職責範圍以外的事情，很抱歉。」他學著邵鈞的機械古板的樣子，居然維妙維肖。

南特夫人忍不住噗哧一笑，溫柔耐心地解釋：「這是最新的機器人了，等你舅舅研製出來更好的，到時候再換一個給你。」一邊又和藹地對邵鈞說話：「不是說你做得不好，你很負責任，一向做得很好，只是孩子天性好動調皮，需要更活潑一些的機器人陪同，你的個性沉默，不適合陪伴柯夏，到時候會給你安排更合適的崗位。」

邵均面無表情道：「是的夫人。」

智慧型機器人臉上能做出設定好的幾百種表情，比如惋惜，感動，只要核心在表情庫中調動，但是邵鈞卻一直喜歡用面無表情，這大概是他對自己機器人僕從身分的一種沉默抗拒，雖然他的主人們一無所知，只以為這是這個機器人的「個性」。

柯夏嘀嘀咕咕了一會兒，又賴在南特夫人身上說了些學校的瑣事，南特夫人一直極有耐心地傾聽著，過了一會兒便有女官來請南特夫人：「夫人，今天您還有兩個會見行程……之後還要去孤兒院慰問，外交院官員已經到了前廳了，正在等候您出發。」

南特夫人十分遺憾地吻了吻柯夏：「好了寶貝，媽媽該去做正事了，好好地去上學，親愛的。」

柯夏送他優雅高貴的母親出去的時候，保母抱著他的妹妹柯琳也站在門口。藍星人漫長的幼年期讓邵鈞一直有些不習慣，柯琳已經十歲，仍然像地球人三四歲一般的嬰兒，需要人類保母細緻周到的照顧。因此，貴族女性的地位比地球只低不高。而平民百姓們的孕期普遍也達到兩年至三年，過長的孕期以及幼兒漫長的撫育期讓女性基本無法從事和男性一樣的工作，雖然可以採用人工孕育，高昂的費用卻讓底層收入人民望而卻步，然而避孕技術又已十分先進，也因此，生育率低成為聯盟和帝國共同面臨的頑疾。

天氣十分好，窗外的白色薔薇花開得花團錦簇，這是這座王府得名的由來，南特夫人極喜歡這種雪白燦爛似錦又芬芳之極的花，因此親自設計了這座白薔薇王府，一年四季都有著白薔薇盛放，無時無刻空氣中都充滿著薔薇清香。

柯夏送走了南特夫人，沒有再找邵鈞的麻煩，而是自己一個人怏怏了一會兒，無精打彩地自言自語道：「可是今天不用上學。」

因為學校教學大樓出了點故障，正在緊急整修，學校放假三天，教師定下了相當多的作業，這個學校通知除了學生，同時也都傳到了各位家長的通信儀上，顯然南特夫人忘了或者說沒有在意。平時其實有補習老師上門教他鋼琴劍術和騎馬的，只是今日這是意外假期，家長顯然也沒有在意，小朋友一下子有了多餘的時間，竟然有些茫然無措起來。

柯夏在房間裡閒晃了一會兒，開始用房間裡的視訊電話聯繫同學：

「羅蘭嗎？今天要不要找個地方玩？」口氣興高采烈。

「不行啊……我媽在家，說要看著我把社會學論文寫完呢，作業這麼多，得做完才能出去。」羅蘭是內政大臣的獨子，父母親對他期望很高，平日裡就十分嚴格要求他，顯然小屁孩還沒能理解身上的重擔，愁眉苦臉得很。

「哦……那我找休比伯頓看看，他上次說他家附近開了一家最新的遊樂場，裡頭駕駛的機甲和真的一樣！」

「好想去……不過休比好像被他爸媽帶去探望他奶奶了，他奶奶好像病了。」

「哦……那你先寫作業吧，拜！」

「拜拜親愛的，我寫完作業，等我媽說可以出去玩了我就去找你。」

掛了電話的柯夏又撥了幾個平時交好的同學，結果不是在和父母利用這難得的假期去遊玩了，就是在家寫作業。

小朋友終於停下了動作了，無精打采地在大螢幕點開教學系統，簽收了作業。

邵鈞冷眼旁觀，覺得小屁孩應該是寂寞了，但是邵鈞是孤兒出身，完全理解不了小孩子在這樣富裕的家庭無微不至的關懷中還會覺得孤單落寞，所以也只是自己收拾他弄亂的機甲模型玩具。

柯夏對著作業發呆了一會兒，社會學作業是個調查作業，「統計天網內店鋪的招牌主要採用的顏色並試分析」。這是個太枯燥的作業了，要有夠多的採樣才能通過評分，他看到邵鈞從身邊經過，忽然靈光一閃：「〇〇七！過來替我完成這個社會學作業！」

機器人當然不能替小主人寫作業，不過邵鈞可不是真正的機器人，他放下手中的簸箕，走了過去，他需要瞭解更多這個世界。

邵鈞插上金鑰，慢吞吞地打開了網站，看到柯夏已經飛快地跑到房間一側，打開了格鬥遊戲房，精神充沛地大吼一聲，開始迎接四面八方來的拳擊，房間天花板出現了啪啪啪的計分表，這熊孩子每天都有用不光的精力。

一局打完，柯夏打出了新的記錄，得意地吼了一聲，邵鈞走過去：「小主人，需要上天網。」

柯夏心情正好，滿不在意：「你就用我的金鑰許可權就好了。」

帝國裡，精神力接入天網有著層級森嚴的限定，奴隸完全不能上網，良民則分一二三等許可權，唯有貴族有著極大的許可權自由登錄，當然，這一切的登錄，還是建立在精神力基礎上，並不是人人都有足夠接入天網的精神力。

邵鈞等的就是這個機會，他已不是第一次借用柯夏的金鑰上天網了，彷彿發現了一個廣袤的世界，在那裡，沒人知道他是機器人——而柯夏太幼小，他完全不知道，機器人是不應該有精神力的，也不可能聯上天網。

邵鈞戴上了柯夏的身分頭盔，瞬間進入了天網，這個身分下有兩個角色，一個強壯的肌肉男，這應該是柯夏渴望的形象，四肢雄壯隆起的肌肉，高大威猛的身軀，刀刻一樣的五官，蜜色的膚色，標新立異的金紅色頭髮紮成一把，還有著短短的鬍鬚，兒童總渴望著成熟。另外一個是系統預設人物形象，黑髮黑眼，取名〇〇七，正是柯夏當初隨手替機器人建的人物。

在人來人往的街道上，到處都閃動著虛擬店鋪的招牌，令人目不暇給，而柯夏作為未成年人，只能在天網逗留兩小時。邵鈞十分熟練而迅速地先去大型資料超市購買了幾個付費資料，看似很隨意地走到了一個虛擬格鬥俱樂部，傳了約戰資訊給一個陌生帳號，沒多久便收到了回音，一個遊戲房間號碼。

邵鈞進去，裡頭早已坐有一個黑衣大漢，這也是系統預設的模版人形，完全沒有特色，對方也不廢話，直奔主題：「這是你要的身分卡，可複製任意空白身分鑰中，身分是一個已死亡的三十八歲男子，無親屬，請驗證。」

邵鈞拿出讀卡器讀了一下，果然身分顯示這是一個名叫杜因的三十八歲成年男子，自幼被遺棄，帝國孤兒院收養長大，有著完整的義務學校學習檔案，畢業後從事體力工作，有社保號碼，有繳稅經歷，帳戶裡甚至還有三個金鳶幣的存款。

對方男子繼續拿出一張卡：「這是下個月八日的偷渡船票，淩晨四點在東雲港出發，到時候你用這張身分卡到了聯盟，工作五年，便可申請獲得聯盟合法的身分。」

邵鈞點頭，對方男子面無表情：「承惠一千八百金鳶幣，感謝惠顧，祝閣下一路順風。」

男人走後，邵鈞不慌不忙又打開好友列表，點了上線通知，不一會兒幾個訊息通知立刻飛來，其中一個還帶著震動和嗡鳴聲，這是課金才有的土豪光環效果，邵鈞點開，那邊土豪的聲音立刻沖了過來：「〇〇七你終於上來了！快來陪練！我馬上要考試了！這次我一定要揍死那傢伙！」

這是一個網路名稱叫土豪的人，錢多人傻。

邵鈞慢悠悠回：「漲價了，這次一個小時要一百金幣，我時間有限，只能陪一個小時。」

土豪豪氣沖天：「沒問題！快來！」

邵鈞微笑：「我就在巔峰俱樂部裡，一〇一八房間裡。」

過了一會兒，房門響起滴的一聲，有人請求進入，邵鈞點了同意，門刷地滑開，一個五顏六色爆炸頭髮的年輕男子衝了進來，大喊大叫：「等你好久了！這麼久才上線！快開始吧！」說完二話不說地打開了房間的二倍重力模式，然後唰的一下一拳衝了過來。

邵鈞沉默著偏身躲開，一手格擋，另一隻手猶如鐵鉗一般閃電般地反擊，對方一腳踢過來，提膝防護，然後一個簡單的二連，幾下把他揍趴在了地上。

土豪顯然不服氣，一個打挺站了起來，怒喝道：「再來！」

然後再次被揍了個滿臉開花。

花了錢挨揍的土豪在挨揍一個小時後終於趴在地上大嚎：「怎麼可能！我明明已經把教練都打敗了！」

呵呵，一個高科技的時代，身上配備高防護輕軟柔韌身體防護服的人，怎麼還會和肉搏時代一樣苦練反應身法儘量避免被對方擊中？手裡拿著輕便高傷害鐳射槍的人，又怎麼會放棄手中的槍和粒子刀，去和對方肉搏？近身格鬥搏擊術其實已經退化成為街頭小流氓們鬥毆的生存之技。人們更偏重於在健身房中將自己的身體鍛鍊成最完美最健康的體形和狀態，而不是肉搏技擊。

連傳統競技都已消失，因為基因改進已非常普遍，而改進身體跑得更快，更有力，會為精神力帶來後遺症，用這裡的話來說：和天賦的精神力不匹配，於是反而會招致副作用，甚至會將此缺陷帶給子孫後代，因此有身分的人們不會改進基因，而是鍛鍊精神力，智力。

然而近身格鬥忽然最近在遙遠的聯盟和帝國興起了。

機甲系！

今年聯盟雪鷹軍校機甲系第一次對外招生！這個院系開系也不過五十年不到，從前只在軍隊內部選拔，因為這門課對修習者要求太高了，身體素質，精神力以及個人的理論學習能力都要求高之又高。入門考試非常嚴格，考過的學生將會獲得學費全免以及不菲的生活津貼，當然，必須簽訂嚴格的軍隊服役年限，否則要賠償國家巨額的培養費用。

土豪當然不在乎錢，一切能用錢解決的問題都不是問題！他就是要考機甲系！機甲！這是男人中的男人才可以駕馭的存在！會有男人不喜歡嗎？

而考試，就有聽說非常難的近身格鬥。

他請了教練，苦練過，自以為無敵，沒想到有次無意間的聽說這家俱樂部有個陪練員很厲害，很難約，好不容易約了一次，居然輸了，這之後便一發不可收拾。

他喘息著痛苦地問：「為什麼？為什麼我就是打不過你？」

邵鈞無語，坦白說，他其實算作弊，雖然他的確有著豐富的格鬥經驗，但是，他現在是機器人，雖然不知道為何他也能和人類一樣用精神力接入天網，大概是他有靈魂的原因？幸虧當初柯夏的異想天開，忽然想出讓自己的機器人代替自己上天網查資料寫作業，而且因為是代替寫作業，所以一直瞞著大人，他才能夠神不知鬼不覺地在天網賺了一大筆。

可以確認的是，由於他如今的軀體是機器人，所以他根本不會感覺到疼痛、疲倦、辛苦。這虛擬格鬥俱樂部雖然是虛擬，卻也模擬現實給予格鬥者相似的疼痛和疲憊，所以這是邵鈞陪練幾年卻沒有敗績，一躍成為最受歡迎陪練員的祕密。

這是邵鈞主要的經濟來源，這幾年他利用每一次連上網的機會，小心而謹慎地賺取金幣，一直寄存在這家俱樂部帳面上。

而今天他終於有一個有銀行帳戶的人類身分了，他毫不猶豫地把這幾年寄存下來的陪練費用完整轉到了自己帳戶上。

下個月，他就能以人類的身分偷渡去聯盟，然後在那裡小心地以人類身分生活，帝國有嚴格的農奴制度，戶籍制度，不方便。相較之下，可以自由來去，號稱人人自由平等民主的聯盟顯然更合適他不引人注目的生存。

土豪翻了個身，看著沉默著和俱樂部總台聯繫，正在轉帳的邵鈞，發呆了一會後又遲疑地說話：「○○七，你……」他猶豫了一下，「有什麼需要我幫忙的嗎？」上線不穩定，來去匆匆，做最辛苦的陪練員，一副很需要錢的樣子，卻對自己的來歷和身分隻字不提，看上去彷彿很有苦衷。說實在的，無論是聯盟還是帝國，能連入天網的人，都不會是社會底層的人，畢竟精神力連接設備不是一般家庭能夠負擔得起，也因此陪練員這個職業，大部分都是為了提高自己的格鬥技巧，少部分是學生賺零用錢，只有這個沉默的人，看起來身手談吐不像學生，卻很需要錢的樣子，他生活中遇到什麼難處了嗎？土豪的聖母心發作了。

邵鈞帶著疑問看向他：「？？？」

土豪害怕損害他的自尊心，小心翼翼道：「你是住帝國的吧？我也在帝國，你來做我的教練吧？包吃包住，還給你高薪！你住在哪裡？交通費我也幫你出了。」

邵鈞搖頭道：「不用，謝謝，我走了。」要請他做教練、保鏢的人多得很，可惜體檢這一關他就過不去，如果這些人發現他是機器人，那對他可沒什麼好處。

考慮到這是最後一次陪練了，走之前他很好心的提醒土豪：「其實你可以買個機器人陪練啊。」他一直不明白有錢人為什麼要浪費錢在遊戲裡頭虛擬練習，這對自己的體能並沒有很大的提升改善。

土豪嗤笑了一聲：「機器人？它們能做到像人類一樣行走自如已經很厲害了，要做到完全隨機應變地和人一樣格鬥，做不到，即便加入人工智慧也很勉強。現在無論聯盟還是帝國使用的警察機器人，靠的都是武器和機械力量，靈活格鬥方面，目前還沒有這樣的科技……我們簡簡單單做的一個動作，機器人從指令到動作，都需要太多的工作，更何況還有關節、肌肉的配合，機甲加入格鬥課程考試，其實就是因為感測器的生成，舊的機甲是人類用雙手控制鍵盤操作機甲運動，一個孱弱的人類可以遙控機甲，但是無論手速如何，機甲的操控都很有限，如今新一代的機甲，透過感測器，可以使用精神力以及身體的反應來操作機甲，你知道這是什麼概念嗎？這將意味著，個人的勇武，將會決定機甲的操作。」

他瞇著眼嘆息：「這真是偉大的發明，下一步應該是純用精神力操控機甲，但是現在這一代機甲，機甲戰鬥者的體能太重要了——如果你還年輕，有機會，我建議你也試試。」

邵鈞沒有聽他繼續感慨，畢竟作為一個機器人，需要精神力操控的機甲與他無關，而時間就要到了，他必須下線了。他每次都很小心的控制時間，以免被人發現，而這一次退出，他刪除了〇〇七這個角色，下一次上線不知道是什麼時候，他必須抹乾淨首尾，這個角色柯夏是建立來讓他購買虛擬資料用的，他現在還小，不知道他的機器人用這個角色做了什麼，若是有朝一日他無意中登入了這個角色，那可就穿幫了。

可憐土豪剛打了一大堆的資訊，要邵鈞有什麼難處以後就去哪裡找自己，如何找到自己，〇〇七的紅名一閃已灰了，只能寄郵件，然而等郵件寄出去，系統冷冰冰的一行通知「查無此角色」砸在他的臉上。

！！！

土豪一顆心全碎了。

Chapter 07 墮落之夜

一個月時間很快，邵鈞很是滿意，他已經提前去港口看過，甚至花錢在網上買了台非常便宜的二手破車，讓人提前停在了宅子後頭的路邊。還在傍晚晚飯後，悄悄將花園雜物房那邊的監控器弄壞了，要到第二天才會更換新的監控攝影機，而今夜等夜深人靜之時，他就能從雜物房的窗口，悄悄離開別墅，搭上車子駛往港口，然後搭上偷渡去聯盟的船，從此天高任鳥飛。

這是一個平常的晚上，晚餐時柯榮郡王難得的在家裡吃晚餐，全家人都圍坐桌面，享受著天倫之樂。晚餐後，柯琳小郡主和平時一樣過來找哥哥講個故事，她藍色的眼睛猶如寶石一般，身上穿雪白手工蕾絲睡裙，金色長髮披散著，彷彿天使一般。柯夏卻有些不耐煩，雖然他答應了王妃每天要為妹妹講一個故事，但是因為學校第二天要去一個戰地基地參觀兼野營體驗，他正興奮地和人討論野營應該帶什麼，他很快幾下將柯琳給打發走了，然後又和羅蘭聊了一輪後，才意猶未盡地又去格鬥遊戲室，打了一圈，才洗了澡，上了床，很快就睡著了。

然而這對邵鈞來說是不一樣的晚上，他靜靜等到了淩晨四點，人們睡得最深沉的時候，悄悄地從房裡出去，穿過走廊，下樓，然後穿過黑暗中蟲鳴聲聲的薔薇花園，等走進雜物房，推開窗子，只要從這裡出去，到馬路邊上，搭上汽車，一切就都自由了。

然而就在他的手搭上窗櫺的瞬間，他忽然聽到「噗」的一聲，然後緊接著一聲嘆息，這是一聲很難形容的聲音，如果非要用什麼來描述那個聲音，那就是很多年以前他執行任務時，死人斷氣時氣管裡出的那最後一口氣。

屬於軍人的警覺讓他迅速停止了動作，轉身到了門口，很快他又聽到了一聲「噗」。就像是過去槍筒套上滅音器後發出的聲音，又或者是子彈打到人體的聲音。

他推開門往外張望，看到了一群黑衣人在黑夜中從大門進入，兩個守門人倒在地上，身體還在微微痙攣，顯然已經失去了生命。黑衣人已經在濃重的夜幕中四散開來，彷彿一群擅長夜襲的猛獸輕巧而迅猛地四散開包圍了大宅小樓的四周出口，有條不紊地圍獵收割目標。

邵鈞心中一驚，看到已有幾個人從大門突入，第一個房間住著老管家，突地一聲房間門被槍打開，有手電筒一閃而過，然後噗噗地響起，老管家想必來不及出聲，只能聽到靜夜裡一個毛骨悚然的苦痛呻吟，然而這聲音並不足以驚醒其他正在沉睡中的人。

已經沒有時間再思考，邵鈞飛速借著黑暗跑回了樓下，手掌拍在水管上，手指一用力，已沿著窗外水管攀援而上，手一撐從窗外翻入了窗內，床上熊孩子還在酣睡中咂了咂嘴巴，而門外走廊再次傳來密集輕悄的腳步聲，隔壁門砰地再次被打開，那是郡王和王妃的主臥室，門縫傳來光，毛骨悚然的噗噗聲再次響起，這次一連響了十多聲，顯然這是給主人的隆重待遇，必須死。

邵鈞一掌將床上的孩子拉起，另外一隻手提前捂住了孩子的嘴巴，熊孩子一下子被驚醒了，嗚嗚地掙扎，看向邵鈞，十分驚詫，邵鈞低聲道：「小主人，有危險，請不要出聲，跟著我。」

熊孩子睜大了眼睛，邵鈞嚴肅的表情震懾住了他，他點了點頭，門口腳步聲再次靠近，門鎖砰的一聲再次被槍破壞，邵鈞一隻手托著柯夏屁股抱緊他，毫不猶豫地往窗外翻去，落下的過程中，腳尖在二樓窗臺上點了一下作為緩衝，再次穩穩落地，然而落地之時，下巴托在邵鈞肩膀上的柯夏忽然發出了一聲可怖的尖叫！

孩子的尖叫彷彿刺破了黑夜恐怖的安靜，邵鈞匆忙之間只來得及轉頭看了眼，身後的保母房，本來小郡主應該是跟著保母在睡覺，然而現在雪亮的大燈已經被打開，透過通透光明的落地玻璃窗，能清晰地看到裡頭頭上滿是血的保母倒在了地上，而小郡主身上穿著雪白的睡裙，頭頸扭成了一個奇怪的角度，被掛在衣架上，猶如一個奇怪的洋娃娃掛在衣架上，藍色的眼睛仍然大大地睜著。

尖叫聲已經引起了騷動，樓上柯夏原本的房間窗子已有人探出頭來，而門口把守的人也跑了過來，邵鈞沒有時間思考，只是不假思索地抱著柯夏往前迅速一滾，身後噗噗噗已經有子彈打在地板上激起塵土，邵鈞已乾脆俐落地迅速滾入了花園裡的灌木叢中，槍聲緊緊追著他的身後，噗的一聲，他的右腿中了一槍，動作一頓，柯夏的哭聲已經戛然而止，但仍然在驚恐中抽噎著，因為巨大的驚嚇而甚至打著嗝，眼睛翻白，暈過去了，邵鈞感覺到他的心臟飛速跳動著，顯然受到了不小的驚嚇。

邵鈞飛快竄入了小屋內，推開窗戶躍出牆外，非常流暢地打開早已停放在那裡的二手破車，將柯夏往後座上一塞，自己進了駕駛座，飛速將車開走。

到海港的時候，邵鈞陷入了為難，如今不知道柯榮親王到底是因為什麼招致滅門，以他的地位，以及這樣的滅門謀殺——殺手們看上去還都是訓練有素的軍人，這絕不是一個普通的陰謀。那麼事後對柯夏這個漏網之魚，必然還有進一步的追殺，不知道皇帝那邊產生了什麼變化，邵鈞敏感地感覺到這應該是場政治陰謀。

但是，偷渡船隻在凌晨五點就要出發，這個船票花了他幾乎全部的陪練收入。更何況，柯家今晚大難臨頭，以後還有機會連上天網掙錢嗎？不可能了，甚至作為沒有主人的機器人，他下一步不知道會被送往哪裡，回廠銷毀還是重置格式化等待下一個主人？毫無疑問他將錯過前往聯盟的機會。如果不去，他又能怎麼做？把柯夏送到安全地帶？哪裡才安全？一個帝國的親王，貴族中的貴族，三更半夜被軍人圍攻滅門，除了皇帝，他想不出還有誰能護佑柯夏。而他一己之力，如何保護柯夏見到皇帝？只怕還沒有見到皇帝，就先被殺了。

把這孩子扔在車裡，等天亮了警察自然會發現他，自己仍然按從前安排的，直接去聯盟？他看了眼還在昏迷中的柯夏，熊孩子在惡夢中依然呢喃著叫媽媽。

邵鈞最後還是把柯夏抱上了偷渡船，負責檢票清點的水手其實發現了他一張票卻多帶了個孩子，剛要說話，邵鈞卻眼疾手快地將早已摘下來準備好的柯夏脖子上原本戴著的純金香盒塞到了他手裡，水手看到精緻香盒上頭鑲著的藍色寶石以及背後古樸的金鳶花紋章，閃了下眼神，沉默地放行了。

快要開船的時候，卻有人匆匆走了來，低聲道：「動作快，人齊了沒有？快點開船，有內線消息，港口馬上要封了！說要查一個帶著機器人的小孩，到時候就走不掉了！」

那水手口上道：「還有三個人沒有到。」一邊目光卻有些懷疑地看向了人群裡的邵鈞，邵鈞面不改色，宛如泰山般地穩定。心裡卻一沉，從大宅到港口才半個小時不到，什麼人竟然立刻就能如此大動作地封港口查人？而漆黑的夜裡，怎麼就能如此準確知道帶著柯夏逃跑的，是自己這個機器人？有人對柯榮親王的家庭成員包括機器人都一清二楚，另外……怕是整個老宅，只有自己帶著柯夏跑出來了，柯夏，可能是唯一的活口了，而主導滅門的這個人，手眼通天。

那水手有些遲疑，手裡觸摸到那香盒，這可是純金製成的，看工藝和紋樣就知道是皇家工藝，貴族們才用的東西，裡頭放著香丸，防病安神的，自己這一趟本來就沒多少錢，好不容易有這一單，況且說了又會被追究自己適才放人進來的事，再說了這不是沒有機器人嗎？在沒見過什麼世面的水手眼裡，機器人粗笨漆黑，身軀碩大，隨時發出電子音，在港口永不休息地搬運人類無法搬運的貨物，他可不知道這世上有和人一模一樣的機器人，於是心安理得地捏緊那香盒，看著前邊有人急匆匆跑過來：「開船了開船了！不等了！」

艙門落下，船緩緩開動。

而這些偷渡的人在船底部貨艙裡，等船開動了以後，邵鈞才想起一件事，他不用吃喝，所以他根本沒有帶食物和水，但是如今事情出現變故，多帶了個孩子，柯夏怎麼辦？這裡雖然是離聯盟最近的出海口，但要到聯盟，至少也要七天。

柯夏仍然躺在邵鈞懷中，為了掩人耳目，他拿了件外套裹在他還穿著睡袍的身上，如今安頓下來，他找了一堆貨物後邊的一個空地方，把他放平在地上，然後開始發愁怎麼度過這七天，以及該如何和醒來的熊孩子解釋讓他乖乖地和自己去聯盟。

……還有，去了聯盟應該怎麼辦？

明知道他如今身陷危險的情況下，讓他扔下這麼一個剛剛經歷了滅門慘禍的孩子自己走，他肯定做不到，但是帶著這麼一個嬌慣得什麼都不懂，偏偏知道他機器人身分的孩子，這確實是個麻煩。

幸好，開船過了一會兒，從艙板上有膀大腰圓的水手下來，帶了一提籃的食物和水，滿臉剽悍和不耐煩：「排隊一人一份，按船票來，一天只發一次，沒有更多，不許打架，鬧事的直接扔海裡！」

眾人沉默著過來排隊，邵鈞手裡只有一張船票，自然只能領取一份，他拿著那一小瓶大概只有一百毫升的水以及一塊小小的壓縮餅乾，有些無語，好在自己不用吃，給柯夏一個孩子吃，還好。

有個臉上有著刀疤滿臉橫肉的男子悍然伸手直接去搶一個老者手裡的水，老者張了張嘴，看著那男人囂張的眼神，最終沒敢說話，卻忍不住地抹起眼淚來，旁邊的人都靜默著不敢出聲。畢竟鬧事的會丟進海裡，誰知道包不包括被欺辱的那一方？偷渡的人沒有人權，能找誰說理去，況且大部分人多少都帶了點食水，少那一瓶其實也死不了人，大家抱著多一事不如少一事的心態冷眼旁觀，包括邵鈞，他不僅要遮掩自己機器人的身分，還帶著個大麻煩，所以雖然看不慣，卻也沒站出來。

邵鈞回到角落，托起昏睡的柯夏的頭，給他餵了點水。在昏暗的光線中，金色的捲髮簇擁著蒼白的小臉，緊閉的雙眼睫毛長而翹，睡著後看不出那惡劣的性格，倒是像個天使一般，讓路過的人總不由自主多看他幾眼。

清涼的水讓他悠悠醒了過來，他先看到了邵鈞，含糊著咕噥了兩句，然後嘈雜混亂昏暗的底艙吸引了他的注意力，他遲疑了一會兒，神智漸漸清明，前一晚的惡夢記憶恢復了，他坐起來，四處張望了一會兒，偷渡大概有一百多人，四處都是嗡嗡的聲音，底艙裡光線昏暗，空氣混濁而且混雜著汗味和種種難聞的味道。

那個恐怖的瞬間重新回到了他的頭腦裡，他打了個寒噤，警覺地問邵鈞：「這裡是哪裡？」

邵鈞回答：「偷渡往聯盟的船上。」

柯夏眼睛睜大，瞳孔緊縮，呼吸急促，胸脯起伏了一會兒又問：「我爸媽呢？」

「都死了，」邵鈞終究選擇了直截了當以機器人的方式回答：「港口封鎖了，要查一個帶著機器人的孩子。」

柯夏臉色刷白，嘴唇微微發抖著，眼眶通紅，顫聲道：「發生了什麼事？」

邵鈞道：「淩晨四點，有幾十人包圍大宅，逐間進入，槍殺了所有人。」

柯夏身子顫抖得厲害，眼睛翻白，抽噎著說不出話來，邵鈞側過身遮掩自己手指，食指微顫，一根針管彈出，作為家用機器人，他和其他機器人一樣身上常備急救藥物，他迅速為柯夏打了一針鎮定劑，可憐的孩子抽噎著睡著了，邵鈞又為他加打了一針，補充葡萄糖和生理鹽水。

腦子裡滴的一聲，系統提示，最新一期的系統晨報下載完成。

這一路奔波讓他幾乎遺忘了晨報功能，他調出了晨報，迅速查了一下新聞報導。

頭條報導：柯榮親王宅院被小偷夜裡進入，因被發現而殺人逃亡，親王一家四口及管家保母等僕人搶救無效身亡，皇室深表悲慟並督促皇家警察早日逮捕罪犯歸案。消息最末寫著：柯榮親王的長子柯夏在此次襲擊中失蹤，懷疑是被匪徒挾持，如有人發現或者提供線索，皇室將提供豐厚賞金。

因為皇室未成年保護法的緣由，新聞沒有提供柯夏小郡王的照片，只是大致描述了下外貌特徵，並且提供了詳盡而方便的報告管道。

好在沒有提機器人的事，想來也認為一個機器人作用有限，找不到的情況下會懷疑柯夏已經離開機器人。

第二次發食物和水的時候，那個刀疤臉再次故技重施，又搶了個小孩子的食物，那小男孩卻是不肯，一口咬在了他的手腕上，那男孩子的父親忙忙求饒道：「孩子不懂事，大衛！快鬆開！」刀疤臉已一巴掌甩在那孩子臉上，男孩子小臉紅腫起來，卻仍咬著他不放，刀疤臉吃痛，勃然大怒，鏗的一聲，竟然從腰間抽了一把彈簧匕首出來，惡狠狠便要往小男孩肩膀刺去，這一刀下去，船上缺醫少藥，便是不死，怕是也危險。

邵鈞這次正好在旁邊，終於看不下去了，伸手一把捉住了那刀疤臉拿著刀的手腕，刀疤臉感覺到手上一緊彷彿被鐵鉗緊緊鉗住一般，腕骨傳來幾乎要裂開一樣的疼痛，手指不由自主鬆開，匕首啪地掉在了地上，眾人都看了過來，邵鈞冷冷看著他一言不發。

刀疤臉終於不甘地哼了聲，瞪向還在咬著他的男孩子，邵鈞另外一隻手伸過去在那男孩子的下顎輕輕一擰，那男孩子就身不由己地鬆開了緊緊咬著的牙關，男孩子的父親連忙把孩子抱了過去，連掉在地板上的食物也不敢拿，躲到了一邊去。刀疤臉惡狠狠瞪著邵鈞，邵鈞不再說話，直接走了回去，那刀疤臉果然也只是欺軟怕硬之徒，並沒有繼續上前，也沒有去找那男孩麻煩。

柯夏昏睡了許久，邵鈞拿了壓縮餅乾捏碎了混了水餵給他吃，他昏昏沉沉吃了點，因為意識還不太清楚，所以倒也沒有嫌難吃，吃了點又睡著了。

再次醒來的時候飢腸轆轆，這次他終於神智清醒了些，邵鈞再給他吃壓縮餅乾的時候，他那嬌貴的舌頭終於清醒了，呸地吐了出來，怒道：「這什麼東西！」他受過驚嚇，又在不知前路的驚怒中，對莫名其妙上了偷渡的船有些茫然和抵觸，對邵鈞更有些遷怒，直接將餅乾摔到了地上。

混亂的貨艙靜了一靜，人人側目，有人飛快地將那塊咬了一口的壓縮餅乾撿了起來，往人堆裡一鑽，不見了。這樣難吃的垃圾居然還被人如獲至寶地搶走，柯夏見狀有些不知所措，微微有些感覺到自己好像扔掉了什麼珍貴的東西。這時旁邊有個人冷笑道：「你的哥哥已經兩天一口水沒喝一口食物沒吃，把食物和水都留給你了，你怎麼這麼不懂事？」

柯夏愣了下，看向邵鈞，邵鈞也不說話，只是從懷裡又拿出一塊來遞給他，低聲道：「你先吃著，我想想辦法。」卻不著痕跡看了那說話的人一眼，那人亞麻色頭髮看上去很髒，擰成一綹一綹的，膚色有些暗，五官看著挺年輕，一雙目光很是明亮。他自上船後就縮在陰暗角落，不太說話。這樣的人貨艙裡比比皆是，一看就像在帝國犯了罪偷渡去聯盟的，因此邵鈞也沒注意，沒想到自己一直沒有喝水吃食物的行為都落在了他的眼裡。邵鈞暗暗警惕，還要處處留心，否則就要被看穿身分了，也不知他和柯夏之前說的話有沒有被聽見，不過貨艙裡人多，吵鬧得很，想必應該是聽不清的。

所幸那個人只是嘲了一句，後來也沒有再說話，顯然也是不想多管閒事的，柯夏被人嘲了一句，知道自己這裡不能發作，賭氣不肯吃。然後便想起自己父母和妹妹來，又哭起來，但是他哭得太多，眼睛疼腫，聲音嘶啞，只是哭泣著抽了抽，想必肚子餓了，也沒什麼力氣，哭了一會兒又昏睡過去了，邵鈞看他也實在可憐，只是靜靜陪了他等他安靜下來，繼續給他打了一針葡萄糖鹽水。

漫長的船上，一連吃了六七日的壓縮餅乾和水，柯夏開始還賭氣不吃，後來終於捱不住就著水吃了那壓縮餅乾，之後又整個人便消沉下來了，空氣污濁，沒有日光，沒有維生素和綠葉素，嬌生慣養的柯夏又經過巨大悲痛，連哭都開始沒有力氣，要不是還有邵鈞替他注射藥水，怕是一天都捱不過去，船艙裡也已經有人發燒生病，低低咳嗽，這樣下去，怕是柯夏也要生病，邵鈞微微有些擔心起來。

到了夜裡，貨艙裡的人都睡著了，邵鈞走到了底艙廁所裡，這裡只是弄了個十分簡陋的廁所連向海裡，但是卻有個小小的通氣窗在高處，有鹹腥的海風從那裡吹入。

他伸手輕輕一按，手掌增加了吸力，牢固地吸在了牆上，輕鬆攀援到屋頂上，「喀嚓」一聲，將身子肩膀斜著錯開，整個身子輕而易舉地穿過了那個對常人來說應該很狹窄擁擠的通氣窗，畢竟是家用機器人，時不時也要修個屋頂爬個管道的。

通氣扇外果然對著黑漆漆的大海，他熟練而穩妥地沿著船壁爬上了船中層，順利地找到了船裡的廚房。廚房裡果然還有些剩飯和肉，肉多是海產，水果蔬菜在海上很是珍貴，恐怕有清點數量，他只偷拿了一個蘋果，找了個便當盒裝了些看著還算新鮮的飯菜，裝了一瓶牛奶，放入自己腹部的儲物箱中，然後出了門，剛想沿著原路返回，卻忽然聽到一個很微弱的聲音。

這聲音太過輕微，也虧他身為機器人，才能聽到，他飛快地藏身在一個偏僻角落，迅速暫停身上電源，過了一會兒看到一點微光亮起。

一個男子走了過來，手裡的一個儀器燈亮著，他靠在角落，那儀器彈出了一個三維畫面，竟然是個通話器，邵鈞吃了一驚。

彈出來的畫面是個穿著軍服的男子：「麥克？怎麼突然聯繫，安全嗎？」

那個「麥克」一頭亞麻色的頭髮，目光明亮，霍然正是底艙替邵鈞說話的那個流浪漢一般的人：「很安全，紅外線儀開著，有生物靠近會提示，再不和人說話我會瘋掉，船快到了沒？不是說今天會到嗎？你知道有多少偷渡的人擠在底艙裡嗎？吃喝拉撒全在底艙！你知道吃的都是些什麼嗎？還有空氣渾濁到我覺得幾乎都不能呼吸了……是誰定了這個行動方案讓我偷渡回聯盟的？」麥克的語聲帶了一絲抓狂，顯然這些天在底艙的生活崩潰的不僅僅是柯夏一個嬌生慣養的貴族孩子。

對面聳了聳肩膀笑了聲：「沒辦法，線人緊急聯繫，說立刻就要全面封鎖所有空港，到時候你出境會非常困難，為確保萬無一失，只有從海港偷渡過來了，警船還有十分鐘就能到你定位的點，以打擊偷渡船的名義，到時候你就能混在偷渡者這裡不受懷疑地入境，我們有確鑿的消息，柯柏皇太子因事故殞命，柯山皇帝已經駕崩，柯冀已經控制了整個帝國首都的防衛，本來可能順位繼承的親王柯榮全家被匪徒滅門……數日之內，金鳶帝國必有大變，你必須撤回，任務結束。」

麥克臉色數變，剛要說話，忽然一聲巨響！整個船都震動起來！麥克一個趔趄，只聽到警報器尖銳地響起來，對方也吃了一驚問道：「什麼事？」

麥克轉頭看了下，驚怒交加，從身上抽出了一把微型槍出來：「你們什麼時候到！該死的！是海盜！」

無數個電子飛爪帶著鎖鏈彈射過來，「噠噠噠」的一下子便牢牢地扣在了船艦上，合金繩索閃閃發亮，無數彪悍海盜手持武器沿著飛爪盪了過來，帶著驚心動魄的呼嘯聲。

船上的船員也已經醒來，偷渡的船隻往往同時還走私，自然也有自己的武裝，在尖銳的警報聲中，訓練有素的船員拿起槍以及鐳射劍，為了捍衛自己的財產與海盜們搏鬥。

船上混亂一片。

不多久天邊忽然出現幾艘藍色制式船隻，雪亮的警方探照燈射了過來，有聲音響起：「船上的人聽著，聯盟警察，立刻放下武器，舉起雙手投降，否則我們將採取武力……再說一次，立刻放下武器，舉起雙手投降，否則我們將採取……」

海盜們和走私偷渡客們自然不會甘心投降，三方混戰開始。

一番混亂之後，麥克終於成功地混進了偷渡人群中，乖乖地在警察的呵斥下，舉起雙手，他們將會在警察局中登記並遣返，有人抽泣著哀求著，有人無精打彩恐懼萬分，他們花了巨額資金，卻沒能偷渡到聯盟，這次遣返以後，不會再有經濟能力再次偷渡，而有些有犯罪記錄的就更悲慘了，回去帝國，面臨的即將是法律的審判。

麥克心裡一鬆，畢竟同舟了這些天，有些同情這些人，他想起那一直沒怎麼吃東西，照顧自己弟弟的那個人來，那個人還是很不錯的，中途還幫忙被搶食物的人，如果這次被遣返……他找了下，卻怔了怔，大廳裡都是滿臉痛苦的偷渡客，卻沒有找到那個帶著弟弟的黑髮男子。

人呢？他幾乎不敢相信，又仔仔細細看了一輪，不由拉住身旁那個之前搶東西的那個刀疤大漢問道：「兄弟，那個人呢？你見到嗎？就是之前搶你匕首那個，怎麼沒了？」

那刀疤大漢臉上一片萎靡，看了一下果然沒有看到人，憤恨道：「鬼知道，不知是誰打開了底艙的門，喊了句警察來了！快逃！人都跑出去了，結果跑出來發現外頭全是人！說不定是趁亂跑了！幹他娘的！」他狠狠吐了一口口水，又道：「可能是吃子彈死了！」

麥克心裡頓了一下，不知為何總覺得那個男子不會那麼輕易地死掉，越想越覺得古怪，然而旁邊維持秩序的警察已經提著電棒走過來呵斥：「不許交頭接耳！老實點！」

直到第二天，麥克才從移民難民署移交回了安全部，休伯利安親自開了車來接他：「柯冀已經登基，詔令全帝國，他一貫是鷹派，對聯盟是死硬派，帝國和聯盟這幾年必然有摩擦大戰，我們要做好準備了。」

麥克卻還在想著那兩個失蹤的難民：「你幫我查過那兩個失蹤的偷渡客沒？」

休伯利安搖頭：「沒有找到，當時場景太混亂，我已傳令各地警察局，上了警察局的通緝名單了，不過可能很難查到，畢竟他們沒有合法身分，整個聯盟沒有身分的黑工就有幾千萬。」

麥克一怔：「為什麼要上通緝名單？」也太小題大作了吧，就兩個失蹤的偷渡者，畢竟他對那個黑髮男子還是有好感的，通緝令一下，他們又沒有戶籍，就更難生存了。

休伯利安也愣了下：「你要我幫查金色頭髮的男孩子和黑髮青年男子，不是因為懷疑那個人是金鳶帝國逃亡的柯夏小郡王嗎？如果我們聯盟能找到這個小郡王，扶持流亡政府，將來對帝國也是個不錯的政治牽制手段，所以我通令要求全國協查追捕。」

「流亡的柯夏小郡王？」麥克整個人都呆了，竟然歪打正著？

休伯利安也發現了似乎出現了什麼不對：「根據我們收到的消息，金鳶帝國三皇子柯榮親王連夜被滅門，只有其十八歲長子柯夏在機器人的保護下逃脫，你讓我們查的金色頭髮孩子，按貴族那邊一貫享受最好的精神力藥劑以及遺傳來看，形貌歲數應該相符，偷渡時間也和滅門逃亡的時間相符，只是時間有些緊迫，但是不排除可能性，那名黑髮男子大概是他的保護者。」他搖頭嘆息道：「可惜帝國那邊對未成年皇室的孩子保護嚴密，影像基本被層層加密，我們的人只翻錄到一個模糊的影像。」他按了下手腕，空氣中升起了一個立體影像。

確實有些像那船上的嬌氣男孩，只是影像加密得厲害，翻錄大概花費了些功夫，資料丟失得厲害，很難完全對得上。

麥克臉上收了笑容，回想了一下：「那個機器人保母……」

休伯利安道：「柯榮親王宅邸裡的錄影已被銷毀，沒人知道那機器人的面容，你懷疑那個黑髮青年男子是機器人？不太可能，除非事先安排，否則機器人無法處理完成偷渡這麼複雜的指令，我們分析應該是柯容親王安排的人類保鏢，這不重要。最重要的是，不能讓其他政體捷足先登，找到他，可惜的是我們也找不到他的生物識別資訊，畢竟金鳶皇室的所有人的生物識別資訊都是最高機密，可以確信柯冀那邊也在找他，如果有人在指導柯夏的話，偷渡到聯盟的確是他目前最好的選擇。」

麥克肅容想了下：「應該能從機器人生產工廠找到影像……家用機器人不能隨意傷害人類，我見到這個男子在船上救助一名即將被刺傷的孩子。」

休伯利安點頭：「我們繼續查一下，不過皇家訂製的機器人形象據說也都是訂製且保密的，未必和家用機器人一個模樣，我猜很難找到他的樣子。接下來一段時間，我們的行動展開可能會比較困難，國家戰略研究室研究認為，如果柯冀登基，最近三年內，很可能我們邊境就會迎來一到兩次戰爭摩擦，作為底線威脅，在經濟進出口等方面，可能會迎來一次政策性的緊縮壓制，貿易戰一觸即發，國內將迎來能源緊缺。」

能源所用的合金原料金錫礦，運輸航太包括戰艦、機甲材料等等，都需要它，而偏偏其產地大部分在帝國境內，這也是帝國一直堅挺的原因，金錫的生產開採全部由帝國牢牢掌握，無數農奴人力開採出來，然後由帝國賣出，財大氣粗，聯盟雖然對帝國各種感冒，科技發達，文明突出，富強民主，卻也不得不捏著鼻子去和高度專制的金鳶帝國談判，以一項項科技專利去換來進口能源，與此同時加緊研究各種科技，希望能在星際找到儲備金錫的星球，並且努力發現新能源。

而狂妄的帝國鷹派皇子柯冀則一直揚言，只要扼住能源的入口，聯盟將不戰自敗，偉大光榮的帝國將一統整個星球。

所以鴿派的皇太子車禍死亡，柯冀登基，這對能源賴於進口的聯盟來說，的確不是個好消息。

逃亡的柯夏小郡王，則成為各方政體所覬覦的一個極好的傀儡。

邵鈞不知道自己和柯夏已經上了聯盟的通緝，他在偷聽到麥克的通訊後，在海盜襲擊的混亂中，擊碎了通往底艙的門鎖，打開了門讓偷渡客們湧上艙板製造混亂，然後趁亂帶著柯夏，混進了警察的船中，在靠岸以後，又趁著夜色混上了港口岸上。

柯夏濕淋淋地站在岸邊對邵鈞發脾氣：「為什麼非要這樣子逃走！我吃了好幾口海水！」

邵鈞面無表情，敷衍地回答道：「經過計算，這是最好的逃亡方案。」

天邊紅月一輪，霧靄籠罩著海港，路邊到處都是苦力來回搬碼頭，有人接送親友，有小販在叫賣鮮魚等東西，熙熙攘攘熱熱鬧鬧，雖然有人偶爾看一眼這兩人有些濕的衣服，卻也不會特意留意。海港口有一艘船剛剛靠岸，有一群孩子在魚貫下船，穿著都是整齊的一模一樣的藍色袍子，安靜而十分守規矩，有穿著藍邊白色袍子的教會袍子的人在指揮著他們下船，在岸邊，有人議論：「是教會孤兒院。」

「鐵林那邊鬧瘟疫，死了很多人，聽說教會去收養了很多孤兒。」

「國家福利院不管嗎？」

「沒辦法，國家福利院那點錢，能收養多少。不比教會，有信徒捐贈，辦得更好，大部分孩子也願意去教會那邊，再說也並不強制信教，長大一樣能讀大學從事別的行業。」

「說得也是，國家福利院那邊，聽說貪污的人多，上次還共和黨報紙還爆出來醜聞，說剋扣孩子老人口糧，還真不如去教會孤兒院了。」

那群孤兒院的孩子在岸邊排了隊，看起來是在等車，柯夏看見〇〇七凝視著那群孩子，人工製造的眼珠子在幽暗中折射著意味不明的光。

一種莫名的警惕從脊椎顫慄著升起，柯夏也不知道為什麼忽然有一種想法，眼前這個本應唯命是從的機器人管家，想拋下自己。這很荒謬，服從主人是寫在機器人核心的鐵律，可是他卻以小獸一樣的直覺感覺到了，他忽然緊緊抓住〇〇七的手，斷然命令：「帶我走！我不要留在這裡。」

機器人那無機質的黑色眼睛轉了過來，看著他，面無表情回答：「是。」和從前並沒有差別，可是柯夏的危機感並沒有解除：「帶我走！」他不願意停留在孤兒院的孤兒旁邊，這讓他覺得自己隨時可能會變成他們中的一員。

雖然他目前也的確已經是孤兒。

邵鈞拉著他的手果斷走開了，柯夏茫然地也不知道自己應該走到哪裡去，他覺得很累，走了一會兒就走不動了，邵鈞便將他背在了背上，繼續走著，他不敢想未來，就這樣茫茫然地陷入了睡眠中。

這之後他大病了一場，顯然這也是必然的，一個嬌生慣養的貴族孩子，突然經歷了全家滅門的驚嚇，再在沒有日光沒有新鮮空氣的底艙待了十來天，這其中的驚嚇抑鬱憤怒茫然自然不必說，身體反復發燒。他只知道自己被安置在床上，每天〇〇七會替自己打針，餵稀飯，等到他完全清醒的時候，已經待在了一間租賃來的小小屋子裡。

小屋子在一個深巷中，外牆是橫七豎八由木板釘成的板房，這一片貧民窟叫基貝拉街，到處都是這樣的密密麻麻的小房子，錯落陰森的座落著，有些甚至已經是半坍塌狀態，卻仍然還住著人，有些則是隔間出租房，一間房裡住了十幾人。和所有城市的貧民窟、棚戶區一樣，這裡充斥著各種黑戶、流動人口、海盜的私生子、娼婦、小偷，充滿了犯罪分子，警察視若無睹，三不管地帶，強者為王。然而也只有這裡，才能隱藏下他們兩人，而邵鈞為了遮掩自己的身分，還是狠了狠心租了一間有著小院子的套房。

院子裡有高大的榆樹投下綠蔭，綠葉縫隙裡透過的陽光猶如金線一樣投射在很是乾淨的小屋裡，被子上有乾爽的太陽香味，剛醒來的一剎那，柯夏還以為自己還在自己的房間裡，什麼槍殺滅門偷渡都是惡夢一場。

總體來說雖然小點，簡陋點，但是房裡挺乾淨。房東太太勒黛絲夫人是個胖呼呼有著紅褐色頭髮的中年阿姨，笑嘻嘻來看他：「可憐的孩子，你叫夏柯是嗎？病可好了？你表哥可擔心你了，放心在我這裡住著，沒人來查這裡。」

柯夏搞不清楚一個機器人怎麼能做這麼多事，偷渡、逃亡、租房，但他無路可去，拒絕思考自己的未來，也因此自然而然地接受了機器人要保護主人「就是能做這麼多事」的設定，並沒有細想。

他抽抽搭搭地要求要回帝國，不願意在這裡做黑戶，成為潦倒的平民。機器人冷靜理智地買了一份《聯盟日報》給他看：「您的叔叔柯冀親王已經登基為皇，前太子突然車禍殞身，本來即便是太子去世，按順位繼承也輪不到您的父親柯榮親王繼承，因為畢竟您祖父還在，但是，在大家都沒有反應過來的時候，柯榮親王突然遭到了滅門之災，然後才是老皇帝去世，柯冀親王登基，小主人，你明白這其中的意思嗎？」

柯夏茫然，並不覺得機器人比自己懂得分析是多麼奇怪的事，邵鈞繼續告訴他：「太子去世後，很有可能老皇帝有意讓您父親繼承皇位，也有可能他已經死了，留下的遺詔是你父親繼承皇位，因此你父親才招致了飛來橫禍——所以你不能再出現，如果你回去，面對你的多半是在群眾忘記你的時候，悄無聲息的病死。」

柯夏微微打了個寒噤：「那是我伯父！」

邵鈞冷酷地提醒他：「您的妹妹並不可能繼承皇位，但是依然被殺，所以有繼承皇位資格的你，會怎麼樣你明白吧？」

柯夏想到了那可怕的情景，尖叫了一聲，忽然再次發著抖嚎哭起來，也不知道是哭死去的父母和妹妹，還是在絕望自己回不去的現狀。

男孩子已經有了點小小少年的樣子，原來胖胖的嬰兒肥已經消去，皮膚乾燥，缺乏營養失去了從前光澤，頭髮亂蓬蓬地翹著，眼睛顯得特別大，手長腳長縮在那裡，哭得越來越傷心，越來越委屈。

他哭得似乎沒有停止的時候，整個人都微微有些抽搐了，邵鈞有些無措，當初他這孩子還是那金尊玉貴的小郡王的時候，是一點點疼都要哇哇大哭等來母親的溫柔懷抱和安撫的，邵鈞沒有經驗，想了一會兒只能伸手將他抱進了懷裡，嘗試安撫這孩子已經崩潰的情緒。

這是一個並不算溫暖的懷抱，機器人的體溫是永遠的恆溫，也因此其實比常人要低一些，衣服又是粗糙的麻布，和從前柔軟光滑絲綢裙袍帶著馨香的母親懷抱大不相同。柯夏想起母親，哭得更傷心了。

最後男孩睡著了，夢中還在傷心的抽泣。

邵鈞有些無奈，覺得自己實在不擅長撫養孩子——也許，那個經驗豐富的牧師，會能安撫他吧？自己果然當初還是應該將他交給教會孤兒院？

這次哭以後，柯夏終於接受了在聯盟變成黑戶的事實，會下床走出門外看看外邊破敗的磚牆和高大的榆樹，但是看到好奇地看他的小孩子，又敏感不喜地縮回家門，成日躲在屋裡發呆，小小的出租屋裡什麼都沒有，只有一張床一張桌子兩個板凳，小小的廚房和浴室裡也十分簡陋。

邵鈞看他情緒終於穩定下來，幫他驗過血，身體並無大礙，精神萎靡飲食不振應該是精神上的原因，這只能由時間來撫平了。便和他說要出去在附近工作賺房租，柯夏沒有表示反對，畢竟他雖然未成年，也還是知道沒錢寸步難行的道理。

於是邵鈞就近找了一份碼頭卸貨的工作，沒辦法，無論是聯盟還是帝國，虛擬網都是只有中產以上的人才能使用。而除了虛擬網，沒有證件，沒有戶口，沒有學歷，只有一把力氣的邵鈞，目前暫時只能去做有合法居留權限的人都不願意幹的碼頭卸貨苦力了。

好在他是機器身體，感覺不到疲累，每日就是機械性地來回卸貨，就能按件數拿到錢，然後買第二天要吃的菜飯回來給柯夏，也幸好只有一個人吃，邵鈞計算了下，這樣子下去，還是能賺到一些錢的。

邵鈞這人雖然比較嚴肅，骨子裡其實是個有些隨波逐流樂天知命的人，上一世孤兒從軍又英年早逝，這一世莫名其妙困在機器人身體裡，好不容易找了機會偷渡，關鍵時刻卻多帶了個拖油瓶，他也沒覺得沮喪，還是穩紮穩打地繼續計劃著未來，一板一眼地去做機械性並不費體力的工作。

然而這天他回來，卻榮幸地享受了一把作為一個光棍絕對沒體驗過的事。一個鼻青臉腫的柯夏，另外一個同樣鼻青眼腫的孩子以及對方的家長。

在道歉以及送走對方家長後，邵鈞按著仍然在狂暴發怒彷彿一隻大蝦一樣掙動的柯夏上藥，好在這些家庭常備藥還在他手臂裡的藥箱裡有充分儲備，然而熊孩子仍然咬牙切齒：「他叫我黃毛鴨！」

憤怒的熊孩子眼眶都紅了：「還說我膽小鬼不敢出門！偷渡來的下三濫黑戶！我看他才是個黃豆芽！黃毛猴子！」

邵鈞很想揍他，然而他是機器人，不能攻擊主人，更何況這孩子這些天一直像個閹雞一樣，好不容易今天有了點精神，像個鬥敗了的公雞一般。

然而孩子應該怎麼養？光棍漢冥思苦想後得出了很多不負責任的家長最通用的邏輯：熊孩子自然要上學！讓老師來管！

邵鈞替柯夏揑造了個和他的身體差不多的年齡，去和房東夫人的瞭解讀書的要求。房東夫人十分熱心：「小孩子是該讀書！多少歲了？十二歲？還小還小，就附近的東堡初等學校，我們這一區都在那裡讀，公立的，只收書費和午餐費！我可以幫你借一套小學教材，連書費都免了！午餐可以自己帶便當。」

柯夏當然不肯：「我本來就要畢業了！怎麼能讓我又去讀初等學校！那是菜市場小學吧！我不去！」

邵鈞深呼吸一口氣，假裝自己還擁有肺，然後呆板地告訴熊孩子：這是他唯一擁有聯盟合法身分的機會，聯盟不允許盤查未成年人的合法居留身分，允許沒有取得合法居留身分的未成年人接受義務教育，如果成功考取大學，將獲得合法居留身分。

熊孩子轉過頭不理自己的機器人管家，將後腦杓留給機器人，他還沉浸在暴怒後的暴躁中，並不想和人說話。

邵鈞靈光一閃，忽然想到天網那裡從土豪那邊知道的資訊：「你去讀書，就能考聯盟雪鷹軍校了，聯盟軍校已經開設了機甲系。」這一刻邵鈞忽然與所有教不好孩子打算讓部隊教育孩子的家長靈魂合體，提出了一個十分完美的主意。

機甲！

沒有一個男孩子不喜歡機甲，即使貴為親王之子，柯夏也沒有機會能近距離觸摸機甲，只是參觀過，然後在虛擬遊戲裡過一把癮罷了。

柯夏的眼睛看了過來，有些將信將疑，邵鈞肯定道：「聯盟首都日報上已刊登新聞，聯盟軍校今年首開機甲系，錄取門檻除了文化課成績和體能，還要額外加試搏擊對戰。」

柯夏眼睛亮了些，邵鈞淡淡在火上又加了一把柴：「機甲系畢業就已是尉官，等進入聯盟軍方成為機甲兵，現在的聯盟元帥，就是機甲兵出身。若是將來掌握軍權，殺回帝國去，為柯榮親王和王妃、小郡主報仇，也是一條可行的路。」

柯夏的呼吸重起來，一雙眼睛彷彿被仇恨點亮：「好！就考聯盟軍校機甲系！」

未來的機甲戰士，卻在聯盟菜市場小學的入學考試，鎩羽而歸。

拿著分數很低試卷的「菜市場小學」的溫蒂校長顯然也是個十分耿直的老師：「基礎很差，數學物理化學和空間學基本都沒能掌握基礎公式和概念，聯盟史大概沒有學過，帝國史認識也有偏頗，只會歌頌皇室……常識方面更是缺乏得厲害。從小是受帝國教育吧？」

得到肯定回覆後，她微微有些不屑地道：「帝國那群老不死的貴族寄生蟲懂得什麼叫教育？那邊兩極分化，要麼就是愚民教育，只教農奴們認識幾個字，懂得算數，會點實用的修車砌牆建造之類的技術，政治歷史全是洗腦，另外一種就是貴族式教育，培養無所事事的貴族老爺小姐寄生蟲，整天學什麼詩歌寫作音樂繪畫，馬術賽車高爾夫以及種種編造出來的禮儀服裝學，尤其是所謂的皇室教育，只會培養寄生蟲，對國家對民生對社會毫無意義……」

邵鈞死死拉住深受侮辱的「皇室小寄生蟲柯夏老爺」的手，打斷了溫蒂老師的話問：「您看我們家孩子適合在哪個班呢？」

溫蒂老師輕描淡寫道：「只能從十年級上了，不用擔心，他這年齡的，這裡很多，都是受了帝國教育的，到了十二年級，連數獨都不會，我見過太多了。基本要從頭學起，多半畢業也是只能去職業學院就讀，早就被帝國那邊的教育毀了，也就是聯盟有義務教育，多少人偷渡過來就是為了給孩子更好的教育機會，為了給孩子一個聯盟的居民身分，可悲的是年齡大了點，思維和學習方式已經定型了……」

柯夏終於忍不住了跳了起來，青筋突起，暴喝：「我才不稀罕讀你們這破學校！」

邵鈞敏捷地按住了他，將張牙舞爪的機甲小戰士推出了教室外，轉頭對面露驚異仍保持微笑的溫蒂老師說話：「抱歉我們不讀了。」

溫蒂老師看了眼邵鈞身上的灰色粗布衣褲以及長筒硬底靴子，肩膀和手肘磨損很厲害，這是標準的碼頭苦力的打扮，雖然這人五官俊秀，皮膚白皙，但顯然經濟並不寬裕，好心而傲慢地提醒：「公立學校是義務教育，按居住地段入學，你們看起來經濟不寬裕吧？在聯盟雖然工作機會多，但是畢竟用錢的地方還很多，建議你還是不要太寵溺孩子……」

邵鈞淡淡打斷了她：「抱歉……不是經濟原因，我不認為一個簡單粗暴將學生早早就標籤化定義化的老師能教好我們家的孩子，教育有教無類，學習永遠不會遲，我相信聯盟的自由平等開放，應該同樣體現在教育上，我會去找一個不把文學藝術音樂視之為無用的學科的學校，很遺憾溫蒂老師……」

他微微鞠躬，然後轉身出門將柯夏帶走。

走出校門的柯夏仍然在咆哮：「我懂得那麼多，他們偏偏考我不懂的！」

「那個女人看上去毫無禮儀，舉止粗俗，哪裡配做老師！」

好吧，其實最後一句話邵鈞還是很贊同的。

只是失去了這所公立小學的入學資格，還能去哪裡讓熊孩子讀書呢？

「不去讀公立學校？」勒黛絲夫人很意外，不過卻沒有問原因，而是想了下道：「那就只有考慮私立了，私立學校不僅貴，要求的入學考試成績也很高，或者你們也可以考慮一下教會學校，只是教會學校需要全封閉住宿，比較嚴格。」

邵鈞問：「不知道哪個私立學校在考聯盟軍校上有優勢的呢？」

勒黛絲想了下道：「山南學校，這所學校很有名，軍方背景，很多軍隊將領子女都在那裡就讀，似乎元帥的獨生女兒也在那裡就讀——不過分數也是要很高的。」

「我就考這個！」柯夏斬釘截鐵地說。

邵鈞無語。

柯夏剛經歷過挫敗，惡狠狠道：「你以為我不行？」

邵鈞想了下道：「夢想總是要有的。」

柯夏總覺得這句話哪裡不對，但是看到機器人一如既往木訥呆板的表情，又覺得是自己多心了。

山南學校不接受插班，柯夏如果想要進去，只能參加七月分的入學考試。如果通過，九月分會安排入學，而現在離七月還有三個月的時間，邵鈞打了電話過去，成功預約了入學考試。

要參加考試，當然得複習，柯夏有些茫然道：「〇〇七，你身上還有教材嗎？」

邵鈞道：「根據統計，考前最穩妥的複習方法是寫題庫，我的資料庫內有聯盟山南學校最近五年的入學考試試題，小主人，你要寫嗎？」作為一名全能的保母機器人管家，身上自然存有大量的學生複習資料，聯盟山南學校即便是在帝國，也是很有名氣的，其入學考試試題，自然也是帝國教育界以及學霸們參考的範圍。

柯夏看著面無表情的邵鈞，臉上微微空白，邵鈞幾乎以為他要放棄，結果他咬了咬牙道：「先拿最近一年的題目來給我試試看。」

想起從前讓機器人幫忙寫家庭作業的劣跡，邵鈞覺得柯夏的三分鐘熱度隨著衝動過去會消失，不過他能乖乖在家裡寫題庫不出去惹是生非就好，至於山南學校到底能不能考上，那倒是沒什麼關係。

毫無疑問邵鈞就像無數的新手父母一樣，對教育孩子束手無策。養孩子這種事，實在太多干擾了，毫無經驗的邵鈞也覺得有點茫然——果然還是在港口就該想辦法把他送進教會孤兒院去的吧？邵鈞有些猶豫地想。

他覺得還是努力一下多賺點錢，到時候上不去，試試看塞錢好了……畢竟他手裡還有一點從前陪練的錢，不管怎麼說當初他也是靠著柯夏賺到這些錢的，如今冥冥中靠著這些錢誤打誤撞把柯夏帶出帝國，又要供他讀書，還真是天道輪迴。

然而神奇的是，柯夏居然咬牙堅持下來了，邵鈞每天回去的時候，都能看到柯夏沉著臉在寫題庫，夕陽西下，小小少年頂著滿頭凌亂金髮，眉頭緊蹙，安靜下來的時候，還是很可愛的，真聖母邵鈞於是就心軟了。

邵鈞就是個人型搜尋引擎，記憶體有著大量的知識庫，柯夏一問，他立刻就能調動出資料庫回答出他要查的內容，一日兩日三四日，柯夏居然堅持下來了。一開始寫得很慢，一天能做一套題庫都算好了，後來速度漸漸加快，整個人彷彿橡皮筋一樣慢慢繃緊拉長，除了吃飯睡覺，就是在寫題庫……仇恨居然能帶來如此大的力量嗎？

雖然沉穩安靜是好事，邵鈞仍然覺得有些憂慮，天天窩在屋裡寫題庫，對眼睛跟身體可不好，如果放任心理狀況不管，更是大問題。但是他不是心理專家，也沒有當過父母，只能盡力而為，建議柯夏加強鍛鍊身體，保持一定戶外活動時間。

「軍校是要測體能的。」

柯夏陰沉著臉，但倒也沒有反對：「你資料庫裡有什麼鍛鍊身體的體術嗎？」資料庫裡卻沒有這些資料，要知道柯夏可是貴族，所謂貴族，當然是有私人教練，哪時候輪到機器人保母來教育孩子？

但是邵鈞畢竟不是真正的機器人：「有軍拳三套，從易到難。」這也是他唯一會的東西了，不管怎麼樣，有強身健體的功效就好。

「但是，學這個東西，你要記住兩個字，克制。」邵鈞在教之前，再三重申。

「軍拳，到最後階段，都是針對人體最脆弱的地方，你永遠要記得，不到萬不得已，不要隨便出手，更不要和普通老百姓出手。」

「為什麼？」

「因為一出手就有可能死人。」

柯夏臉上呆了呆，看著邵鈞。邵鈞想了下，又補充了句：「能力越大，責任越大，你擁有的力量越大，造成的後果就很容易無法控制，所以必須要克制，動手之前先三思，對方是否必須死，你是否能夠承擔對方死亡的後果，以及，真的決定動手了，就不要留手了，猶豫和留手會讓你敗。」

「以最小的代價，破壞對方的所有力量，不要讓對方有反擊的機會。」

於是每天傍晚柯夏跟著邵鈞在小小院子裡學上一個小時的軍拳，學了一陣子他大概也發現了自己體能不行，早晨便起了個大早，想趁著人少的時候在海邊跑上半個小時。

深巷子裡住著頗多人家，經濟都不太寬裕的樣子，和帝國那邊的貧民窟有點像，四處都拉著繩子晾曬衣物，路邊有一大清早就無人看管，光著屁股流著鼻涕在那裡玩石頭的小孩。他從前都是被父母告誡要遠離貧民區，以免碰到小偷和歹人的，現在卻不得不和他們住在一起，聯盟總是號稱多麼自由民主開放，現在看來不也是有窮人嗎？

柯夏不再看他們，自己跑著出去，在海邊跑步起來，等跑到碼頭邊的時候，看到一艘海船剛剛到岸，許多碼頭工人都在那裡卸貨，想必〇〇七也在那邊吧？柯夏不由駐足看過去，果然看到了自己的機器人保母，他很醒目，因為天氣熱，大部分碼頭工人都光著膀子，只在肩膀上墊了個毛巾在搬貨，只有他穿得嚴嚴實實的粗布襯衣，以遮掩他過分白皙的皮膚。即便是扛貨物，他也腰杆筆挺，動作俐落，和旁邊那些彷彿被生活重負壓彎了腰低著頭的碼頭工人們完全不同。

只是他走路的時候一隻腳似乎有點不靈便，是那天夜裡中了顆子彈，打壞了線路，機器人自己修理了一下，但是條件簡陋的情況下，肯定不能恢復如初了，平日裡套著長靴和他在屋裡，走路不多看不太出來，現在這麼遠遠看去，沉重的兩袋貨物壓在他肩上，腿腳就看出了遲滯。自從柯夏開始專心寫寫題庫後，〇〇七就選了夜班，夜班扛貨的錢，比白班要多出三分之一，白天他去一家超市裡依然是幫忙卸貨裝貨，這樣收入能更多一些。但是現在看來，這樣白天黑夜的長期粗工，多半會加劇損耗。

柯夏皺了皺眉頭，覺得自己剛才那一瞬間的揪心有些怪異，就是個機器人而已，又不知道疼和累，自己如今無路可走，只能讓機器人去幹活賺錢，才能順利考入軍校，復仇的火焰在他胸中熊熊燃燒，其他的一切，都值得為之讓路和犧牲。如果真的能考上機甲系，軍校裡一切費用都會是國家出，成績優異還能有獎學金，到時候再替他好好修理就好。

這個時候的柯夏和邵鈞都沒有意識到，機器人也是需要能源的，柯夏養尊處優不曾留意，而邵鈞經常忘記自己機器人的身分，兩人都沒有注意到，作為高端人工智慧，這具機器人身軀內裝著的能源，和許多機甲採用的能源核心一樣，是會不斷損耗的，實際上，邵鈞大量動作消耗能源所賺來的錢，遠遠不夠買這具皇家專用高級人工智慧機器人專用的能源核心。

機器人每天下班的時間都是固定的，這一天卻沒有如期回來，寫完一套題庫的柯夏不知為何有些心神不寧，索性起了身出門。

並沒有多久他就看到了他的機器人保母，巷子口一個少女抱著一隻貓坐在巷口石椅上，正低著頭不知道在和機器人說什麼，滿頭捲曲像海藻一樣的長髮披散下來，胸脯柔軟雪白，鼓脹著幾乎要從薄薄的吊帶紅格長裙中踴躍而出，機器人蹲在椅子邊，兩隻手拿著貓的一隻腿，低著頭看貓，沒有看到那少女長長睫毛下凝注的眼光。

柯夏心裡冷笑一聲，他雖然是個熊孩子，卻是個標準的帝國貴族，性方面的觀念卻也早就接觸過了。這女人他知道，是巷子裡做皮肉生意的，叫什麼鈴蘭，顯然是個藝名，平日裡看到她穿著暴露的皮短裙，噴染著金髮，畫著濃妝，站在街邊攬客。其實那顏色曖昧的頭髮以及奇怪的混綠色眼珠早已出賣了她血統的雜亂，用帝國貴族的話來說，就是個小雜種，這會兒不知道裝什麼純情來勾引機器人，他開口想叫機器人回來，卻一時頓住，機器人的假名叫什麼來著？

機器人放下了貓的爪子站了起來，少女將貓擁入胸口，抬了頭向他笑，夕陽下照得小巷子通透光耀，她臉上妝容都洗淨了，與外邊攬客的樣子截然不同，就像個抱著小貓簡單柔軟可親的鄰家女孩一般，柯夏終於想起應該叫機器人什麼：「杜因！」

兩人都轉過頭來看他，夕陽光下竟然有些登對。柯夏瞇起了眼，感覺到了自己財產被人覬覦的感覺，他冷聲道：「回家了，我肚子餓了。」

邵鈞並沒有想太多，以為少年真的是肚子餓了，便向那女孩點了點頭，往柯夏走去，鈴蘭抱了貓笑道：「謝謝您了。」又對柯夏歉然道：「對不起，耽誤你吃晚飯了，這小貓腿脫臼了，請杜因大哥幫忙復位了一下。」

杜因大哥？柯夏那種自己的東西被人染指的感覺越發濃厚了，抬起下巴，冷聲道：「婊子，離我家的人遠點。」

這惡意滿滿的話一出口，那少女臉上的血色迅速褪去，彷彿白紙一般，邵鈞也怔了一下，看了鈴蘭一眼，十分抱歉地說：「對不起，小孩子不懂事。」鈴蘭勉強翹了翹嘴唇，卻到底是年紀太輕，沒有擠出一個笑容，眼眶卻飛速地紅了，她終究沒能做出風輕雲淡的樣子，而是轉身抱著貓飛快而倉皇地逃跑了。

邵鈞轉過頭，聲音有些冷：「小主人，遠親不如近鄰，請您尊重別人。」

柯夏冷笑：「〇〇七，你是到了聯盟就下載了聯盟的資料庫嗎？什麼自由、民主、平等那一套？現在你應該連不上你的伺服器才對吧？服從主人才是你應該做的！」

邵鈞閉上嘴，覺得和一個從小就高高在上的皇族說什麼都是廢話，反正社會會教他做人，等把他送去軍校，他就拆伙。

這一天的機器人似乎和平時不一樣，但是具體卻說不上什麼不同，教他軍拳依然是那樣一板一眼，做的飯味道也和平常並沒有什麼不同，柯夏覺得可能是自己神經過敏了，於是仍然和往常一樣的寫題庫到深夜。

第二日柯夏又從惡夢中驚醒，醒來機器人依然不在，看天色，想必仍然還在夜班中，小小而簡陋的屋裡，只有他一個人，夢裡的寬敞溫暖的家已經遠去，父母和妹妹遇害的慘狀卻還殘留在腦海中如此鮮明，孤獨、憤怒、暴躁的情緒繼續湧了上來。

柯夏起身換了衣服出去跑步。

跑到巷口卻被幾個人攔住了，為首的少年穿著皮背心皮褲，身上帶著亂七八糟的皮圈皮環一類所謂個性，其實上流人士一看就知道窮的劣質飾品，眉目桀驁：「昨天是你把我姊罵哭了？」

柯夏冷冷道：「有手有腳不去工作讓姊姊出去賣的軟飯廢物，好意思為姊姊出頭？」

那個「賣」字特別清楚而諷刺，少年眉毛豎了起來：「你找死是嗎？」他身後幾個卻是從前和柯夏打架過的，有個恥笑道：「布魯你別氣，這小子站著說話不腰疼，其實天天在屋裡吃軟飯，讓表哥到處兼職打工養他，聽說成績爛到連公立學校都不收，現在是有他表哥，我看將來等他表哥娶了老婆，遲早要把他趕出去，到時候看來也只能去做鴨了。」幾個人轟然笑起來，惡意地打量著柯夏上下。

柯夏當然知道什麼是鴨，怒意上湧，戾氣頓生，一拳直接招呼了過去，把那正用不懷好意目光打量他的痞子少年的臉打開了花，混戰開始了。

等邵鈞夜班回來的時候，迎接他的仍然是幾個鼻青臉腫的少年和他們的家長，以及巷子旁被殃及池魚打破窗戶的憤怒屋主。

熊孩子不教訓真的不行，把剛領到手還沒在口袋裡暖起來的工錢賠光了的邵鈞面無表情地想。

鈴蘭沒有要錢，她對邵鈞道：「是我弟弟不對，帶了人先去找麻煩，窗戶的錢我來賠吧。」柯夏營養好，年齡實際上比這些孩子大，身材也頗為高大，這陣子又和他學習軍拳，打起架來有章法有狠勁，布魯這方雖然人多，卻大多是貧民窟裡長大，比較瘦小，大概也沒什麼打架經驗，被柯夏打得也是有點慘，現在雖然科技發達，醫學昌明，即使斷肢也能再生，費用卻也不是窮人負擔得起的。她們姊弟相依為命，淪落在貧民窟裡，由年輕的姊姊出賣皮肉供弟弟讀書，這背後自然有不為人所知的苦楚，他幫不了所有人，何必又雪上加霜，因此邵鈞搖了搖頭，沒有同意。

鈴蘭眼眶通紅，卻沒有繼續堅持，匆匆帶著自己的弟弟走了。

柯夏鼻青臉腫地狠狠吐了一口帶血的唾液：「婊子就是婊子，裝這樣子還不是為了勾引人……」

邵鈞面無表情地拿著治療儀給柯夏掃描治傷，柯夏還在說：「主人受了欺負，你竟然不替我揍他們。」

邵鈞木然道：「機器人不能傷害人類。」

柯夏道：「你少騙了？主人的命令優先執行，你們就是個工具。」

竟然沒有機器人三定律嗎？糊弄孩子失敗的邵鈞只好打起精神來，開始灌輸前世聽到已經耳熟能詳的雞湯：「有個故事，一位軍人收到上級的命令，要求他對越境的無辜平民開槍，小主人覺得，他應該怎麼做？」

柯夏道：「軍人當然要服從命令，若真是無辜，錯誤由發命令的人承擔，他若違反命令，就要被軍法處置。」

邵鈞一本正經道：「作為軍人，你要執行命令，但是作為一個人，你有將把槍口抬高一釐米的主權，同樣，作為機器人，對於主人生命權沒有受到嚴重威脅的情況下，我也是要尊重他人生命的。」

柯夏彷彿看白痴一樣看了他一眼。

邵鈞諄諄善誘，繼續嘗試灌輸過期雞湯：「而且，他們是帝國人，你身為帝國皇族，本有義務庇護她們。」帝國皇室最喜歡的那一套，每日裡催眠著自己是在庇護國民，不管什麼辦法，總之他受夠了養一個每天惹是生非的熊孩子，小時打架，大了鬥毆搶劫殺人，那可怎麼得了！

「帝國人？」柯夏滿臉都是：你開什麼玩笑？

「她們是帝國偷渡客的孩子，父母死亡，孩子不得不自謀生路，但是沒有戶口，無法享受最低福利保障，也無法找到合法工作，姊姊還要養著弟弟，兩個都沒法子過下去，只有犧牲一個，除了出賣身體，她沒別的選擇。上層貴族總以為窮人是因為懶，其實他們不理解有些人是真的走投無路求告無門——主人，如果你不儘快取得聯盟合法身分，您也只能娶到沒有身分的女人，然後生下同樣沒有戶口的孩子。」

柯夏不說話了，半晌才嘴硬：「做這種出賣尊嚴低賤職業的人，就算是帝國人，也沒有任何值得人尊重的地方。」

狹窄的屋子裡治療儀嗡嗡響著，已經放棄教育孩子的邵鈞木著臉警告柯夏：「我身上備的藥已經不多了，您再打架受傷，就只能和外邊的窮人一樣，去藥店買彈性繃帶和刺鼻的藥水了。您不想真正需要藥品治療的關鍵時刻，我沒有藥吧？」還是說明利害關係更直接。

柯夏不再說話，臉上仍然是一副冰冷桀驁的樣子，也不知在想什麼。金黃色的頭髮長了些，沒有帝國專為皇族服務的高級髮型師打理，早就爭先恐後地長出了長短不一的亂毛，有的繞成了小圈，有的則倔強地翹著，雪白臉上腫了些，金髮碧瞳和緊緊抿著的薄唇，這麼看著，居然還是十分漂亮的樣子，儼然是個才打過架的天使。

青春期的男孩子真是麻煩啊，邵鈞感覺到了頭疼。

無言的一夜。第二天早晨，一碗早餐放在了簡陋的沒有上漆的原木桌子上。

柯夏看著碗裡頭稀裡糊塗黃綠交加的東西問道：「這是什麼？」

邵鈞面無表情地道：「是院子裡榆樹上結的榆錢，百科上說此物可食用，每一百克榆錢果實含水分八十二克，蛋白質三．四毫克，抗壞血酸九毫克，其中鈣、磷含量較為豐富，有清熱安神之效，可治療神經衰弱、失眠，多食榆錢可助消化、防便祕。」

柯夏臉上表情難以言喻，用叉子叉起榆錢問道：「這上頭黃的是什麼？」

「玉米粉。」

「我沒記錯的話那是餵豬的吧？」漂亮的小郡王臉上已經湧現了嫌惡和噁心。

「百科上說可以食用。」

柯夏捧了叉子：「這東西是怎麼做出來的，能吃？」

邵鈞頓了頓：「榆錢洗淨瀝乾，用玉米粉裹上蒸熟，拌上胡椒粉、蒜泥、醬油、醋做成的，可以吃。」

柯夏道：「如果能吃，外邊貧民窟的人怎麼不吃？」

「我們沒錢了。」

柯夏一下子說不出話來。

「我每天為港口搬貨可以得到三十個銅幣，白天十個，晚上二十個，伙食費需要二十個銅幣，剩下十個銅幣存著給你做學費，本來已經存了十個銀幣了，但是昨天賠你打碎的玻璃窗都賠光了，今天還沒有薪水，所以早餐你只能吃這個了。」

柯夏臉上紅一陣白一陣。

邵鈞說道：「我出去工作了。」說完就走了出去，他才沒有時間慢慢勸說這不知人間疾苦的孩子，這裡的人的確不吃榆錢，要不是他從前來自一個發現什麼東西都要問一句能吃嗎？好吃嗎？怎麼吃？然後想方設法弄出各種吃法的神奇國度，他也不會想到煮榆錢飯的主意。

晚上邵鈞領了薪水，買了點肉乾回來，那孩子正在長身體，如果真的沒吃那榆錢飯，怕是要餓瘋了。

回家的時候鍋裡的榆錢飯已空了，便當盒也是空的，看來現實還是能教人做人。

發掘了新的吃法，邵鈞也有些肆無忌憚起來，港口邊上長的嫩艾草和一些野菜，他索性也採了嫩葉回來，洗乾淨後如法炮製蒸熟拌佐料給柯夏吃，柯夏雖然每次看到不認識的食物放在桌上，表情都很難以言喻，但是都默默地吃掉了。

然而青春期的男孩子還是不能不夠營養，柯夏進入了生長期，夜裡骨頭開始一陣陣的痛，反復睡不著。邵鈞用身上自帶的簡易驗血系統替他驗血，各項微量元素都偏低，擔心他有什麼病，帶他去了社區醫院。醫生只說是生長痛，多補充營養。查過身體後看著檢查結果，建議給孩子多吃肉，補充蛋白質，喝牛奶，多吃水果。

水果奇貴無比，邵鈞買三兩紫莓，就花了二十個銅板，再替他訂了一份牛奶，買了水果就買不起肉了，邵鈞也有點傷腦筋。不過有天晚上他值夜班路過野外，看到幾隻肥碩的野飛鼠在陰暗的灌木叢中飛竄而過，忽然靈機一動。

之後柯夏就吃上了豐富的肉湯，肉餅蒸蛋，肉羹，味道很好，鮮嫩濃郁。很快他臉上又有了血色，身高體重都飛速增長，眼看就要超過一百七十公分了。

邵鈞欣慰之餘也有些詫異他身體的發育速度，這已經超過了他從前的認知範疇，如果說生長速度和精神力有關的話……莫非，是因為這孩子自己想長大，所以之前被精神力延緩著的身體就開始生長了嗎？

邵鈞在資料庫裡查閱了下，發現精神力的研究論文雖然繁多，卻也沒有十分可靠的論證。的確有研究指出精神力高的人，主觀思想會對身體生長有一定影響，但從目前研究論證的規律來看，精神力高與生長髮育速度仍然成反比，精神力越高，身體及心智發育過程越緩慢，那是身體的本能，才能讓精神力更完美地與肉體匹配，從而能隨著身體生長到頂峰之時，也達到更高的精神力頂端。

同時，之前那只會哭鬧任性的孩子氣也似乎隨著身體的生長而消失，柯夏甚至問過一次邵鈞哪來的錢買這麼多肉，邵鈞只說是夜班因為請不到人，所以加錢了。反正機器人也不需要睡眠，柯夏也沒多想。

不過邵鈞卻也認識到隨著這個孩子的長大，有些難以繼續糊弄下去，他們朝夕相處，他和機器人不一樣的地方遲早有一天要被他發現。

得做好離開的準備。

眼看還有半個月就到考試時間了，兩人都沒有身分證，無法購買懸浮列車車票，邵鈞還是個機器人，安檢那一關都有些難過，於是邵鈞買了兩張去洛倫的大巴車票，開始收拾行李，準備到首都洛倫參加考試。

聯盟二十歲以下算是無行為能力的未成年人，參加任何學校入學考試都無需出具身分證，考上後就能免費就讀到二十歲，如果是沒有身分證的，學校會協助辦理一個臨時的身分證，二十歲之後便能考取大學，只要考上大學，便能得到正式的聯盟合法身分。五十歲以下的學生讀大學，每月還能享受一定的政府津貼，如果是軍校，則費用全免。柯夏已經十八歲了，軍校要體檢，他看起來再年幼，也瞞不過體檢的儀器，他必須要在二十歲以前考入一個學校，並且考上大學，之後才能有機會獲得正式的聯盟合法身分。

首都學校多，哪怕山南學校考不上，也有機會試試其他學校，最多只要兩年，就能放手了，這樣邵鈞感覺輕鬆多了。

自從那次打架後，柯夏也都老實下來了，每天就是默默地寫題庫，兩人默默做好了去洛倫的準備。

這天夜裡邵鈞如常去夜班，畢竟一去首都，需要花費的地方非常多，尤其是他們兩人沒有身分ID，許多東西就不得不花更多的錢。舉個例子，懸浮列車從曆山這小地方到洛倫，只需要五銀幣，既快也安全，但是大巴這種以運貨為主的交通工具，偏偏需要一人十銀幣，其他生活用品就更不用說了，凡是現金支付的，都比直接從ID裡頭扣的要翻一倍到兩倍，可想而知在首都會是什麼樣的情況了，所以錢還是越多越好。

柯夏寫完了一套模擬題庫，便如常上床睡覺，到了半夜卻被輕微的響動驚醒，他自從經過那滅門的一夜後，就再也沒能有安穩的睡眠，風吹窗，雨敲簷，都會驚醒，然後仇恨如影隨形，讓他再也無法入睡。

而這一夜的響動卻又格外不同，門鎖喀的一聲，竟然有人摸進了院子裡！柯夏汗毛豎起，下了床靠在門邊，第一反應是報警，然後就想起自己沒有戶口，報警引來的就是遣返或者被強制送進難民孤兒院中。

他飛快地衡量了下自己如今的境況，看了下窄屋，只有縮進床下，躲在了剛整理好的行李箱後。

喀噠，有人進入了小屋內，竊竊私語：「不是說家裡還有個小孩子嗎？怎麼不在？」

有人不耐煩道：「誰知道，說不準帶出去上班了，不在不是更好，少了多少麻煩，我觀察了許多天了，這家的男人天天白天黑夜都在打工，手裡有不少錢，前天老黑說他花了二十個銀幣買了兩張大巴車票，一點不猶豫，這兩人都是帝國來的黑戶，沒有帳戶，只能存現金，屋裡肯定不少錢！快找！」

屋裡開始不斷傳來翻動的聲響，聲音越來越粗暴而肆無忌憚：「就這麼點大，沒有！難道都帶在身上？」

「不可能，碼頭扛貨，那麼多銀幣帶著不方便，都仔細找找，衣服邊角都捏捏，這些窮酸的人最喜歡縫在衣服裡或者鞋子裡。」噗通噗通，簡單衣櫃裡的衣服一件件都被拉了出來，抖過捏過後扔在地板上。

柯夏屏著呼吸縮在床底，只聽到一個人說話：「哈！床底有行李箱！錢肯定在裡頭！」唰的一聲，擋在他前面的行李箱被拉了出去，一個人低頭查看床底，和正往外看的柯夏四目相對。

！！！

這癟三還來不及驚叫，柯夏已經從床底狠狠地衝了出去，一頭狠狠撞在了完全來不及反應的男子鼻子上！

砰！男子眼前一黑，鼻子劇痛，有液體從鼻孔中滴出，頭也眩暈起來，柯夏已經鑽出了床底，飛快地向敞開的門衝出去！

一隻手卻飛快地拉住了他的後頸，將他硬生生地從門邊拉了回來！滿臉橫肉的男子獰笑著：「不知死活的小兔崽子！」

他話還沒有說完，眼前小兔崽子忽然捏緊拳頭，狠狠地一拳穩準狠地再次往他鼻樑招呼！他反應極快地將頭一側，險險避過，卻不得不鬆開捏著對方後頸的手，他再也不敢輕視眼前的這個小孩，拔出了匕首就往他身上唰地刺過去！

柯夏不躲不閃，卻一腳飛踢，自下而上，正中男子襠部，男子嗷！地一聲慘烈大叫，刀子脫手而落，旁邊本來還在捂著鼻子喊揍他的另外一個男子見勢不妙已經衝上來要抓他，他極其靈活地擺脫開來，再次破門而出。兩個暴怒的男子緊緊尾隨著衝了出來，一個飛撲後，以沉重的身軀壓住了他，另外一人則衝過去把守住了門口，獰笑道：「看你往哪裡逃！」

柯夏被壓在下頭，粗糙土地上塵土石頭狠狠地硌著他，感覺到五臟六腑都彷彿被擠壓一般，胃裡的食物幾乎都要吐出來，他艱難地掙扎蠕動著，卻被對方死死壓著，絲毫動不了。

到了院子裡，黑暗的圍牆邊卻有兩個人打著手電筒從圍牆另一側探頭看過來，一個女子聲音關切問柯夏：「夏！你怎麼了？」卻是鈴蘭，大概是聽到了聲音。

布魯阻止了她：「姊！是小偷！我們別惹事！」

一個男人已經提前堵住了院門方向，冷笑道：「看你往哪裡逃！」壓著柯夏的男人抬起頭獰笑道：「小女孩別多管閒事，等我拿了錢再去睡你！」他的刀子適才還來不及撿，看柯夏一直動個不停，眼看就要壓不住，連忙從兜裡掏出了一把噴火槍出來，啪地一下打開了按鈕，幽藍色的火苗噴了出來，他舉著那噴槍，殘忍笑道：「等我把這小兔崽子一寸一寸地燒熟了！就從臉蛋開始吧！先燒熟眼睛？」他將噴槍壓低，把火靠近了柯夏，柯夏感覺到了噴槍上吐著火焰的熱度，巨大的恐懼湧上了心頭，他卻已經不敢再亂動，怕碰到那火焰的噴槍，他尖叫道：「不！」眼淚再次湧了出來，為自己的無能，為可能會被殘忍燒死的悲慘現狀感到恐懼。

那男人哈哈大笑，顯然被他恐懼歪曲的臉給取悅了，玲蘭在牆頭尖叫了一聲，忽然不知道從哪裡拿起了東西，唰地一下往那男的砸過來！

陰影帶著風聲飛了過來，那男的擺頭躲開，卻下意識地用手去格擋，卻忘了手上還拿著噴槍，轟！的一下那東西燃燒起來，火光明亮，大家都看清了那只是一個草編的空雞籠，乾透的草瞬間就燒透，成為了一團空心的火球。

然後玲蘭接連不斷地從圍牆邊上繼續扔下曬東西的簸箕，之後是碗、熱水壺、砧板，石頭，是布魯看姊姊已得罪了他們，不得不也幫忙開始幫忙投擲，將一切能夠得著的重物都扔了過去。

那男子不得不連連避開，一邊格擋一邊咒罵，然而卻無計可施，另外一個男子在下邊惡狠狠威脅道：「小女孩！有本事妳等著，明天爺爺找你算帳！看妳還做不做生意！」柯夏卻已趁著男子躲閃之時的一絲鬆動，再次迸發了巨大的逃生欲望，強力掙脫了出來，翻身再次躲回了屋裡，將門死死頂上！

噴槍點燃了好幾樣東西，燃燒著的鳥籠落在了角落乾柴堆和炭上，轟地一下燒了起來。巷子裡都是窮人，冬天取暖，只能靠燒火和燒炭，人人院子裡都堆了不少這些易燃物，而這片巷子又有不少根本就是木板房，火舌一起，立刻就燒了起來。

火大了起來，已經有人發現了不對，大喊起來：「失火了！」

那兩個賊子見勢不妙，眼看今夜已確定無法可想，拿著火噴槍的男子惡狠狠笑著：「好一個互助互愛的鄰居，我讓你們一起倒楣吧！」他拿著火噴槍，一路將能點燃的窗簾、院牆上的柴火、院子裡曬著的衣物等等全都點燃了，然後與另外一個賊子破門而出，逃之夭夭。

熊熊烈火中，濃煙滾滾，人群絕望地四散奔跑著。好在時值清晨的黎明，已經有不少人早早起來準備上工了，有人用用鑼鼓大聲敲擊著，提醒人們逃命。

然而這個小巷子兩側堆著太多的柴火了，都是平日裡鄰居們堆積下來的做飯做菜用的，著火起來，猶如四面火牆，灼熱之極。

玲蘭和布魯翻下院牆，拍著門：「夏柯！快逃！著火了！」布魯回投看火越來越大，叫道：「姊姊！我們別管他了！快走！火大了會逃不掉！」

玲蘭卻拍著門：「他還是個孩子！夏柯！快逃！不要在屋裡！這裡都是木樓，燒起來很快的！」

門唰地打開了，柯夏提著那行李箱：「走！」

布魯冷笑道：「都這個時候了！還惦記著這些東西！真是要錢不要命！」柯夏不理他，布魯卻捂住鼻子道：「姊姊，往這邊走！」

他衝向門口，玲蘭連忙道：「不要！」話音才落，只看布魯前邊果然落下了一個燒著火的門梁，他往後退了一步，忽然身體搖了搖，倒了下來。

玲蘭失聲驚叫，衝過去將他拖了回來，將他抱在膝上痛哭，柯夏蹲下身子看了下道：「是被煙熏暈了。」有些不知所措，玲蘭含淚道：「怎麼辦？」火勢越來越大，濃煙也更多了。

他們一籌莫展。「砰！」的一下，著火的院牆忽然被衝開，邵鈞挾著煙衝了進來，看到他們三人在一起愣了下，柯夏看到他大喜：「杜因！救我們出去！」

火苗已經灼熱到讓他們的頭髮都捲縮起來，前方已經被火和濃煙掩蓋了路。

黑髮男子面容仍然一如既往的淡定沉著，玲蘭看到他忽然上前將他們三人一起抱住，這樣怎麼逃？她一怔。

然後三人就看到了邵鈞背後，忽然唰地一下展開了一雙極大的羽翼。

那對羽翼通體潔白，騰騰火焰中彷彿也被染上了金色的光暈，她被男人有力的手臂抱著，從肩膀清晰地看到那對羽翼彷彿從背上生成，然後發現那金光並不是火光，而是雪白羽毛的金色外沿。他們騰空而起，從火苗上飛過，她甚至能感覺到羽翼扇動時的風流，尾端淺金色的羽毛在空中振動著，無數璀璨的火星點點飄動在夜空中，美輪美奐，如夢似幻。

是天使嗎？

Chapter 17 新的開始

破曉的天空透著藍紫色，從山坡上看下去，貧民窟的大火已經被撲滅，斷壁殘垣上仍然冒著煙。救火車和警車橫七豎八地停著，大量的警察以及公職人員在維持秩序，貧民們被聚集了起來，清點人數，領取救濟糧食，並且準備被分流安置。

邵鈞正俯下身替布魯做著人工呼吸，他背上的翅膀早已消失，薄薄的襯衣上撕裂開的破洞裡露出了他結實有力的肌肉和肩胛骨，而那裡曾經伸展出來過一雙多麼美輪美奐的翅膀。為家用人形機器人配置翅膀，本來也沒有很大用處，因為人形機器人的架構先天不足，並不能飛太遠，最大的用處大概也只是飛上屋頂撿球或者飛上樹修剪枝條，甚至比不過一個簡單的無人飛行器，為祕銀翅膀骨架貼上天然的金鸚翼羽製成的羽翼更是無用之極，當然，因著足夠美，完全符合帝國貴族的審美。

柯夏看了眼仍然正關切觀察布魯的狀態的鈴蘭，動了動身上仍然在銳痛的關節，提醒鈴蘭道：「今天的事不要說出去。」

鈴蘭忙道：「放心，今日這事我一定誰都不會說。」她看了一眼經過昨晚這樣的狼狽打鬥和大火後仍然保持著傲慢姿態的柯夏，又看了眼還在為布魯做急救的邵鈞，喃喃：「之前就一直覺得你們是好人家出來的，在身體上加裝這樣的輔助設備，很貴吧。」

柯夏看她沒往邵鈞是機器人身上想，只以為是正常人加裝的義肢，這在許多人身上很常見，有的是為了特殊的工作需要，有的是個人興趣，也有的是天生身體殘疾，心裡暗暗鬆了口氣，沒理她的問題。

只聽到布魯咳嗽了幾聲，從昏厥中醒過來了，鈴蘭看著布魯恢復了呼吸，鬆了一口氣：「神主保佑，布魯，你怎麼樣？有哪裡不舒服嗎？」

布魯迷茫了一會兒才找回了記憶，勉強起身動了動，看了下他們道：「我沒事，逃出來了？這裡是哪裡？」他轉頭看了下下方滿目瘡痍的基貝拉街，茫然道：「家都燒沒了，那麼多警察，我們回不去了，姊，現在怎麼辦。」

鈴蘭眼眶發紅道：「也沒幾個東西，沒了，就再找別的地方就是了。」

布魯跺了跺腳，看了眼柯夏，憤怒道：「我都說了不要管閒事了！他若是乖乖把錢給他們，把人打發走了，哪裡會有這場大火？還連累街坊！現在好了！連落腳之處都沒有了！我們沒有戶籍，連工作都找不到，被警察發現就是遣返！現在怎麼辦！」

柯夏居然難得地沒有反駁布魯，過了一會兒道：「我們要搭車去洛倫，不然你們也一起去好了。」

邵鈞看了眼柯夏，頗為詫異柯夏態度的改變，多帶兩個平民去首都並不是個好方案，就算欠他們什麼，可以有多種解決方法來報答，而不是倉促帶著兩個人上路。但他不知道昨夜到底發生了什麼事，而且他還要在唯一知道他機器人身分的柯夏面前表現為一個合格的機器人，因此他保持了沉默。

布魯嗤地笑了一聲：「首都？去那邊只會活得更像老鼠！還是一隻鄉下來的老鼠！你知道那邊的房租多少錢嗎？連喝一杯水都要花錢買！」

柯夏翻了個大大的白眼：「留在這裡做什麼？永遠和老鼠混在一起？安心做一隻老鼠？人的圈子很重要，你和那些低等人在一起，那些人腦子不夠清楚，你每天光和這些人混在一塊，一輩子都想著去哪裡弄一口剩飯，找一件衣服，然後找個沒戶口的人生孩子……」他看了眼鈴蘭，到底還是把那句惡毒的「生個女兒還去賣」吞了下去：「繼續你的老路？不是看你姊姊昨晚救了我的份上，我才懶得理你。首都算什麼，你去不去拉倒！還白白浪費我兩張車票錢呢！」

布魯不屑冷笑：「稀罕你……」

鈴蘭卻忽然打斷弟弟的話道：「我們也去首都，麻煩杜因大哥了！」她看了杜因一眼，臉上微紅：「我們在這裡也困了多年，說不定去了首都，能有突破也好。」

柯夏看到了她看邵鈞的小動作，心下微微不爽，但鈴蘭和布魯姊弟倆昨夜是實實在在救了自己的，一個真正的貴族，有恩必報，且對貧苦人民和弱者，要有憐憫之心。

他冷哼了聲，還是忍了下來，根本忘了如今自己也比這兩姊弟好不到哪兒去，至少一下子突然增加的兩張大巴票出去後，他們連吃飯都成了問題。

大巴車上其實少了許多人，一夜之間的大火顯然影響到了許多人，邵鈞原本只準備了一人的食物以及衣物等，現在忽然增加了兩人，經驗豐富的他在上車前還是去買了些極為難吃但乾燥堅硬耐餓的黑燕麥麵包，多帶了兩壺水。

一路上山路很多，蒼翠山脈延綿不絕，車子寬敞乾淨，旅行大巴甚至能分隔成四人一小間小間，還有緊急的廁所供使用，這讓邵鈞對聯盟的好感又提高了一些，堅定了自己選擇聯盟的理由，畢竟政府雖然總是代表著統治階級的利益，但只看基礎民生，就知道平民老百姓的日子哪邊更舒服。

細心的鈴蘭還是發現了邵鈞不太吃東西，眼眶發紅，認為是自己和弟弟拖累了他們的行程，也吃得很少。

邵鈞知道她誤會了，但也沒法子解釋，只能偶爾裝著吃一點，這超級仿人的機器身體，也能模仿人吃東西，只是吃進去的東西落入人工胃囊，然後私下處理掉，這樣就有些浪費糧食了。

車上的日子在鈴蘭感激的迎合，柯夏剛剛獲救也頗為忍耐之下，幾人相處得居然還不錯，以至於邵鈞冒出了一個新的想法，他始終是要離開柯夏的，現在就讓柯夏有同伴有一起生活的人也不錯，況且鈴蘭對柯夏有恩，柯夏對她開始忍耐，這是個好的開始，慢慢會融入到聯盟生活中，然後漸漸淡忘仇恨，重新開始新的人生。沒錯，邵鈞從來沒有認為柯夏能夠復仇成功，那是皇室的爭鬥，國仇家恨，不是螻蟻一樣的個體能夠對抗的。

對柯夏來說，逃離出來，隱姓埋名，保住性命，將來在聯盟娶妻生子，過上平凡的一生，就是最好的結局了。報仇什麼的，時間會沖淡仇恨，等他長大，認識到自己的無力，接受平凡人的生活，習慣聯盟的日子，就再也不會想要再去報仇了。

而認識和接納新的朋友，是一個很好的開始。

Chapter18 聯盟首都

大巴走了四天，他們終於到了聯盟首都——洛倫。

聯盟其實全稱為西大陸聯盟共和體，由十八個國家組成，經濟一體化，聯盟中的大國，主要有萊恩和霍克，人口都在十幾億以上，面積也大，洛倫，正是萊恩的國都，也定為聯盟的首都。整個聯盟的成立，顯然都是為了對抗金鳶帝國，這個東大陸牢牢控制了藍星上最好的能源的專制國家。

人太多了，且全都行色匆匆，無人對他們四人投以更多的關注，而這反而讓一直心虛於自己身分的他們感覺到了安全。高樓大廈林立著，自動導航的計程車也到處都是，可以上去刷身分卡搭乘，也可以投現金，他們選擇了現金，到了事先訂好的旅館。

在一家旅館暫時落腳後，邵鈞買了個首都地圖，仔細研究了下聯盟雪鷹軍校的位置，決定將租房的範圍主要放在自由港附近的格雷街，洛倫作為國都，擁有著最大的港口自由港，世界各國甚至包括帝國的船隻，只要繳納稅金，都可停泊，收貨卸貨。而為此，這裡也聚集了大量的底層體力工作者。

第二天他出去跑了一天，便租下了一間小小的套間公寓，裡頭設施齊全，頗為安靜。三個房間，鈴蘭一間，布魯一間，邵鈞和柯夏住一間，鈴蘭滿臉通紅道：「怎麼能讓你們擠一間呢？我睡客廳就好了。」

柯夏白了眼布魯，冷笑了聲：「女士當然要有自己的房間，至於布魯嘛，我可不想半夜起來上廁所還看到有個討厭的人在客廳裡。」布魯撇了撇嘴道：「真的有必要租這麼好的房間嗎？這兒要五十個銀幣一個月！我剛才問過樓下，附近的布萊克街那邊只要十銀幣一個月就能住一個月，還更近自由港，隨時能找到工作。」

邵鈞言簡意賅：「安全，我們有女生，還有柯夏要備考，需要安靜的地方，這邊除了近山南高中，還和天空影城很近，方便找生計，比自由港要安全。」他之前也並沒有將安全放在心上，畢竟自己是個機器人，衣食住行的需求，都可以降到最低。然而經過這一次的驚險，他重新審視了自己還帶著一個脆弱的孩子並且暫時還不能撇開的現實，這一次他選了一個安靜而安全的住處，哪怕貴一些。公寓有嚴格的門禁，有管理，有保安，無論如何都比貧民窟安全。

布魯一愣：「為什麼不去自由港找工作？」

邵鈞道：「魚龍混雜，而且幫派黑社會多，不好找，還是去影城裡頭工作更安全些。」

布魯道：「可是我和姊姊都未成年，又沒有戶口，正當的工作我們找不到的。」

邵鈞道：「未成年人就該去上學，我問過了，這附近有個公立的格蕾雅初級學校，免學費，不看身分ID，你們姊弟兩人都去上學去，生計的事，我來負責。」

鈴蘭吃了一驚：「那怎麼行？雖然免學費，但是四個人的飯食生活費，也是不少的！更何況您也沒有聯盟身分證……只能打黑工，很不穩定，還是我去找份工作，布魯和柯夏去學校好了。」

布魯卻道：「我學習成績差得很，根本學不進去，姊姊妳成績好，還是妳去吧。我和杜因大哥去找工作。」

鈴蘭搖頭：「你得好好學，我們才可能有個光明的未來，你還小呢，我年紀大了些，再去學校和小弟弟妹妹們一起上學更是沒意思了……」

柯夏受不了這姊弟倆了，一錘定音：「少囉嗦了，差你們賺的那幾個錢嗎？都乖乖去學校！」鈴蘭和布魯都看向了邵鈞，柯夏不滿道：「杜因都聽我的！」他看了眼玲蘭，難道還想去賣？他可不能容忍自己身邊還有這麼不自愛的女人，就算救了他的命，難道還要他忍受時不時看到嫖客的生活？

玲蘭敏感地看出了他有些居高臨下而傲慢鄙夷的眼神，沒有再說話。沉默寡言的杜因大哥，一路上從來沒有違逆過柯夏的意見。

他們也就安頓了下來，小小的公寓裡有廚房有浴室，附近還有大型超市，杜因去買了些便宜的菜來，做了個簡單的熗炒豆芽絲和馬鈴薯絲，煎了幾張牛肉薄餅，玲蘭第一次看到這樣的料理方式，嘗了嘗餅，發現就是簡單的麵粉和牛肉，居然能煎出這樣層層疊疊，酥香美味的薄餅，頗為吃驚：「杜因大哥做菜的手藝真好！」

柯夏看著布魯狼吞虎嚥地吃著餅，細細碎碎的餅屑掉了滿桌子都是，有些不滿：「儀態，儀態！看你那吃飯的聲音，跟豬一樣，你到時候去學校，吃飯不會被人恥笑嗎？」

布魯做了個鬼臉，又拿了一張餅：「恥笑？大家都忙著搶吃的呢，不然就要被人吃光了！杜因大哥這手藝，去做廚師應該是綽綽有餘了。」

「餐館對廚師身分有要求，必須要有身分證查驗……布魯！杜因大哥還沒有吃呢，太沒有禮貌了。」鈴蘭十分窘迫的紅了臉，難堪的看向邵鈞，邵鈞微微有些頭疼，這樁事以後還得好生遮掩，柯夏道：「他吃過了，他和我們吃的飯菜不一樣，需要另外做，你們吃就是了。」

鈴蘭一怔，又看了眼邵鈞，遲疑了一會兒，有些病症的確需要和常人吃的飯不一樣，需要額外調配，但是邵鈞看上去人很健康。這些日子相處下來，她也發現了柯夏和邵鈞，彷彿是主僕關係，柯夏身上那種難以遮掩高高在上的貴族傲氣實在太明顯了，她聽客人說過，帝國那邊的貴族，是從來不會允許平民同台吃飯的，更不用說奴僕了。

然而對邵鈞的沉默，她也沒有再說話，只是吃得心裡十分難過，吃完以後搶著洗碗，擦洗公寓地板擦得光亮的。

柯夏靠在床上，微微有些不滿地翻了個身，床比起從前的床實在太小了，枕頭太高，床褥太硬，被套什麼的雖然今天機器人才剛剛緊急洗過烘乾過，仍然硬得磨皮膚，路途上的疲憊湧了上來，然而毫無壓力的安睡早已離他太遠。

他只能起來，按機器人教的訓練身體方法，結結實實地做了一百個俯臥撐和仰臥起坐，然後再去浴室裡重新沖去全身的汗水，回到床上，身體的疲憊能夠讓他更容易入睡。明天他就要去山南中學報名入學考試，茫然的未來在跟前，他累極了，卻只能壓抑著對成功的無比渴望和對復仇的熱切，朝著這渺茫的路前行，因為別無選擇，最可笑的是這條路還是機器人替他指出來的，他如此孤獨，孤獨到只有機器人為伴了。

機器人正在把行囊裡的用品一一拿了出來放進衣櫃、書櫃等地方，輕巧而熟練，一切歸置整齊後，他走到了窗戶邊。對面大樓的頂樓上有人養鴿子，傍晚的時候能看到成群結隊的鴿子歸巢，然後伴隨著鴿子歸巢後，籠子裡的鴿子聲，以及鴿籠的異味就飄了出來。而在不遠處又有個大廣場，有兩支隊伍在場地裡打球，人聲和笑語、擊球聲傳來，顯然無法讓人能安睡，這大概就是這公寓便宜的原因，好在關上了隔音玻璃窗再開了室內空調也還好。

邵鈞將窗戶關上，所有聲音都被隔在了玻璃外，關上燈，屋裡倏然靜了下來，再拉上窗簾，房間裡徹底暗了下來，然後那個可怖的靜夜又再次闖入柯夏的腦海，他喝道：「打開窗子。」

邵鈞一怔，仍是將窗子打開了，聲音再次湧了進來，鴿子們振翅撲撲拍打的聲音，咕咕的低鳴聲，爪子在籠子上摩擦的聲音傳了過來，遠處人們喝彩、怒吼的聲音，球擊打地面的聲音，更是如此清晰和豐富湧了進來，一下子將那恐怖的過往統統給暫時擊退了。

柯夏深吸了一口氣，看機器人默默地一個人站在了角落裡閉上了眼睛準備和從前一樣休眠，月光照在他安靜的側臉上，唇線靜默，就像一個真正的人一樣。

柯夏哼了聲：「不要站在那邊，上床來和我一起睡吧。」

邵鈞睜開眼睛望向他，仍然有著像人一樣的目光，明明那些只是模擬合成物做成的瞳孔，柯夏避開了他的眼睛，道：「你不睡覺不吃飯，時間長了誰不懷疑？我可不想睡著都要防著有人進來發現你不睡覺，上床來，記得換睡衣，和真人一樣睡覺。」

邵鈞略忖了下，果然還是脫了外衣，換了件乾淨的舊襯衣和短褲，在床的外邊睡下了。

柯夏轉頭看機器人安靜閉著眼睛的臉，感覺到機器人身上的體溫，沉默而可靠的感覺湧了上來，暫時撫平了他心中那種對未來不可知的惶恐以及焦灼。

Chapter19 考場

山南中學是座十分古雅優美的私立學校，這裡出過不少聯盟史上赫赫有名的校友，當今的聯盟統帥，就在這裡讀過的初中，並且考入聯盟軍校。在眾多有權有勢的校友捐贈和幫助下，山南中學經歷了多次擴建整修，變成了如今這占地面積頗大，園林古色古香，建築古樸莊嚴的校園。

校園裡禁止飛行器和私家車進入，學生只能步行或者在集中搭乘點搭乘電動車。悠長的鐘聲響起，這也是山南學校聞名於外的特色，一直堅持由教師輪流敲著一口千年歷史的銅鐘，警醒學生。不少名人喜歡在自己的傳記中充滿感情地懷念這早晚和上課時準時響起的悠揚鐘聲。

清晨，邵鈞送柯夏到了山南中學，拿著網路下載列印的准考證，順利地進入了考場。整個校園這一日是開放的，任由家長和考生們參觀。柯夏進入考場後，邵鈞便在外邊，看到不少衣履華貴、氣度非凡的家長互相打著招呼，見面握手，也有一些家長在議論著：「今年報考人數又破了新記錄了，聽說考法上有了點新變革，在正式考試之前有一個基礎考試，電腦評卷如果過不了，直接不能進入錄取考試。」

「其實其他學校也都是電腦閱卷的，只有山南中學一直堅持由考官批卷，工作量是大了些，先進行初步篩選也對，而且山南中學收費不菲，一般人也不會輕易嘗試。」

「話是這麼說，但是入學考試前三名是免學費的，另外還有獎學金，所以還是吸引了大量貧困優秀學子來考試，再說山南中學每年考入軍校的人不少，軍校可是免學費的，軍隊待遇優厚，很多低收入家庭也會來搏一把。」家長們竊竊私語。

「最近十年，前三名，都不是一般家庭出身的吧，去年是議會首領大臣的幼子考了第一名吧？」一位家長顯然下了不少功夫。

「是啊，也有些人認為，山南中學每次入學考試都由考官來閱件批件而不是和其他學校一樣標準答卷人工智慧批卷，這滋生了以筆跡認人的腐敗空間，尤其是這幾年前三名基本都是高官家庭出身，讓山南中學飽受非議呀。」

「山南中學是私立學校，並非公立，不需要在意這些非議。再說了，前三名的考卷是公開的，可以讓所有人查閱，如有抄襲或者錯誤，可以隨時提出異議。大部分答卷，都是能夠讓人心服口服的，據說首任校長索拉女士認為，書法是一門應當大力推廣的藝術和技能，不應忽視，因此山南學校一直對學生的書法有要求，入學考試必須親手書寫答卷。」一位有些權威的中年男子推了推眼鏡，冷笑了聲，忽然也插入了家長們的議論中。

「從前當然是那樣，如今科技都發達成這樣了，還非要墨守成規，也實在是有些迂腐了。為了考試，我家女兒不得不去參加了一年的書法培訓班，有時候睏得不行，還得寫書法作業，實在是心疼。」另外一位家長搖著頭感嘆，顯然這些時日的陪考讓他很是心疼女兒。

「山南和帝國那邊那種講究穿鑿附會附庸風雅過分追求所謂華麗的草包藝術還是不一樣的，主要是如今軍中發現資訊太過容易洩漏，有時候反而是原始書信更能保守祕密，且可以保存下來作為重大事件的原始證據，尤其是筆跡鑒定上，比起電子簽章、生物簽章有時候還可靠些。」之前那位中年男子壓低嗓子，顯然是打過，得到了頗為權威的消息，面有自得之色。

「這不太可能吧，生物資訊識別如何能取代？」有位女士卻看不慣他這得意，質疑道。

「複製人一部分的生物資訊也不是不可能，更何況現在軍方大人物的生物資訊洩漏得太容易了，只有靈魂不可複製，然而靈魂如何證明，這個時候，在高精神加持下頗具個性化和藝術性的字體，反而是獨一無二個人靈魂的一種體現了，靈魂不可複製，不同的人寫出來的字必然不同。」中年男士冷笑了聲，質疑的女士頓時語塞。

其他家長連忙打圓場：「竟然是這樣……難怪孩子說好些同學都有金錫筆尖的筆，我想著才用多少次而已，用那種筆太奢侈了，最後只買了祕銀筆尖的，看來還是得給她配一支好些的筆，能一直用總是值得的。」

「那是自然，這次入學考試後，還得加強練習。軍校聽說如今也開始保存每個學生的期末考試書法卷，作為存檔，將來備查的。」中年男士又拋出了一個權威消息，滿意地看著家長們忙和他打探更多的消息。

邵鈞有些擔憂起來，之前只說有筆試，柯夏只帶了一支平日裡用的水性筆，那筆會不會不太好？不過柯夏寫的字以他的眼光來看是很不錯的了，帝國貴族們的花體字，也不知能不能入這聯盟的眼。

第一波考生出來了，這一波考生是初試篩選不過，直接刷下來的，邵鈞站在出口，和許多關心的家長一樣，等候著自己家的考生，既怕看到自己家的考生沒通過初篩出來，又怕孩子出來了沒接到。

第一批的考生走了，沒有柯夏，邵鈞鬆了口氣，莫名地理解了從前那種大考在校外等一上午的家長們的心態。

又等了大概一個小時，第二批的考生才陸陸續續地走了出來，有的面有難色，見到家長急著傾訴：「題目太難了，有一題考機甲感測器和控制器的原理，全都超過範圍了，老師上學都沒有講過，外頭也不可能查到啊，這不是明擺著要招考家裡有背景的嗎？太過分了。」也有的面有得色：「山南中學的歷年考題裡也有出過類似的題目，網上有過解析，也有歷年前三的答案卷可以參考，我斟酌著寫了，應該能拿到分。」

還有的和其他家長打招呼：「叔叔好，芬愛和我一個考場，她還在答題呢，後面的申論題很難，她大概心裡有數，答得多，又要手寫，估計要寫完才出來了。」

其他家長則一臉恭維：「令媛真是學識淵博。」

對方則滿臉驕傲：「考之前我們帶她去參觀過機甲工廠，這幾年聯盟都在推機甲技術，聯盟軍校難得的開始對外招考，必然是接下來的主流專業和熱門話題，所以我們特地帶孩子去參觀了。」

「那這次第一名應該就是芬愛的了吧。」

對方忙搖頭：「這可不敢說，你不知道嗎？這次聯盟布魯斯元帥的女兒剛從比爾聯邦治病回來，參加的是這一屆入學考試，她應該才是第一名，聽說成績一直都極為優秀，請了十分專業的教師在家裡上課。另外聽說拉比國的幾位學生，也很是優秀，好像曾經取得聯盟機器人程式設計大賽的金獎。現在的孩子可不得了啊，只求能考進去就好了，前三名實在不敢想。」

他們說話並不算大聲，但已經足夠被四周焦灼等待孩子們的家長聽得清清楚楚，有些人悄悄的議論：「山南中學前三，已經連續九年沒有出寒門子弟了吧，那獎學金設來有什麼用？擺著看的吧？從題目就已經排除了我們這些普通人家的孩子了。」

「又是這樣，我早知道了，也和孩子說了，獎學金我們不指望，只求他早日考上軍校，能撐起門戶，階層固化，有什麼辦法。山南中學已算不錯了，那幾家私校你以為又好到哪裡，基本只針對醫科、法律的豪門世家，醫生的孩子做醫生，律師的孩子做律師，元帥的女兒繼續做元帥啊。」

「呵呵我等著看山南中學這一次如何收場，他們校長上一次還堅持認為他們的入學考試沒有問題，這下好了，連續十年都是達官貴人的孩子考前三，我看他們這獎學金還怎麼好意思拿出來。」

紛紛擾擾中，不知不覺家長們越來越少，都接到孩子離開了門口，只有柯夏遲遲沒有出來。鐘聲響起，只剩下寥寥幾人走了出來，天上忽然濃雲密集，大粒大粒的雨點開始落了下來。

把守門口的工作人員看也沒幾個人了，便都趕緊收拾收拾資料離開了，邵鈞看著雨勢漸大，將帶著的傘撐開，從入口走了進去。

集中考試的幾棟樓裡還有一些老師在走著，零星著也有不少學生。邵鈞走了幾步便看到了柯夏站在樓下的一棵大樹下，手插在褲兜中，十分沉靜地凝視著旁邊池子裡的蓮花。他今天將金色的頭髮用一根簡單的亞麻色緞帶紮在後頭，穿著件極為簡單的白色亞麻襯衣和黑色長褲，熨燙得很是平整整潔，身姿頎長而高貴，眉目清冷，站在雨中的蓮池邊，好似一副極美的水彩畫一般。

他這些日子長高了不少，已經完全脫去了從前那孩子樣，堪堪是個英俊的小少年了，邵鈞不由想起從前郡王妃時時喜愛地誇獎自己的長子，將來一定是個極討女孩子喜歡的小王子的話來，心下喟嘆，走了過去將傘打在他頭上，卻被池塘對面一個年紀頗小的女孩子給吸引住了，那個女孩子有著一頭極為燦爛的難得金髮，正在雙手攀在一個看著像是兄長一樣的男孩子身上說話，他們身後是一對夫婦，看著應該是他們的父母，想來那兄長應該是今天參加考試，全家人過來送上鼓勵和打氣的。

而那女孩子，看上去著實有幾分像長大了的柯琳。

柯夏站在那裡一動不動地注視著那溫馨歡快的一家人，那全家人都穿著頗為樸素簡樸，但看得出關係非常好，哥哥手舞足蹈似乎還在說著遇到的難題，妹妹則各種驚嘆和歡呼，父母滿心歡喜和欣慰，邊走邊說，一家子歡歡喜喜地走遠了。

邵鈞這時才出聲：「考完了？回去嗎？」

柯夏抬頭看他，點了點頭，兩人剛走，忽然身後有人在喊：「那個金頭髮的學生，你站住！」

邵鈞一怔，金頭髮？說的是柯夏？他轉頭看，看到幾個男生簇擁著一個少女走了過來，少女長得十分耀眼，肌膚如雪，亞麻色的長捲髮，有著一對彷彿會說話的碧綠眼眸，穿著一身華麗的裙裝。

雨越發大了起來，一個替少女打傘的男生憤憤不平對柯夏道：「說的就是你，站住！」

柯夏轉過身子，冷淡問：「有事？」

他轉過臉的時候，濃密纖長的金色睫毛上落了細密的雨珠，平時冰冷淡漠的碧藍色的眼眸因此顯得多了一分柔軟，幾個學生顯然都怔了下，大概是被他這即使是聯盟也頗為少見的金髮藍眸震了一下。

之前那男生也頓了下才想起自己之前憤怒的由來：「剛才露絲學妹在樓上，讓你幫忙撿一下帽子，你為什麼不理？你是哪個年級的？校規裡明確有規定同學之間要互相幫助，互相友愛，你怎麼這麼沒有風度沒有教養？」這時邵鈞才發現，原來跟前的蓮池岸邊的淺水處，落著一頂頗為華美的淺帽子，帽子邊上裝飾著淺金色的羽毛，過來的那一行人中有個男生身手敏捷地翻進了池塘邊，不顧岸邊的淤泥，將帽子撿了起來。

這時那個露絲已經笑道：「應該是個誤會，剛才我在樓上，風吹過來帽子落下來，我一時著急，也沒看清楚人，就叫人幫忙，想來是這位同學沒有聽清楚，又或者有別的事，是我冒失了。」她一貫眾星捧月中長大，剛才在樓上被人無視，是生了幾分氣，世兄要替她出氣，她雖覺得小題大作，但也沒有拒絕世兄的好意。然而在此時，看到這相貌極好的少年時，已經完全生不出氣來，心底隱隱覺得這樣的相貌，是有資格矜貴些的，反而是自己隨意支使人不太好。

然而露絲明顯放軟了的態度反而讓那幾個男生更憤怒了：「二樓怎麼可能聽不清楚，我們在樓上明明看到他看了眼帽子，然後一動不動，我們幾個人也拉著嗓子叫了他幾聲，要他撿帽子，他還是當作全沒聽到一樣，傲慢之極，學妹妳太寬容了，我們學生會可不能坐視這樣的蛆蟲壞了我們山南學校的名聲。」

柯夏終於開口：「我是聽見了這位小姐的求助，但是我個人覺得，」他雙眉揚起，冰藍色的眼珠子冷淡地掃了露絲身上那華貴非凡的蕾絲裙子一眼：「能戴得起天然金鶚鳥羽帽子的淑女，應該不會再戴這頂已經被淤泥沾汙過的帽子了，既然這樣，何必還要勞動旁人翻下淤泥去拾取，弄髒別人的鞋襪呢？互相尊重、互相幫助，總要互相替對方著想吧？」

這時候，翻下池子拿了帽子的男生剛剛拿著帽子回來，腳上滿是淤泥，臉上那殷勤的笑容在聽見柯夏的話後，完全僵住了，手裡那頂還落著泥水的帽子，遞也不是，不遞也不是，雨越來越大了，他手裡那帽子除了被淤泥沾汙了羽毛之外，還被天上落下來的雨點打得七零八落，完全失去了之前的光彩。

露絲臉上更是幾乎維持不住笑容，那頂帽子一拿上來，她的確第一反應就是不能戴了。這頂帽子價格不菲，是天然金鶚鳥羽製成的，金鶚是金鳶帝國的國鳥，因著珍稀專園飼養，天然羽毛更是嚴格限制，只在帝國出產，別國沒有的，因此價格非凡，今天還是自己第一次戴，這就沒了，著實十分心疼。

然而眼前這位少年一眼就識出了這金鶚鳥羽，整個人又氣質非常，神態傲慢，說不準是哪一國的達官貴人的孩子。雖然他身上連個能夠彰顯身分的手錶或者確認身分的飾品都沒有，但有些貴人就喜歡這種簡單的氣派，再看身後替他打傘的成年人又態度漠然，至始至終不說話，看著倒像是下僕或者管家身分。她口氣越發謙虛了：「是我的不對，今天這帽子才第一天戴，所以當時有些衝動了。這位學長是家裡的世交，平日裡就如兄長一般照顧我，今日原是我來參加入學考試，學長得了我父親的請托，照應於我，所以口氣有些急躁，冒犯了你，實在對不起這位同學。」

柯夏臉上似笑非笑：「不必向我道歉，畢竟冒著大雨翻下泥裡去拾帽子弄髒鞋襪的可不是我，妳還是多謝這位學長吧。」他又掃視了一眼幾位不知應該如何處理的男學生，又笑了下，帶著一股說不出的居高臨下意味：「我是今天來參加考試的學生，應該還不在校規管束內，有勞各位學長指點了。」

說完他轉頭就走了，彷彿完全沒把眼前這些人放在眼裡，傲慢的氣場也讓那幾個盛氣凜人的學長們發不出氣來，真的就站著讓他們離開了。

走了很遠邵鈞回頭，看到他們依然眾星捧月一般圍著那「露絲學妹」，但已不復之前的氣勢洶洶，想來這些倚勢淩人的孩子們，更有一套欺軟怕硬進退自如的邏輯。

大雨滂沱，校園裡濕氣蓬勃，卻另有一種美，邵鈞陪著柯夏在校園裡慢慢向外走著，柯夏走了一會兒，彷彿自言自語一般道：「媽媽也有這麼一頂帽子，比她的羽毛要美多了，有次我偷偷拔了一根羽毛，又騙她說是妹妹拔的，她沒有怪我們，但是再也沒有戴過了。」

邵鈞沉默著，知道少年是想家了，華美的白薔薇王府，永遠充滿著薔薇香氣，美貌的王妃和溫和的親王，天使一般的妹妹，都已不存在了。他問：「主人今天考得怎麼樣？」

柯夏道：「過得去吧，至少沒有那個菜市場小學那樣噁心了，淨考些什麼弱智題目。」

邵鈞疑問：「山南中學這麼厲害的私立中學，總不可能都不考歷史地理吧。」

柯夏怒道：「這半年我早就全重新學過聯盟的歷史地理時事了！你當我還會在同一個坑摔第二次？犯過的錯，我絕對不會犯第二次！」

邵鈞莞爾：「主人有信心就好。」

柯夏白了他一眼：「真難得看到你的笑容，我都懷疑你的出廠設置真的記得放了表情嗎？」

邵鈞道：「主人，我是皇家私人訂制的。」

柯夏茫然道：「我爸媽真的就覺得需要你這麼個不愛笑的管家來管束我？」

邵鈞溫和道：「是協助您。」顯然那對已經不在人世的夫妻，對孩子們還是極盡能力地寵愛和關懷的。

柯夏長長吐出一口氣，剛才胸中那點憤懣已經疏散開了：「以後叫我夏吧，別主人主人的了，旁人聽到了會奇怪的。」

邵鈞應道：「好的，夏。」

柯夏伸了個懶腰：「總算考完了，今天晚上吃點什麼好吃的？」

邵鈞道：「你愛吃的小羊排，還有一點葡萄果汁。」

柯夏道：「那還不錯。」

回到家的時候，玲蘭已經勤快地做好了飯，問柯夏：「考得怎麼樣？」

柯夏嘗了下羊排，皺了下眉頭：「老了。」

玲蘭有些尷尬：「我是看你們忙了一天，回來還要麻煩杜因大哥做飯，所以就自己做了，下次我注意些。」

布魯一旁諷刺：「以為自己是王子嗎？什麼都不做光吃，還有臉挑著挑那，這羊排多貴你知道嗎？該不會是考砸了，遷怒於人吧？」

柯夏冷著臉將羊排切成一塊一塊小的，一副懶得和他計較的樣子。

邵鈞問：「今天有出去問問附近的公立學校嗎？」

玲蘭忙道：「有問過了，附近的是林里初級學校，十二年制，我問了招生的辦公室，他們讓我們兩人都寫了試卷後，同意接收我們了。我和布魯都可以直接插班入十年級，免學費，中午還有一餐免費午餐，如果付不出住宿費，也可以通學，這樣就只需要付一些教具和書的費用，他們也提供舊教具和書的租賃，只需要付一點點租金，開學時間在兩個月後，這兩個月我還能找一份短工做一下，賺一點錢，學校的老師聽說我的打算，還主動提出來有一份負責圖書館整理的勤工儉學打工，可以讓我和布魯都去做，每日的酬勞是六十銅幣，還有一份免費的午餐，我已經答應了！」

邵鈞點了點頭，玲蘭早熟，能將自己和弟弟安排得很好，想來即使是淪落在貧民窟裡，這位姊姊還是保持了良好的素質。柯夏卻頗為意外：「聯盟的教育，居然能免費到這樣地步？」

布魯嘲道：「當然比帝國那群貴族只會壓榨奴隸的好。」他們姊弟也早就猜出了柯夏應該也是帝國那邊的流亡貴族身分，帝國政鬥激烈，貴族們一旦政變失敗，全家都會被連累，因此往往提前將自己家人偷偷送去聯盟。他們姊弟家裡雖然算不上貴族，卻是被牽連到的平民家庭，父親在帝國被通緝問罪，雙親來到聯盟沒多久，就先後病逝了，只留下他們姊弟艱難度日。

柯夏冷笑了一聲：「不過是拔鵝毛又要安撫好鵝不要讓鵝喊疼的伎倆罷了，養肥了才好宰殺，共和黨和民主黨鬥了多少年，給你們點蠅頭小利，你們就死心塌地用選票用生命支持他們了。」

布魯道：「那又怎麼樣，至少我們撈到好處了。」

柯夏沉默了，當在教科書上學過的被大力抨擊的虛偽的聯盟政體在自己眼前展開的時候，他居然覺得自己和這個愚民，也為這種黨派之爭中漏下的微小利益，而感覺到了僥倖和沾沾自喜。

生活似乎就這樣安穩下來，第二天一大早，玲蘭和布魯起床了就去學校圖書館打雜，邵鈞則出門到附近的影城去找雜工，並不算難。總有人需要散工，臨時卸貨、搭建背景、送貨甚至臨時群眾演員，邵鈞這機器人外貌雖然遠不如柯夏相貌，但也是五官端正俊秀，十分符合貴族們的審美和足以放心的管家相貌，屬於大眾相貌中又能讓人看了心生親近的那種，因此在最便宜的人海臨演中，他反而更容易得到機會，飾演兵士、飾演工人等等，而收入也比之前在基貝拉街那時候要高多了。

每日邵鈞早晨會起來做了早飯才出門，中午和晚上會回來做飯給柯夏，後來在鈴蘭的主動要求下，晚餐改由她負責後，邵鈞索性工作到深夜才回家，這樣收入也更豐厚了許多。

這麼一來，房裡最閒的閒人，似乎只剩下了柯夏，布魯少不得每天冷嘲熱諷，柯夏雖然怒目而視，卻懶得和他吵架，卻是找了一批新的題目一個人在房間裡仍然繼續刷題，刻苦程度讓邵鈞刮目相看，從前那個家庭作業都讓機器人代筆的紈綺態孩子，彷彿已經從這個靈魂上剝離，用的卻是那樣慘烈的滅門的方式，邵鈞忽然有些明白從前那麼多父母雖然知道溺子不當，卻仍然捨不得孩子吃苦的心態，如果孩子成長需要這樣大的代價，那大概大部分父母寧願自己的孩子是一個能享受平凡安樂的庸人吧？

這日晚上邵鈞回來，卻難得的看到柯夏仍然凝視著面前的題卷，似乎在看著什麼捉摸不定的倒影一般，而平時這個時候他已經睡了，他有些意外：「主人還沒睡？」

柯夏看了他一眼，僅僅是對視那短暫的一瞬，邵鈞就被那瞳孔中的凜冽恨意嚇了一跳，然而柯夏已將睫毛垂下，遮住了冰冷的藍眼：「今天的新聞，被匪徒挾持作為人質的帝國柯榮親王的嫡長子柯夏已經被解救迎回，說是柯夏小郡王受了驚嚇，目前正在郡王的舅舅南特子爵的別墅中安靜療養，等療養結束後，皇帝會為他舉辦盛大的郡王授爵儀式。」

邵鈞一怔：「南特子爵？」這位南特子爵是王妃的弟弟，平日裡待柯夏極好，經常帶著柯夏四處遊玩，去哪裡也一定會給柯夏帶上好玩的好吃的。

柯夏薄唇噙著冷笑：「假的就是假的，他們過不了王室基因檢測那一關，只能找我外公家的人出面承認。沒有看到我外公的報導，只說病了，應該沒死，大概是被軟禁起來，也可能是不好出面丟人。南特家族應該已經向柯冀屈服，等不多時，柯夏小郡王應該就會病死了吧。」

邵鈞不知道如何安慰他：「大概也是被脅迫的吧。」

柯夏沒有說話，彷彿忽然驚覺自己居然已經倒楣到只能對機器人傾吐心聲了，而且這並沒有用，哪怕說出來，也無濟於事，對處境沒有任何改變。

他收起了那無人在乎的脆弱，翻開了一頁新的練習題，猶如自虐一般地寫著，窗外仍然充斥著吵鬧的人聲和鴿子擁擠挨挨擦擦的聲音，提醒他已經走出那死寂的屠戮之夜，卻成為了一個塵土滿地的世界裡微不足道的俗人，一個需要靠機器人打工來維持生活的弱者，一個沒有任何技能拿得出手的庸人，以及再這樣庸庸碌碌走下去，那自己都不屑一顧承擔的未來。

邵鈞便也閉上了嘴，默默收拾，有些擔心起山南學校的入學考試來，他也是真來了首都，才發現這入學資格考試競爭如此激烈，萬一這熊孩子考不過，該怎麼辦？好不容易才正常了這些日子——他回頭看了下那少年，薄薄的棉麻襯衣下，凸顯出兩個有些嶙峋的肩胛骨線條，顯得分外孤拔而落寞。

得加點營養才好，前天好像看到哪裡有賣剩下的牛排邊角肉，拿來滷一滷算了。完全沒有意識到自己已經有了嚴重的家長心態的機器人保母默默想著菜單。

然而幾日後的放榜，卻直接震驚了整個聯盟所有關注著這一次山南中學入學考試的人。

來自貧民窟的夏柯，以幾乎全滿分的成績，衝到了第一名，前十名清一色的權貴子弟尤其凸顯出他這匹黑馬的稀有和難得來。

質疑聲自然是有的，但山南學校第一時間在網路上、學校大門張榜旁都放了前三名的答案掃描卷，人人可核查。而第一名試卷上那一筆古典花體字，則讓許多人都嘆為觀止，畢竟這樣一筆字，不是經過自幼嚴格苛刻的訓練，不是具有較高的精神力和天賦，是絕不可能寫出來這樣一手彷彿有靈魂一般的字來。

和傳統古典花體字那種追求典麗華美古樸不同，這位夏柯同學的花體字，卻筆鋒利桀驁，力透紙背，彷彿冷兵器時代的武器，有著凜冽的鋒和淩厲的芒，透著毋庸置疑的美感。原本抱著不服氣和想要挑錯的人們在這樣一手好字以及那完全挑不出毛病的答題卷上，都放棄了找毛病的打算，而是統統懷疑起夏柯的來歷以及山南學校是否洩漏題目來。

不為什麼，實在是因為這次入學資格考試中，有一道題考的是機甲的戰鬥原理，一般普通學生，能結合從前所學，答出個基本原理，拿個基礎分已不錯，出自高門權貴家庭的學生們，則在父輩的扶持下，見識過機甲，略懂些的，則能延伸來說得更詳細些，而這位號稱來自貧民窟的夏柯，除了這一筆好字以外，居然還能將機甲的原理，製作的過程以及戰鬥實戰中駕駛員與機甲之間的互動原理、實戰技巧，乃至如今聯盟優勢的幾樣製作機甲的技術以及和帝國那邊的相比不足和優勢的地方，都細細剖析了一番。

這實在是……讓人不得不懷疑了，畢竟機甲實打實的是平民百姓無法接觸到的東西，而相關詳細的資料參數以及與帝國科技之間的差別，那就實在至少是受過軍事專家或是軍方高層的教導或者指點，特別是關於帝國和聯盟機甲的差別，這些年來聯盟為了換取帝國資源，出讓了不少機甲的製造技術，雖說都不是核心，但帝國的科技專家 們也不是白痴，有錢，雖說科技專家上不比聯盟多，在人力上卻有著大量的豐富的資源，因此這兩年帝國聯盟之間的機甲科技，明面上仍然是聯盟領先，實際上帝國在生物機甲、神經聯網上，也有了好幾項專利。

而這位考生，居然能十分詳細地將帝國和聯盟之間的研究方向差異以及優劣，信手拈來，侃侃而談，論據充分，論點鮮明，實在是挑不出什麼毛病。

這卻正是毛病所在了，一個貧民窟出來的孩子，沒有父母，戶籍，誰教他這些的？會不會是為了挽回數年沒有錄取到前三名的寒門學生，山南中學洩漏了考題，人為的製造出了一個「寒門天才」來？又或者這位考生大有來歷？

然而查是查不到的，夏柯填的資料是基貝拉街孤兒，母親父親都是偽造的名字，基貝拉街剛剛經歷過一場大火，那邊的確大多是各國偷渡客，拿不到居住證的黑戶，聯盟對於這些黑戶基本是能遣送就遣送，若是成年人能夠獲取足夠積分交夠年限的稅，則可以申請合法居留身分，但對未成年人則相對寬容些，仍然有著受義務的教育，並且受未成年人法保護，能夠領取免費的餐券，並且有免費的疫苗可以打，有最基礎的醫療保障。

所以這個突然冒出來的黑戶孤兒，就這麼莫名其妙無可質疑地奪取了第一名。

山南學校的校長愛琳女士在一次公開的學會論壇被記者採訪質疑到此事，她聳了聳肩道：「他是什麼身分，來自什麼地方，我們不在乎。我期待能見到這個孩子，並且我們的老師都很期待能教他，無論他是什麼身分，黑戶，或是隱姓埋名的貴族，都沒關係，我們重視的是他的天賦和才華，他的書法顯示了他有極高的精神力，他的答題顯示出他的創造力和分析能力，不是那種死板的應試方法教育出來的乖巧、因循守舊的學生，而是充滿了活力和想像力，有著無限可能成長的生命力，我們的教授們一致認為，他是我們期待的改變，和從前的學生太不一樣了。」

愛琳女士問在場質疑的記者：「我想問在場各位，是否認真看過他的德育試卷的答案，最後一道題，你們看過他的答案嗎？」

她將她亞麻色的頭髮往耳後撩了下，抬起了她的眼睛，清澈的眼睛裡滿是理智和堅定：「那麼鋒利桀驁的精神力，竟然有著如此溫柔而悲憫的心，聯盟需要更多這樣的強者。」

愛琳校長這話掀起了軒然大波，畢竟山南學校一貫頗為倨傲，很不輕易對學生做出評價，不是非常優秀的學生，那實在不能入校長的眼，畢竟歷年來山南學校出來的優秀畢業生都是在各行各業熠熠生輝的明星專家。在場不少人已經爭先恐後在自己攜帶的隨身電腦上打開了公示試卷的網頁，找到了那張德育試卷，最後一題很簡單：如果你是軍人，軍令命你射殺無辜婦孺，你該如何做？

和其他洋洋灑灑各種正反論辯答了滿滿一頁的學生不同，這位黑戶孤兒用那筆桀驁不馴鋒芒畢露的字言簡意賅地寫了一句話：「作為軍人，我執行軍令；作為人，我將槍口抬高一釐米。」

柯夏並不知道他隨便將自己機器人管家陳年雞湯寫上去居然得到了這麼高的評價，他對這考題十分嗤之以鼻，但他本能警覺地覺得學校一定不會喜歡自己那冰冷偏激的暗黑答案，所以將聖母管家的雞湯隨意寫了上去，好歹有些新意，他當時是這麼想的。

他收到了通知書，上頭卻並沒有寫名次，只說他獲得了全額獎學金，也沒什麼意識要去上網看看自己的名次，完全不知道自己竟然考了第一名，得到了山南校長的高度讚賞，多少人對他充滿了好奇心。

這個時候的他，只是對通知書上說的獲得的獎學金感覺到了十分滿意，正和邵鈞他們商量去學校要帶什麼東西，山南學校全封閉教學，每半個月可以回家一次，每個月有一天開放日，提供條件非常不錯的三人套房學生公寓，通知書後邊附上了相關要求以及建議攜帶的生活用品清單。

他們則興致勃勃地按著生活用品清單到了附近的大商廈一一採購，洛倫作為聯盟首都，物資豐盛自然是讓鈴蘭和布魯目不暇給，各種讚嘆，只有柯夏一直興致缺缺，他從小就不必親自逛，想要什麼，都會有專賣店服務員親自送上門來給他們隨意挑選，如今生活品質下降成這樣，他實在沒什麼興趣，只是由著邵鈞他們安排購買。

「啊，山南學校真是有錢學生多啊，居然還允許攜帶生活機器人管家，還規定了型號。」

「這邊有機器人專賣場啊，我們進去看看吧！」布魯興致勃勃，柯夏可無可不無，而邵鈞也想看看聯盟的機器人——他忽然起了一個念頭，能不能給柯夏再買一個機器人，把他的機器人管家還給他……然後自己大概也算還清了吧。

滿面春風的導購小姐迎了上來：「幾位客人是想要採購機器人嗎？有什麼需要可以和我說，如果只是想看看，也請允許我為你們介紹。」絲毫沒有讓買不起的客人感覺到窘迫的專業態度打消了鈴蘭和布魯的拘謹：「如果是學校裡使用，可以買哪種呢？」

導購小姐笑容甜美：「啊，是能帶機器人的學校啊，那可是非常好的學校呢！幾位客人請看這邊，這裡有適合宿舍用的機器人管家，可以連接學校網路，準時提醒每日課程和排程，替您打掃宿舍衛生和處理個人事務，最特別的是它十分輕便小巧，不用的時候還可以折疊放入行李箱，輕便是它的特色，只有一．五公斤，然而雖然輕便，它的動力也是不容置疑的，這一款豪華版使用的是金錫核，可以一年不充能源……不過大部分學生買的都是經濟版，畢竟在學校充能源也是很方便的……」

邵鈞東張西望看了一會兒，卻發現了這裡賣場裡的機器人，居然完全沒有人形的，就算勉強和人一樣有四肢人立行走，也是方塊身體方塊頭，這太奇怪了。按理說仿生人形的領域裡，應該是聯盟技術更先進才對，帝國都靠資源來換取聯盟的過時技術，然後再加上一些自己的創意。

這時柯夏也感覺到了詫異，忍不住問那脾氣極好的導購：「怎麼沒有模擬人形的機器人？」

導購小姐笑容不變：「幾位客人大概是近期才到我們聯盟來的，聯盟諸國在機器人製作上簽有公約，製作機器人不允許仿人機器人的外形。」

布魯心直口快：「為什麼？」他雖然也在聯盟長大，但是一直在貧民窟，也沒怎麼注意過機器人。

鈴蘭卻略有所知：「是機器人恐怖谷效應嗎？」

導購小姐甜美笑道：「不錯，正是機器人恐怖谷效應，因為如今人工智慧已經越來越先進了，假如結合了過於逼真的模擬機器人效果，就造成了機器人太過像人了，而當人們意識到他是機器人時，反而會產生反感、恐懼等心理……從而反而不利於人和機器人的互動，為此聯盟修訂了法律，要求機器人不允許使用仿人外型，反而更利於人與人工智慧的相處呢。」

柯夏卻詫異問道：「可是帝國那邊卻沒有禁止，也沒聽說人和人工智慧有什麼不好相處的。」至於什麼恐怖谷效應，什麼鬼？他知道〇〇七是機器人，可卻從來沒有覺得他有什麼令人反感恐懼的，反而經常忘記他是個機器人，真的把他當成人了。

這時路過的一個客人聽到隨口道：「帝國的模擬機器人聽說被大量運用於色情業，或者給帝國貴族製造孌寵。上次帝國皇帝來訪，身邊就配有機器人保鏢，聽說長得和人一模一樣，但是不用吃飯不用換班。這麼看來，還是我們聯盟好，模擬外型其實需要很高成本，我們這裡低成本就能買到家務機器人、智慧管家，多麼實用，普通老百姓都能享受到機器人的便利和科技的成果，帝國那邊呢？只有貴族才能享用。而且機器人本來就不是人啊，和人一樣的互動不奇怪嗎？一開始就區分開來，挺好的。」

布魯問：「那如果有工廠悄悄做了模擬機器人呢？」

導購小姐道：「工廠違規會被處罰，機器人會被去除掉模擬外表，送回原廠重新製作。

「那是專家們需要考慮的事了，總之除了外形和人類區分開來，機器人還是非常實用和智慧的，是肯定能滿足客人的需求的。」

柯夏極快地看了一眼邵鈞，沒說什麼，轉頭卻直接離開了那裡，邵鈞也只能跟上，布魯看了眼鈴蘭笑著對有些尷尬的導購小姐道歉：「我們忽然想起還有些東西沒有買，先去那邊看看。」

布魯則低聲嘟囔：「什麼人啊，真沒有禮貌，跩成這樣。」但是畢竟柯夏這一次考得實在太好了，布魯也不再像從前一般對他冷嘲熱諷，大部分人對學霸都還是抱著一分尊敬的。

鈴蘭扯著他跟上了邵鈞他們。

之後一路無言，買完了清單上的東西，便都回了小小的公寓內。

邵鈞替柯夏打包行李，柯夏在一旁盯著他的動作，蹲下，起來，每一個嫻熟的動作，面無表情的側臉，完完全全就是一個人，但是自己也並沒有感覺到什麼厭惡反感來，是因為從小就在一起太熟悉了嗎？他回憶著和家裡那些模擬機器人的相處的感覺，卻已經很模糊了，畢竟從他出生起，家裡就有一群唯命是從的機器人管家，〇〇七只是其中最普通而且因為整天規勸他管束他，是最礙他眼的一個，直到那一夜開始，他才開始變成了他的唯一的機器人，這個機器人管家，是那個富貴繁華溫暖的家庭裡，最後一點僅屬於他的財產了，還隨時可能會失去。

所以一想到他有可能會被摧毀，連這最後擁有的東西都要被剝奪，他就感覺到一種完全遏制不住的憤懣，被壓在地底下的火熊熊燃燒著，卻找不到噴發的點，他的仇人遠在帝國，高高在上，他如今不過是一粒塵埃。

柯夏將眼前的山南學校的教材煩躁地翻了幾頁，忍不住抬頭問邵鈞：「杜因，你可能是這聯盟唯一的一個模擬類人機器人了啊。」

邵鈞不知道柯夏想說什麼：「是的。」

柯夏繼續問：「……你可要躲好了，萬一被發現了要被銷毀的。」

「哦……」

柯夏又繼續叮囑：「我去學校期間，你有什麼事，一定要及時聯絡我。」

「嗯」

「不要太信任鈴蘭和布魯，他們如果發現你是機器人，誰也不知道後果。」

「好的。」

「不要對任何人透露你的身分。」柯夏想了下下了個命令：「這是命令。」

邵鈞終於嘆了一口氣：「是，你放心去讀書吧，我會照顧好自己的。」他鋪好了床，示意柯夏睡下。

柯夏那天還是沒看完那套題庫，等他睡下，他在床墊上翻來覆去了一會兒，半邊臉埋進了鬆軟的枕頭裡，漸漸呼吸平靜，蓬鬆的金色捲髮裡，露出了蒼白的尖下巴和有些瘦削的肩膀。

邵鈞就好像天下最俗氣的父母一樣，因為柯夏考出了個好成績，瞬間就抵消了這孩子從前的種種不好，再想起他遇到的不幸，看見柯夏的時候，不由得就多了幾分憐愛來，一時倒忘了從前對他的種種厭煩不耐，只想著如何儘快將他平安送去學校。

邵鈞摸了摸胸中能量核心的地方，那裡昨天已經預警了。

今天柯夏他們關注的都是機器人，只有他留心看了下能量核心的價格，無論是最貴的，還是最便宜的，都不是現在的他的薪資能負擔得起的——最便宜的也無法適配他這樣的高模擬類人機器人，只有金錫製成的能源，才能夠負擔這樣一具行動自如完全如同肉身一樣的身體。他真的疏忽了，沒有想到維持這樣一具鋼鐵身軀需要如此昂貴的能量。這麼算來，他做的簡單那些體力勞動，就十分地不划算，更換能源的價錢，趕不上耗費的速度。

好在柯夏拿到了全額獎學金，真的大大緩解了他們的經濟狀況。

他必須得在送走柯夏寄宿以後，儘快存下一筆可觀的金錢，來更換自己身體的能源。

Chapter 23 入學儀式

山南學校的入學儀式十分莊重，秋日的天空分外高遠透藍，彷彿一塊清透的藍寶石。一株一株邵鈞不認識的樹上秀美的樹葉都已經變黃，金黃色的葉片秋風中簌簌而落，在藍天映襯下令人心曠神怡，成群的白鳥在校園裡飛翔，花壇裡的鮮花簇擁怒放，成群青春活潑的學生們抱著書在期間走動，柯夏站在這些學生之中，更是其中的佼佼者。

這才是孩子應該來的地方，邵鈞頗覺老懷大慰，自覺身上的責任已卸了一大半，幾乎已經能看到柯夏以優秀的學業畢業，考上大學，然後順利找到工作，忘卻仇恨，擁有一個光明美好的人生。

大量的家長們聚集在一起，驕傲地看著自己的孩子們排隊舉行入學儀式，校長致辭後，便是新生代表講話，本來這代表應該是由考取第一名的柯夏上去的，但是他接到電話後乾脆俐落地拒絕了。帝國那邊說是已經找回了柯夏郡王，很明顯私下絕對不會放過他，他並不適合暴露在大眾眼光之下。

因此新生代表便由考了第二名的露絲上去，正是那天考完以後遇到的美貌少女——應該是非富即貴，她落落大方，侃侃而談。

果然家長們小聲議論起來：「這是布魯斯元帥的女兒吧？」

「不錯，之前一直在霍克那邊養病的，看來病好了，這次考了第二名。」

「什麼病？」

「聽說是基因病，具體不太清楚。」

「基因病啊……那以後嫁人有困難吧。」

「呵，不需要你擔心，你看她的樣貌跟才華，這次大家都以為她會考第一的，沒想到還是被個鄉下貧民窟的黑戶給超過了。」

「第一名的答案卷的確非凡，考不過實在也不丟人，你見過那學生沒？」

「剛才看見了，看上去年齡還很小，模樣很是俊秀，但是看公布的年齡說十八歲，和我家兒子明明一個年齡，看上去卻才十二三歲差不多。」

「那更不得了了，那答案卷看得出他精神力很高，如果看上去年齡還小的話，那精神力發展潛力就更大了，貧民窟的家庭怎麼能養出這樣的孩子？你看露絲，也是十八歲，但是看上去才十六歲的樣子，已經很難得了。」這時一位看上去有些地位見識的家長忍不住插嘴了。

「為什麼這麼說？」

「很多人會覺得孩子的記憶力特別好，接受能力也特別強，認為是因為人成長以後接觸的事更多了，所以才會退化。其實孩子期間的精神力和腦域使用能力的確是最強的，只是他們太年輕，還學不會如何利用這股強大的精神力，於是數千年來人們不斷研究如何讓人類延長兒童期，延緩衰老。運用精神力藥劑從胎兒時就從母體補充，刺激，然後不斷延緩嬰兒期、兒童期，反復在這個時期鍛鍊，訓練如何使用精神力，之後精神力反過來會影響大腦和身體的發育，更延緩了人發育和衰老的速度，也就是說，歲數大，但相貌越年輕的人，他的精神力，會越強。然而這精神力藥劑非常珍貴，設備也很昂貴啊……十八歲，卻仍然能夠保持著十二歲的心智和身體，這說明他良好的精神力遺傳基因以及家境，能夠從胎兒起就接受精神力的潤養。只看天賦的話，是很難有普通人能達到這樣啊，等到他成年，他的精神力，將會強悍到普通人難及的程度，也難怪山南學校一副如獲至寶的模樣。」

「難道真的是大有來頭？還是天賦驚人？」

「不好說啊，很可能是金鳶帝國那邊流亡的貴族後裔吧，你再看他寫的那一筆好字，若是說是帝國的流亡貴族，那就說得通了。」

邵鈞在一旁，也是第一次聽到這分析，心下暗暗吃驚，他之前還以為他們皇家的人只是看起來年紀輕，原來是因為這個原因。富人和有權勢的人，精神力越來越高，經過一代一代的遺傳，達到了普通人難以企及的高度，驚人的壽命和漫長的生命讓他們有更多的時間來積累財富，捍衛家族利益。而窮人們，則仍然保持著肉身很快衰老，百歲左右就已是極限的壽命，因為精神力不好，也只能和精神力一般的人結婚，繼續生下肉蟲一樣供人奴役和剝削的窮人。

新生代表發言完了，之後是學生會長給學弟學妹的寄語，然後家長代表發言，最後新生入學儀式完成，盛大的社團招新活動開始了。

柯夏本來是沒什麼興趣的，他帶著邵鈞往宿舍走去，路上卻被人攔住了。

栗色長捲髮，一雙美麗的綠色眼睛，正是元帥女兒露絲：「你是夏柯吧？加入我們機甲社吧？今年首創，現在正需要社團幹部。」她身後巨大的全像立體機甲社團海報熠熠生輝，入團登記那裡已經排上了長長的隊伍。山南中學畢竟和聯盟軍校的關係匪淺，在這裡讀書的許多學生，本來就衝著聯盟軍校去的，對機甲是志在必得，更不用說哪個少年心裡沒有熊熊燃燒的機甲英雄夢。即使社團入社的條件十分苛刻，但仍然圍上了許多申請人。

柯夏站住，淡漠的表情多了一絲饒有興趣的表情：「機甲社？你們能有機甲供社團活動使用？機甲現在只允許軍用吧？」他眼裡帶了一絲不屑和疏遠，彷彿隨時都會離開。

這卻激起了眼前家境非凡的少女爭強好勝的傲氣來，她微微抬了抬下巴：「山南學校的首任機甲社，我既然敢創社團，自然是有把握讓大家有機會摸到甚至搭載最新的機甲，平日練習主要是在虛擬網裡，我家可以提供虛擬裝置和虛擬機器甲社區，供大家進行機甲精神練習，這是雪鷹軍校生們包括軍隊裡如今也在使用的練習程式！有機甲戰士、機甲修理師、機甲設計三種方向，平日裡我還能請到機甲專家、機甲設計師以及軍隊裡有名的明星機甲戰士來為社團成員上課、實地指導！」少女語言流利，帶著強大的自信和非凡的鼓動力，而這位少女的身分，元帥的女兒，更是確保了她說的一定都能實現，旁邊聚集的學生們臉上已經都浮現出了熱切的嚮往和渴望來。

柯夏終於正眼看她：「哦？」他臉上仍然有一些冷漠：「那妳打算讓我擔任什麼社團職位？」

露絲略一遲疑：「我是社長，你可以擔任副社長！」

這時露絲身後那個滿臉倨傲的學長忽然站了出來：「露絲，副社長給他可以，但是他也得拿出點本事來讓大家服眾才好，就憑那考卷還不夠。我們社團還要招十五年級的社團，一個新生要是沒點本事可登不上檯面。」

柯夏臉上露出一絲冷笑：「若是社團裡都是你這樣的蠢貨，那給我社長我都不想當。」說完轉身就走，頗為果決，竟像是完全不稀罕進這一般人趨之若鶩的機甲社團，露絲連忙小步走了幾步上前拉住他：「哎，你等等。」

她轉過頭，頗為懇切對那學長道：「威特學長，夏柯同學在入學答案卷上顯示了他對機甲知識頗為瞭解，而且精神力也很高，我相信只要給他機會，他一定能夠在機甲上有一番造詣的。」

威特學長對於露絲顯然態度十分謙讓：「說是這麼說，但是就憑妳我，未必能服眾。」他看了一眼周圍越來越多圍上來的學生，十分有煽動力地說道：「山南學校社團學生自治是特色，這麼多學生看著，難道只憑入學考試第一，就可以做副社長嗎？總得拿出點能服人的本領吧？」

他掃了眼柯夏看著有些纖弱的身軀，道：「再說了，機甲操作，並不僅僅只看精神力，雪鷹軍校機甲系對外招生，就專門考一門機甲搏擊，夏柯同學精神力高，卻不知體力如何，技擊如何？若是只是想做機甲設計師或是機甲修理的輔助，那可擔不起副社長這個名頭，據我所知，寶麗中學、白馬中學，也都開了機甲社團，要是在社團交流時妳的身體還沒恢復，就沒辦法上機甲，到時候難道社長、副社長，都不能上機甲？那豈不是不戰而敗，丟了我們山南中學的臉嗎？」

柯夏駐足轉頭，薄唇裡噙著冷笑：「說來說去，你就是想借機公報私仇揍我一頓罷了，只是——」他用白皙修長的手指將袖子慢條斯理地捲了起來道：「誰揍誰，這可還不一定呢。」

草坪上學生們竊竊私語著團團散開，留出了中間的一個圓形，已經有些枯乾的草坪上覆蓋著不少漂亮的黃葉，柯夏站在那裡，袖子挽起，身姿筆挺，身上明明穿著非常普通的麻質白襯衫，那一種居高臨下的冰冷目光和倨傲神態，卻讓人覺得他像舊式決鬥中接受挑戰的貴族。

威特學長一邊脫去身上的校服外套，一邊笑道：「看來夏柯學弟很有自信，那我就陪學弟過幾招，我們學校醫務室很先進，一般的斷手斷腳都不是問題，破皮流血也都能立刻治療好，學弟不必太過拘謹了。」

柯夏淡淡道：「學長說這麼多，是要掩蓋自己的緊張嗎？」

威特臉色冷哼一聲，甩掉外套，乾脆俐落地上前一個直拳，拳頭帶著風聲，充滿了力度，直衝柯夏那漂亮的臉，他出身於軍隊世家，自幼就受訓於父兄，本來就在這方面充滿自信，他早就看不慣這個所謂的第一名。

一拳搗爛這長得和女人一樣的臉，讓他鼻血眼淚橫飛，跪著求饒，一定是件非常痛快的事。

柯夏俐落而漂亮的躲閃，然後反手一個側掌，往威特的喉結銳利切去，威特靈活地側身躲開，然而下方卻早已有一條有力的長腿挾著風踢了過來，結結實實地踢在了他的膝蓋後側，彷彿早就在那兒等著他。

他撲的一下順勢單膝跪下，膝蓋骨傳來一陣劇痛，外人看來卻是他這個學長才開場就被學弟一腳踢得跪下了，圍觀的學生傳來一陣笑聲，心中暗惱，已是飛快整個身子伏下，躲開了柯夏從上至下的肘擊，就地打滾挺身，收起了那份掉以輕心，咬牙再次衝了一拳過去。

如果說開始他還是有了幾分輕視導致的輕率，現在已經是十成的認真了。邵鈞在一旁冷靜地旁觀著這場對戰——畢竟作為一個機器人，他是不好干涉小主人的決定的，然而這位威特學長，身高重量，都遠勝於柯夏，顯然又受過頗為嚴格的訓練，疼痛不會給他造成太大的影響，他還有著頗為豐富的格鬥經驗，雖然這格鬥經驗，在邵鈞看來，和之前他在搏擊俱樂部裡和那些花錢找刺激的富豪們的搏擊一樣，都是些漂亮而不實用的技巧，但已經足以壓制柯夏這毫無實戰經驗的三腳貓了。

也就是柯夏這些天和他學過一些軍拳，又做了不少的基礎素質練習，才能與他戰得有來有去，而在邵鈞眼裡，他們這場打鬥，也就是青春期少年的不成章法的鬥毆而已，學生們也不可能真的生死之鬥，因為體力和實戰經驗的關係，再這麼纏鬥下去，柯夏應該會輸。

這可怎麼辦，這孩子這麼高傲，真丟臉了，會不會連書都不肯讀了，邵鈞微微擰起眉。果然柯夏終於還是閃避不及，被一拳打到了臉上，嘴角滲出了血，圍觀的人群裡不少女孩已經被這個俊秀的少年的外貌征服，都發出了尖叫聲。柯夏抹了下血跡，眼裡閃過了一絲暴戾，反手一擊，側掌直接往威特臉上的雙眼切去，眼睛太過精密，再好再模擬的生物義眼，也無法取代人眼，這一掌打中了，一定能讓對方終身都忘記不了這個挑釁他的代價。

然而他抬眼之時，卻看到教他的機器人靜靜看著他，眉毛深蹙，目光幽深，人群裡他十分地好認，站在那裡靜默得就像平日裡看他練習一般。

『學這個東西，你要記住兩個字，克制。』

『動手之前，先三思，對方是否必須死，你是否能夠承擔對方死亡的後果。』

機器人教軍拳時所說過的話，他當時不屑一顧，這個時候卻忽然不合時宜地冒了出來，那一瞬間他還是改掌為拳，拳頭微沉，一拳沉重擊中了威特的鼻樑。

這一拳實在是夠重，連旁邊圍觀的人都能聽到了清晰的喀嗒一聲，威特蹬蹬退後，鼻樑已塌陷了下去，鼻血長流，他雙目大露凶光，再次揮舞雙拳撲了上去，這下卻是彷彿一隻負傷狂暴的熊一般，每一拳都彷彿帶著風，連連逼近柯夏，他自幼就負重練習，體力和爆發本就遠勝於柯夏，這麼一來柯夏也就漸漸開始落了下風，只能連連躲閃，體力漸漸消耗起來，背心上的襯衣已經完全被汗浸透了。

這樣下去要輸，這個念頭在柯夏腦海裡升起，巨大的恥辱感升起來，他咬緊了牙根，不！他豈能認輸！暴戾重新在他眼裡升起，他看著威特，彷彿看到了那些迫害他的人，這一刻全世界都是他的敵人，高漲的呼喊聲猶如巨浪一波一波，讓他胸中仇恨的火高漲起來，幾乎燃燒了他整個人，滾燙的血液在血管中鼓噪著：殺了他！殺了他！

他握緊了拳頭，沉肩再次躲過了對方的一拳，翻手已將手搭在了對方手臂上，借力一翻！一個漂亮的過肩摔！將威特高大沉重的身體摔了過去！在眾人的譁然喝彩中，威特的身軀一路沿著草坪滑了出去，草屑落葉紛飛，這彷彿占盡上風的一摔雖然好看，但是並沒有用，這並不能消耗威特多少，威特的身體素質太強了，他會再次翻身起來，然後繼續無休無止的糾纏，柯夏厭惡而冷靜地分析著，只有一擊必殺，才能結束這場比鬥。

他膝蓋已經緊接壓了上去，另外一隻手閃電般地搭上了狼狽正在翻身而起的威特頸椎上。只要對著頸椎一捏，就可以結束這令人厭煩彷彿流浪狗一般的纏鬥。

然而這時一個聲音插了進來：「好了！大家住手！」伴隨著這聲音的，是一個彪形大漢忽然出現在他們兩人中間，雙手輕分，輕而易舉將顫抖著的他們兩人分開了。

這個紅髮大漢身軀十分魁梧，然而舉動卻分外輕靈，他們兩人居然都沒覺察這人什麼時候欺身而入的。

這個人分開了他們，看他們都收手後，卻是垂手退後，站到了一名老人身後。

這位老人身材也頗為高大，鬚髮雪白，一雙眼睛眼神卻猶如鷹眼一般銳利，他沉聲道：「報上名來。」

威特一隻手抹著鼻子上的血，站起來有些不服輸道：「十四年級一班威特比爾，我們是在眾人見證下比鬥的，洛斯教授。」

洛斯教授看向柯夏，柯夏站了起來，胸口仍然劇烈起伏著，明明身上也疼得厲害，卻仍腰身筆挺：「十二年級一班夏柯，我應學長邀請賭鬥。」

洛斯教授點了點頭：「不必比了，你贏，他輸。」

威特睜大眼睛不服道：「教授！我們還沒有打完！他體力不繼，很快就要輸了！」

洛斯冷笑一聲，抬眼看了看，伸出手在自己手腕上點了點，只見附近原本在播放機甲社介紹的螢幕忽然一閃，切成了另外一個全像影片，卻是適才他們開始賭鬥的畫面。

柯夏以第三者的身分旁觀，發現自己的確看上去比威特瘦弱太多，幾乎全是靠著巧勁在打，心裡暗自發狠，決定再加大力量訓練。

洛斯教授卻忽然按了暫停，調了慢速道：「看這裡，他本來可以捏碎你的喉結，但是他只是扳開了你的下巴。」

威特看著上頭的慢動作，有些不服氣，洛斯卻並沒有繼續停留，繼續播放，然後再次暫停：

「這裡，他膝蓋上提，本可以重擊你的下檔，卻改成膝擊你的腿。」

「還有這裡，他本來可以用掌劈傷你的眼睛，但是最後只改成攻擊你的鼻樑。」

他看了眼威特捂著的鼻子，意味深長道：「眼睛難以修復如初，鼻樑卻是早就可以修復得猶如原本一般完美。」

「他打的是要人命的拳法，因你只是同學，不是死敵，所以處處留情，反落了下風。」

威特銳氣滅了些，但仍然不服氣道：「教授，我們要上的是機甲社，機甲！本來就是看重體力和精神力，他體力不如我，難道還有錯？」

洛斯點頭道：「不錯，是機甲，可是你忘了，他的精神力遠勝於你，操控機甲只會比你更精準，剛才如果你們是在機甲中比鬥，他不會擔心會致你死命，反而在一分鐘內，就已能擊穿你機甲的薄弱部位，取得勝利。」

威特語塞，洛斯道：「在機甲中，精神力比體力更有用，同樣，他的搏鬥技巧，也比你更有效率，更實用——在年齡上，他身體發育比你遲緩，年齡比你小，體力還有提升的空間，因此我判他贏，你還有意見嗎？」

威特垂頭不語，顯然是默認輸了，還是露絲上前扶著他道：「謝謝教授的評判，我們先讓他們下去治傷，這次是我沒有管理好，明天我會去到教授辦公室接受懲罰。」

洛斯淡淡看了眼露絲：「你父親是布魯斯？」

露絲含笑：「是的，洛斯教授認識我父親？」

洛斯呵呵了一聲嘲道：「在調弄人心，玩弄權術上，妳倒是深得布魯斯元帥真傳了。」

露絲瞬間臉便漲紅了起來，一雙眼睛裡立刻含淚，洛斯教授卻置之不理，看了眼柯夏：「夏柯是嗎？每週六你到我場館來，我來指導你的體術。」

說完他也不再逗留，帶著身後那名紅髮大漢，穿過人群，慢慢走了。

直到離開了看熱鬧的學生群，他們走進了一幢幽靜的小樓裡，紅髮大漢才說話：「教授想收親傳學生了？」

洛斯搖了搖頭，看了眼樹上飄落的葉片：「那孩子戾氣太重，學不了我的東西，我只是——怕他殺人，他精神力太高，天賦又奇高，若是濫殺起來，不知道誰能鎮得住他，他一定會走上聯盟高處，那樣暴戾的精神力，一旦爆發出來，不知道要把聯盟變成什麼樣子。他今天已經極力克制，我仍然感覺到了他的熊熊殺心，只能接近他，若是能找到他牽掛的人，或是能克制住的人和事，大概還有一點希望。」

紅髮大漢道：「愛琳女士不是說他有仁心嗎？」

「她錯看了。」洛斯嘆息：「那就是個殺神，精神力裡全是殺戮和狂暴，已經來不及了，他已經入了布魯斯的眼，我們已經來不及了。」

紅髮大漢寬慰他：「戰場上，沒一點殺氣和狠絕，是沒辦法生存到最後的，亂世，不能強求太仁慈善良的人能坐到最頂峰。」

洛斯搖了搖頭：「聯盟已經腐朽不堪……帝國那邊又是一頭瘋獸，老的已經太老，年輕的……」

洛斯沒有再說，秋風中只餘下一聲嘆息。

Chapter 25 窮途

「洛斯．威廉姆，一百五十三歲，山南學校榮譽客座教授，也擔任聯盟軍隊的顧問，據說精神力很敏感，可以感覺到人的精神力，對精神力的訓練有獨到的方法，所以許多大學都爭相邀請他，他都婉拒了，在山南學校擔任客座教授，沒有固定的任課時間，只是偶爾應邀請做些講座和指導。」

柯夏光著身子站在房間中央，沉著臉看著中間的懸浮螢幕，那裡顯示的是剛剛在校園網上查到的資訊，剛剛淋浴過的濕潤皮膚在公寓的白色燈光下泛著細膩的光澤，金色的捲髮濕淋淋往下滴著水珠子，邵鈞蹲在他身後，掌心的治療儀嗡嗡震動著發出紅光，替他治療皮外傷和擦傷。

少年這一年多長了許多，肩背四肢上不知何時已覆蓋了一層精瘦俐落的肌肉，金色的捲髮和粉白的皮膚交相襯映，在柔光下彷彿會自動發出美好的光暈，邵鈞在他童年時期就幫他洗澡，那時候覺得這男孩就像個洋娃娃一般，如今卻像在博物館看過的希臘美男子雕塑，饒是性格惡劣，仍然是毋庸置疑的美，難怪從前西方人的天使都是金髮的美男子，邵鈞默默地想。

美男子開口了：「你覺得怎麼樣？」

邵鈞道：「如果要學習機甲，這是很難得的機會吧。」

柯夏目光閃動著，不知在想什麼，腰上的傷口忽然傳來一陣灼燒感，他嘶了一下，咬牙道：「那什麼威特，就是頭蠻不講理的野熊，和這種人撕扯真夠自降格調的。」

邵鈞面無表情道：「那你還應戰，你是新生，你不理他，他也沒辦法，再說你還沒有勝算，你總不可能真殺了他。」

柯夏傲然道：「金鳶花帝國的皇族，不會向任何人低頭，永不。」

真夠鏗鏘有力，真夠有骨氣啊，邵鈞深吸了一口氣，將治療儀收起來，準備替他收拾一下剛剛入住的公寓，開放時間很短，他沒多少時間了，忽然聽到公寓外頭傳來了門鈴聲。

柯夏轉頭和他對視了下，低頭將掛在衣架上的寬大的家居襯衣取下來往身上套起來，然後抬了抬下巴示意他去開門。

邵鈞打開門，看到門口的正是露絲，一雙綠眸裡波光瀲灩：「請問夏柯同學在嗎？」

柯夏在裡頭道：「進來吧。」

邵鈞便請露絲進門，看到柯夏已經將衣服褲子都穿好了，正笨拙地拿著一條絲帶將腦後捲髮束起來，見到露絲也沒什麼尊敬趨奉的表情，即使知道了對方是聯盟元帥的女兒，只是淡淡點了點頭：「有事？」

露絲一低頭看到柯夏踩在光亮的公寓地板上光著的白皙雙腳，不知為何耳朵一紅，將視線錯開：「我是來道歉的，威特學長的父親和我父親都是軍中同僚，他在學生會，所以我過來讀書，我父親就拜託了他父親，麻煩他照顧我。今天他冒犯了你，是我事先沒有溝通協調好，我當初看了你的考卷，就一直想著有機會一定要邀請你來入我的機甲社，開機甲社是我的夢想，我希望能有一個人和我一起配合將機甲社變得更好。」

她言語懇切，誰都無法和將如此低的姿態與權勢頂尖的聯盟元帥的女兒聯繫上，然而柯夏卻沒有看她一眼，態度頗為冷淡，他放棄了將濕淋淋的捲髮束起，將絲帶交給了邵鈞，示意他幫忙。邵鈞先拿了乾毛巾替他擦了擦水，有人在也不方便吹頭髮，便先暫時替他束好了頭髮。

露絲只有帶著些被忽視的窘迫：「你今天有受傷嗎？一切醫療費都由我來承擔，另外，不僅僅是道歉，我也是來兌現承諾的，希望你能擔任機甲社的副社長。」

柯夏笑了聲：「露絲同學，我可從來沒有答應過要做機甲社的副社長，打架也只是看那頭熊不爽，妳還是請回吧，我沒興趣。」

露絲語塞：「機甲是所有男人的夢想，你真的不考慮一下？」

柯夏轉頭，冰藍的眼裡寫滿了不屑：「機甲是男人的夢想沒錯，但是為了這個夢想要和一群太弱智的人打交道，還要聽令受制於人，那可真沒意思了，更何況機甲社這種小孩子玩玩的社團，去不去，對結果意義不大，要學的東西太多了。」

露絲自從開設機甲社後，收到的就是各種讚譽，想要入社的學生通過各種管道來求她。剛才柯夏與威特賭鬥比試，又被洛斯教授讚許，更是為機甲社做了免費宣傳，不少人被柯夏折服了，連社團裡的不少新生都追著問她什麼時候柯夏能上任。

如今柯夏卻不肯來？露絲咬了咬唇，臉上現出了一絲受傷的表情，卻又敏感地捉住了他語句裡的意思：「夏柯的意思是，你不願意受制聽令於人是嗎？那機甲社這個社長，我願意讓給你！我做副社長，一切聽你的安排！」

柯夏轉過眼，露絲感覺到眼前這漂亮少年的眼光彷彿涼水一般，冰冷異常，然而被這樣眼光看著，她的臉還是熱了起來。美麗而冰冷的少年仍然是輕輕無所謂地笑了下：「妳還是先回去考慮考慮吧，妳父親會同意？我可不想惹麻煩，一個威特學長，已經夠受了。」

學校的社團社長經歷，的確是將來大學甚至乃至將來從政路上光彩的一筆履歷。布魯斯元帥拿了這麼多資源出來為自己女兒鋪路，卻讓個貧民窟來的小子拿了好處，的確是不可能的事。

然而露絲自幼得到了千嬌萬寵，更是在父親跟前說一不二，這一刻看著眼前這一位冰冷的美少年，彷彿嵌金壁畫裡走下來一般，更是恨不得願意奉獻出自己一切，來換取他正視自己一眼。何況她如今的確需要一個合適的人來和她籌建機甲社，學長們都是會比自己早畢業的。無論是天賦資質，還是能力，眼前這少年都是最佳人選，就算是屈居在他下方做個副社長，真正的資源和人脈打理，還是得靠自己。

她道：「這是我的事，父親只會尊重我，我覺得你能力卓絕，十分適合做機甲社的社長，相信其他社員也會這麼想的。」

柯夏挑了挑嘴角，帶了個似笑非笑的表情：「好吧，那我考慮考慮，妳還有別的什麼事嗎？」

露絲留下了聯絡號碼，有些悵惘地離開了。

眼睜睜看著柯夏裝模作樣的一番操作，輕而易舉的將機甲社社長的果子摘到手，邵鈞也是大開眼界，他心裡暗嘆自己果然是老了，不懂年輕人的世界，一邊極快地收拾好了公寓，然後壓著開放時間結束前，和柯夏告辭。

柯夏心情頗好，一邊在學校網路上選擇選修課，瀏覽講師，一邊點了點頭，並沒怎麼在意他。

離開學校的時候，暮靄沉沉，學校裡都是生機勃勃的學子，臉上全寫著對未來的嚮往。

邵鈞走出學校大門，看著大門在自己身後闔上，心裡頗為平靜，他已經將身上的所有錢都存入了柯夏的校園帳號內作為第一個月的生活費，柯夏將會有一個光明的未來，而自己若是近期再找不到一樣能夠迅速賺到錢換到能源的辦法，又沒辦法從這具機器身軀中離開的話，不知道自己會是永遠困在這麼一具動不了的身軀裡直到再次被啟動，還是就此消散？

無論如何，柯夏如今這個樣子，取得獎學金，又輕而易舉獲得元帥女兒的青睞，天賦優秀，今後的路，就算少了自己這個機器人掙來的錢，大概也不會非常難走了。

他深深吸了一口氣，感覺不到空氣中的味道，這幾日他已經將所有的消耗大量能源的感測功能都關了，不過今天還是用了點治療功能，又將本就紅線的能源再消耗下去一截，但是他不能讓柯夏知道自己要沒能源了，他還是個孩子，生活的重擔對他已經太沉重。

明天必須得想個好辦法了。

他沉思著回了出租公寓。鈴蘭迎了上來，笑容滿面：「夏已經去了學校吧？學校如何？」

他沒有回答，卻凝視鈴蘭片刻，直到女孩臉上緋紅，不知所措：「怎麼了？」

邵鈞沒有問她們假如自己忽然不在了，她能不能和弟弟好好生活下去，這間公寓租金不菲，她會不會再也不能去讀書了，美好的生活才剛剛開始，卻忽然戛然而止。

她一定會繼續活下去的，這女孩子身上有著罕見的韌性和吃苦耐勞的品性，但是生活如此困難，她還要撫養弟弟，她大概只能重操舊業？

邵鈞沉默著，沒有去殘酷地提問，明天，大概他就能找到辦法了吧？

人生太難，而訴苦無益，柯夏面對著自己光明而嶄新的學校生活充滿憧憬，玲蘭帶著布魯也正為自己的新生活積極努力著。

唯有邵鈞知道自己已經窮途末路。

電影城裡，工頭掮客們都熟練老道地招攬著臨時工們，把自己手裡的工作一一分包出去，不少人好奇地看著面無表情的邵鈞站在一邊沒有接任何工作。他們平常非常喜歡僱用這個工人，動作快、話少、力氣大，還沒有正式身分，代表工資也較為便宜。沒想到今日他居然婉拒了不少主動招呼他的工頭們，他靠在一旁的長椅上，垂著眼，整個人看上去懶洋洋的，一反常態。他平日裡身姿如松，氣勢凜冽，又沒有身分ID，許多人都暗自揣測他是是帝國那邊的逃兵，今日這是怎麼了？

其實邵鈞只是關掉許多耗費能源的功能，閉上雙眼，專心聽著附近，究竟有什麼活，耗能少，賺錢多。然而他很快就失望了，這也是意料中的事，錢多又不需要付出力氣的工作，怎麼可能會輪到他們這些底層臨時工手裡？

他離開了集中接工作的地點，往影城的店鋪街道走去，那邊有許多店鋪，除了固定店員，偶爾也會僱用一些日結的臨時工幫忙。不過，沒有身分證是個大問題，沒人敢把重要的事交給沒有身分的黑戶，不過如今沒有辦法，只能去撞撞運氣了。

店鋪裡人也不少，有一大部分賣的東西和影視產業息息相關，導演、明星們的簽名照、某個大片在拍戲期間的花架、紀念品、照片，影視愛好者的器材店，倒也是琳琅滿目，熱鬧非凡。他忽然在一個店鋪前站住了，招牌上大大咧咧寫著「二手能源核心、能源卡出售、出租」，他走了進去，一個圓頭圓腦像雪人一樣的機器人喀喀喀走了出來，面無表情機械性地說話：「二手能源核心、能源卡，保證能用，價格便宜，但使用期間可能會出現機器損壞、損耗增加、耗能較高等副作用，本店不擔相應責任，另外回收已用盡的能源核心、能源卡，價格好商量。」

邵鈞看了下貨架上的能源報價，二手金錫能源核心，只要兩百聯盟金幣，雖然價格仍然很貴，卻已比大商場內的新能源核心要便宜了一半了，當然，能源也只能持續一個多月。

然而還是買不起，如果是搬貨的話，一天也只能賺到三個金幣，要工作兩個多月才賺得到，還會付出消耗過度能源的後果。只能找消耗少報酬高的工作了。

邵鈞認真思索著自己能做什麼——輔導小學生寫作業？

老本行做保母？

管家？

沒有人會請一個沒有身分的黑戶來照顧自己孩子，登堂入室，管理自己的房屋和財產的！

再次走投無路。

他站在櫥窗貨架前陷入了沉思，雪人機器人喀喀喀地又走了回去，和機器人招待相處的確舒服，不買，對方也只是平淡地離開，並不會覺得失望，憤怒。

邵鈞忽然意識到一點，自己明明都已經陷入如此困窘的境地，隨時可能停止運行，陷入不可知的未來，他卻感覺不到恐懼、悲觀、憤怒的情緒，包括之前知道柯夏差點被小賊入室搶劫殺死。以從前的人類身體來說，他至少會有後怕，懊悔這樣的情緒，然而他卻只是冷靜地分析自己的利弊和可能解決的辦法。

他，其實也已經和這機器人一樣了嗎？沒有人類的喜怒哀樂了嗎？而且失去了這些，他也並沒有感覺到惋惜，傷心。生活只是靠著自己從前身為人所遵從的原則來行事，會不會哪一天終於被機器人身體的機械本能所征服，變成一個冷漠的機器人？

他冷靜地沉思著——自己現在是一個怪胎，他給自己下了一個結論。

身後的遊客們川流不息，忽然有一陣急促的腳步聲，一個飛速奔跑身材瘦小的人在人流中靈活地穿行奔跑，人流紛紛躲閃，背後有人一邊追趕一邊大喊：「抓小偷！」

邵鈞身子微微側身，面無表情地將腳一伸，那飛奔的小偷啪地一下被一個堅硬的東西絆倒，整張臉拍到了地面上，瞬間整個人都爬不起來，被身後的人追上，趕上來的那個人有著一頭晦暗的紅頭髮，身材魁梧，有點小肚腩導致行動較為不便，因為追趕而氣喘吁吁，飛撲過來在小偷身上摸出了自己的錢包，看那小偷滿臉是血掙扎著從地面上爬起，惡狠狠用腳踢了兩腳，咒罵道：「快滾！敢偷你爺爺的錢！」

那瘦小的男子轉過臉，陪了笑容給邵鈞：「多謝這位先生幫忙！我請你吃飯！」

邵鈞搖了搖頭，面無表情轉過頭，看著那小賊抹了一臉血，一瘸一拐地走了，那紅髮男子道：「未成年，叫警察也沒用。這些孩子都是偷渡的難民，監護人就是小偷頭子，領回去了很快又重操舊業，每天在影城裡都可以找到一大堆。」

邵鈞仍然不說話，那男子看了眼他的裝束，熟門熟路：「你在這裡找工作嗎？叫什麼名字？我叫范比羅，你會當臨演嗎？錢會賺得比你搬貨多，我手裡工作也多，不然你留個電話，我有工作就找你。」

邵鈞聽到，點了點頭，范比羅又看了他一眼，忽然注意到他的潑墨一般的黑頭髮，不由一怔，又仔細端詳了下邵鈞的五官和身材，微微一激靈，就能這麼巧合？

找了這麼多天的人，難道居然就是眼前這個？

他簡直不敢相信自己的好運氣：「兄弟，能做替身不？我手裡有個替身的活兒，錢多，指明一定要黑頭髮的，正要找人呢，訂金就有二十金幣了，拍完以後再給一百金幣，不過我抽四成，只能給你一半，四六分成這是這裡的老規矩了，不是欺負你。當然，這工作也有點危險，就看你能不能吃苦了。」

邵鈞點了點頭，邵鈞道：「沒問題，不過，如果順利的話，我希望能預支一些費用。」替身做危險的動作，多半會消耗大量能源，他需要一點錢先租一個能源暫用。

范比羅微微有些為難道：「你有身分證件作為信用抵押嗎？」

邵鈞面無表情地回看他。

范比羅和他對視片刻，恍然大悟：「可是……你沒有身分證，這個預支……」拒絕的話到了嘴邊，他和邵鈞漆黑的眼睛又對視了一會兒，莫名其妙地敗下陣來：「好吧，你要預支多少。」

眼前的人只是陌生人，但范比羅卻莫名覺得他能給人一種可靠安心的感覺，因此雖然是黑戶，他還是毅然將錢預支給他，心裡想著就當今天的現金錢包沒搶回來吧。要不是這裡黑工、難民太多，大部分只收現金，他也不會帶著現金到處走。

他有些無奈地道：「跟我來，先去面試吧，也不一定會成功，不過我看你這樣貌，很有機會！」

面試的地點裡站了不少黑髮黑眼的男子，臉上繪著花紋，穿著色彩濃烈的奇怪花袍，看得出來是精心準備的。

大概這是個頗為搶手和熱門的工作，邵鈞進去的時候，人們只是投來平淡的一瞥，也就專心等待自己被叫號了。

范比羅替他拿了個號碼牌牌，是第十五號，看起來人數並不多。范比羅道：「要求說必須是天然的黑髮黑眼，所以篩掉了不少人。這是在為花間風面試替身。」

邵鈞問：「很紅的明星嗎？」

范比羅搖頭，悄聲道：「不紅，就是有錢……花間財閥的小公子，花錢拍片當興趣。最近開了個影視工作室，只捧自己一個人，沒事就往裡頭砸錢，這是第一部片，人人都知道他們公司錢多，花間風還時不時請員工出國旅行，聽說演戲雖然不怎麼樣，但是還是比不過人家錢多，資源多啊。」

哦，邵鈞明白了，原來是個傻白甜富二代為了愛投身藝術，這就是如果拍不好戲，就要回去繼承億萬家業的那種吧。

一個一個面試的人從房間裡走了出來，面色不豫，出來就向帶他們來的經紀人搖了搖頭，居然當場就會知道篩選結果。

范比羅怕他擔憂，安慰道：「別擔心，我從前有次無意間見過花間風沒化妝的樣子，雖然只是匆匆看了一眼，但你長得和他有點像，而且他這次請的主要是動作替身，這些人一看就知道沒什麼本事，化妝化得和花間風像有什麼用，關鍵還是動作。我看你剛才的動作俐落得很，等一下露兩手給他們看看。」他嘴上說著，其實心裡也是沒什麼把握，花間一族的人，都是黑髮黑眼，而且是純黑的那種。一般家庭極少有這樣的髮色眸色，就算黑，也會帶些褐色灰色在，就算如今基因手術盛行，但還是很少有人會選擇這樣的基因。但並不只是要像，關鍵還是眼前這個沒有戶籍的苦工，到底能不能被選上擔任這工作。

邵鈞聽了他的話後，覺得有點奇怪：「難道花間風不是男的嗎？平時都畫濃妝？」

范比羅乾笑了聲：「這位花間家的小公子，實在是有些特立獨行……以後我有機會慢慢和你說。」

說著閒話，就輪到邵鈞了，邵鈞上前繳交號碼牌，走進面試的房間，房間裡居然只有一個年輕男子，他有著一頭深棕色的短捲髮，面目英俊，下巴有些方，他大概有些累了，正揉著眉心抬起頭來，看到他，結結實實地怔了一下，低頭又看了下面前的表格，那是剛才杜因匆匆忙忙填寫的：「來面試的？杜因？」

他抬眼起來，以難以言喻的震驚目光又上下打量了他一輪，按了下桌子上的呼叫器：「花間，你過來下。」

「歐德？」那邊傳來了懶洋洋的聲音：「我不要再看到那些拙劣的仿冒者了，眼睛疼，都推掉吧。」

年輕男子有些尷尬看了眼杜因，低頭道：「你過來就知道了。」

內間的門打開了，一個年輕男子走了出來，一頭濃黑如鴉羽的長髮垂至腰間，他面上果然繪著穠豔的花紋，漆黑的眼眸裡彷彿含著譏諷的笑，身上穿著一件鮮豔之極的寬袖花袍，脖子和手腕上都有著十分華美閃閃發光的寶石首飾，腳上卻套著一雙牛皮長靴。

邵鈞一看到他就明白了外頭那些來應徵替身的人為何要打扮成這樣了，而正如這位花間風所說的那樣，外面那些人，和他一比，確然都變成了拙劣的仿冒者。因為花間風雖然也留著長髮，穿著花衣裳、化著濃妝、佩戴首飾，卻帶著一股磊落灑脫之氣，行走間廣袖長袍都帶著風，舉止猶如行雲流水一般，全然不像外頭的替身們那樣的扭捏尷尬。

他看到邵鈞，臉上也明顯愣了下，十分冒昧地趨近了邵鈞，濃黑的眼眸興味十足地盯著邵鈞，仔仔細細又看了一輪，忽然笑了起來：「你該不會是我爸在外頭生的私生子吧，怎麼長得這麼像？」

邵鈞沉默著，實際上這位花間風一出來，他機器人的敏銳視覺就已經發現了蹊蹺，花間風也不等他回應，忍不住又笑：「我平時都化妝，你大概沒見過我的真面目，但是這位——」他看了眼下邊的名單：「杜因先生，你真的長得和我太像了。」他按了下手腕上的個人身分儀，一張證件投射在空中，照片上的花間風還是短髮，一張乾乾淨淨的臉，五官的確和邵鈞幾乎一模一樣，只是眉眼彎彎笑意盎然，看起來像個不諳世事的純真少年。

最後邵鈞得到了這份替身的工作，用花間風的話說：「都像成這樣了，不請你怎麼對得起這樣的天命，無論能不能勝任，就算是你的運氣吧。」

范比羅很是高興：「真是興趣！天生能長得這麼相似，的確是緣分啊。」

邵鈞卻知道這不是什麼緣分，花間風是天生的沒錯，可是他自己卻是個人造的機器人身軀，由人設計出來的外貌，打死他都不信這是巧合。所以究竟是什麼人用這位花間風的面貌，來做了他的身體設計？又是為什麼，將這麼一個面貌的機器人，放在了帝國一個似乎不受寵的郡王的長子身邊？

細思極恐，他只確定自己不想牽扯進這些複雜的事，他需要一個安靜而偏遠的地方來掩飾自己身上的不對勁。他必須不讓人懷疑地拒絕掉這份工作，因此即使范比羅一直向他使眼色，他還是將自己是黑戶的身分說了出來。花間風看了他一眼笑道：「是帝國那邊來的偷渡客吧？那邊我是有些親戚，搞不好我們還真有些淵源，你不必介意，黑戶無非就是不能搭乘公共交通工具，我出門都有自己的交通工具，包括飛行器，不用太擔心了，等你工作滿五年，到時候我們公司幫你證明擔保，讓你拿到合法的身分。」

私人飛行器！

好吧真是財大氣粗，私人飛行器的確不需要通過種種安檢，也能較好地隱藏他機器人的身分，甚至還有獲得合法身分的機會。邵鈞沉默了，事實上他的確迫在眉睫地需要錢，無論眼前的是被人設計好的線路，還是只是命運的巧合和饋贈，他都別無選擇。

范比羅興高采烈地將預支的錢給了他，交代他道：「居留證和合約，我們經濟公司都能替你辦好，你這樣的偷渡客，其實經紀公司最喜歡……因為忠誠……但是別的經紀公司很多抽成特別多，不厚道，經常各種剋扣壓著工資，用股份之類的話數哄騙，反正就是不給你現金，就是吃準了你不敢聲張，所有的把柄都掌握在經紀公司裡，只有我們公司特別好，只分五成！」

邵鈞道：「是你這經紀公司太小了，沒有拿得出手的藝人吧。」

范比羅尷尬笑了聲：「哈哈，這不是給彼此一個機會嘛！我也沒有說錯……」

邵鈞沉思了下，忽然說話：「我要所有的自主權，包括所有的拍攝機會、拍攝內容、拍攝細節，都必須要我本人知悉並且同意才能拍攝。」

范比羅一怔：「這不大好吧……你畢竟不太瞭解聯盟和演藝圈，這經紀公司本來就在專業上有優勢，一定會盡可能地爭取藝人和公司的利益，你要相信我們……再說了你如果這樣，劇方也會不高興的……那機會就少很多了……」

話音未斷，邵鈞面無表情舉足就走，范比羅連忙追上去道：「等等等等，我們還可以談談！」

他咬了咬牙：「這樣……以後你在拍攝內容、合作對象、拍攝細節上有自主權！好了吧？」他的空殼公司已經數日沒開張了，眼看就能搭上這個傻白甜富二代的娛樂公司，就只差最後一步了。

范比羅十分懊惱地應著，又想起一事：「對了，還有體檢，你自己去找個社區醫院檢查一下，填完好給我就好，如今的人大多都沒什麼問題，大部分病也都能治，我看你身體健壯，應該問題不大。」

兩人在樓下一路走著一邊說話，卻不知樓頂上的窗口裡，剛剛還嘻嘻哈哈面試他的花間風抱著手面無表情地看著他們，旁邊歐德問：「為什麼還留下他？」

花間風冷漠道：「總得看看他們想做什麼吧?不給這次機會，他也會千方百計再找別的辦法。」

歐德搖了搖頭：「找這麼個相似的人可不容易，我們應該嚴格審核，至少該走的體檢和家庭背景都該仔細調查。你竟然都沒讓他走流程，直接答應，這樣太被動了。那個范比羅我剛才找知道的人瞭解了下，父親賭鬼母親賣春，都死了，他母親之前也演過幾部電影，後來生活窘迫，出賣身體後便打壞了名聲，也沒人再找她了，一直淪落。他從小就在這一塊做掮客，大了點在母親恩客的幫忙下開了個經紀公司，其實也就只有他一個人，整天拉皮條，就不知這背後到底是什麼人在做鬼了，到底是什麼人在弄鬼，放這麼一個和你相似的人到你身邊想做什麼？還是太危險了，我建議你還是不要讓他有單獨接近你的機會。」

花間風冷笑了聲：「誰知道的，說不準還真是我那混帳老爸死前在哪裡生下來的種，有心人既然出了招，等著看吧。」他嘴角帶了一絲笑，不認識他的人遠遠看來，只會覺得這位少爺笑如春風，風流倜儻。

邵鈞可不知道這位看上去吊兒郎當的傻白甜少爺其實滿肚子黑水，他拿了訂金，去之前的二手店租了一個月的能源核心，同時為了掩飾，還買了一個不知道已經幾手的家務機器人帶了回家，總算暫時解了燃眉之急。

回到家裡，鈴蘭笑著將晚餐送上來熱情招呼他，完全不知道他們的生活曾經面對著什麼樣的險境。邵鈞吩咐她以後不必留他的晚餐，他已經找了份替身演員的工作，每天包三餐。布魯十分好奇地問了許多影城的事和拍戲的事，沒有柯夏在，鈴蘭和布魯話明顯多了許多，和邵鈞有說有笑的。

只是回房的時候，一個人占據房間，聽著窗外傳來的鴿子拍翅的聲音，他還是感覺到了一絲不習慣，不知不覺，他已經習慣柯夏這個惡劣的小主人了嗎？

從前報紙上說的那些送走孩子出去讀書、工作、結婚的空巢老父母的心情，大概就是如此吧。

邵鈞對這種新鮮的感覺下了定論，然後仔細考慮了下體檢表該怎麼處理，總之先拖著。

暫時沒有拿出什麼好辦法的邵鈞篤定地想，反正范比羅還等著他賺錢抽成，暫時不會催這個。可憐的范比羅顯然被邵鈞摸透了。

Chapter 28 拍戲

第二日果然按著通告的時間來報到了。

花間風仍然是那樣一副吊兒郎當嘻嘻哈哈的樣子，頗為隨意：「來了啊，今天也沒什麼重要的事，只有一個場景，拍完就可以回去了。」

場景的確只有一個，卻也頗為麻煩，邵鈞需要拍的是駕駛一輛地面駕駛器瘋狂逃亡。這種車他駕駛過，也不擔心。

「關鍵是要連貫，一氣呵成，現在流行一鏡到底，一鏡到底，你懂嗎？」導演羅生木是個很年輕的小伙子，看來是花間風的好友，之前一直在和花間風開玩笑嘻嘻哈哈沒個正經樣子，在介紹後立刻為他解釋了一下。

科技的發達影響生活的各個層面，拍電影電視也一樣。從前拍戲，很難做到鏡頭與演員完全合拍，只能一個一個鏡頭拍完後再剪輯，鏡頭與演員只要能儘量合拍，就已經是一部代入感強的好影片。然而如今卻不一樣，拍戲時浮動著的小圓球型機器人顯微鏡頭飄浮在空中，跟著演員的行動來回拍攝，導演坐在一旁看著大顯示螢幕，預覽每一個鏡頭的拍攝效果。高精度的拍攝使演員的每一個動作、表情、呼吸都清晰地被錄下來，連一根頭髮絲的變幻，都會被高精度的攝影機錄下來。

這就意味著，從前演員可以一個一個鏡頭拍，現在卻是只要演員在狀態裡，就可以一直拍下去，鏡頭越長，代表演員的演技越精湛，場景越精緻，這在追求大氣和完美的導演來說，整個片子連貫的長鏡頭場景越多，則說明片子製作越精良，對於演員來說，則表示演技精湛。一鏡到底，演員配合天衣無縫，每一個環節環環相扣，則能展現出更強的張力，值得人們細細品味。

高精度的拍攝品質，使所有動作表情纖毫畢現，因此用替身、太多剪輯、使用虛擬背景，都會因為銜接不流暢而被火眼金睛的觀眾以及影評家們看出來，然後大肆嘲笑。

最後花間風總結：「技術效果做出來的一看就知道了，現在是世界上確實沒有的東西可以用特效做，但是人能演出來的就不能用特效替代，否則那叫什麼演技，真正的人演出來的才叫演技，不然還不如讓機器人去演呢！最近家裡看得緊，我不方便拍太過危險的場景，靠你了。」

「……」被歪打正著的機器人邵鈞無話可說，換上了戲服，化妝師幫他化妝的時候讚嘆：「你的皮膚真好啊，比花間的還好，好上妝。」一邊說一邊熟練的用一個儀器在他臉上緩緩照著：「有些熱，忍忍就好了。」

吱吱聲中那小巧的儀器發出的紅光，彷彿列印噴繪出了一幅和花間風臉上一模一樣的妖豔花瓣，重重疊疊地綻放：「風先生臉上的也是這樣畫上去的嗎？」邵鈞問，一邊捏了一把汗，但願這身體等一下會比較方便卸妝。

化妝師笑道：「不是，你這個雖然水洗不掉，但用儀器可以很輕鬆地洗去，風先生那個是基因染色，完全天然生成，非常昂貴而精細，要去除必須進基因手術室，很多藝人也會在皮膚上做這些，但是很少有像風先生這樣直接做在臉上的，而且做的面積還這麼大。」

邵鈞沉默了一會兒道：「是不是現在基因改變容貌也很容易。」

化妝師笑了起來：「那可不容易，外貌已經寫在基因裡了，想要整體改變外貌，要麼直接做個假體接上，但那樣太假了。要麼直接改變基因，可是改變基因是會影響精神力的，也會影響身體的，一般人不會隨便這麼做的——畫好了，完美。」

看向鏡子裡，連化妝師都感慨：「真像啊。」

邵鈞模仿著花間風，想做出一個玩世不恭的笑容，卻失敗了。

鏡子裡的他臉上繪著穠豔的花瓣，目光卻清冷沉靜如岩石，反而更有了一種難言的魅力。

直到他走出去後，怔住了的化妝師才想起那是一種什麼感覺，非要比擬的話，大概就是……開在深色岩石裡的一朵深紅色的花，神魂與形貌的突出反而使彼此更鮮明。

化妝師喃喃道：「怎麼覺得，比風先生還好看……」

邵鈞出去的時候，羅木生仍然是一副吊兒郎當的樣子，看他出來，轉過身去按了下按鈕，一面牆忽然升了起來，邵鈞立刻就看到了一個十分完美的荒漠，天空上烈日灼灼，大漠黃沙延綿不絕直到天邊，空氣熾熱到彷彿在燃燒，一輛漂亮、渾身上下充滿男子氣概的敞篷四驅車就停在入口，四個巨大而彪悍的輪子顯示著它們與眾不同，能夠在沙上行駛的功能。

太震撼了，邵鈞直接愣住了，這太不可思議了，一個普通的房間，一面牆升起，然後背後是這樣一望無際的世界。

花間風哈哈大笑：「沒見過吧？這就是全像場景搭建，我們有著一流的技術團隊呢！不管荒漠海洋天空森林，只要你想得到的，他們都搭得出來，多少劇組求著想借我的場景呢！」

羅木生也哈哈笑著，示意邵鈞上車，指點道：「從這邊開下去就好。」

「怎麼開？」

花間風狡黠地笑著：「你開下去就知道了，隨你的意。」

劇組的人都哈哈地笑著，看來這劇組錢多，安全保障措施也多，所以寧願多試試——當然也有可能是他們這群人都是玩票性質，整個劇組氣氛都十分輕鬆愉快，人人都是插科打諢，看起來就沒個正經樣子。

邵鈞對影視行業再陌生，這一刻心中也確定了，這位花間家的小公子，的的確確就是來玩的，真正喜歡或者追求什麼東西，藝術也好，影視也好，演技也好，那可不是這樣的，那是持之以恆地專注以及無可摧毀的熱情。

他沒說什麼，翻身進入了車內，發動了車子，車子向前開入了那海市蜃樓一樣的荒漠中，炎熱的空氣中甚至微微顯示出模糊扭曲的光線折射來，真的能做到如此真實？

邵鈞開著車心中納罕，然後真的覺得是一望無際的荒漠，天空藍得透明高遠，車子彷彿能一直開到天際，他也起了好奇心，這也就是一棟樓裡搭建出來的虛擬全真場景吧，就算再大，真的能開到天邊去？他加大了油門，加快了車速，很快就將身後那些嘻嘻哈哈的助理和花間風、導演拋在了身後，只有幾個氣泡一樣的攝影機在不同角度飄浮著，牢牢地追隨著他。

漫漫的黃沙無邊無際，一個人的行車讓人錯以為有了自由的想法，邵鈞開著車，心神不由也有些飛揚起來，迎面吹來獵獵的風，隱隱夾著些沙粒，細細打在了臉上。沙粒？他是機器人，雖然沒有感覺到痛覺，但曾經在數次生死任務之間錘煉出來，深深鐫入靈魂的敏銳仍然讓他飛快地反應過來，不對！

他霍然抬頭，天上陰影迫近，一個巨大的怪獸不知何時已經倏然迫近了他所駕的車，展開的雙翼遮天蔽日，他急打方向盤，車子一偏，翼羽沉重地擊打在了車子一側的沙漠上，濺起了飛沙和煙塵，他抬頭一瞬間已看清楚了那怪獸的形貌，猙獰雙頭張開巨嘴，露出尖利銳齒，雙翼漆黑，翼上有爪，居然是一個雙頭巨型蝙蝠，這世上存在有這樣巨物？沙漠裡怎麼會有蝙蝠？蝙蝠不是喜陰暗的嗎？

這個世界太不可思議了，邵鈞腦海中略過詫異，動作卻一點沒有遲滯，靈活地操控著車輛避開了怪獸的襲擊，然而這並不夠，蝙蝠幾次襲擊不中，發出了尖利的嘯聲，狂怒地高高飛起，然後邵鈞就眼睜睜看著這頭不該存在於世的蝙蝠張開了大嘴，噴吐出了一串火焰來！

他媽的！

邵鈞一個打橫，硬生生將車開出了漂移效果，險之又險地躲過了那串火焰，急轉彎再次馳騁出去，心裡髒話罵個不停，這就是花間風說的：開下去就會了？這東西不是真的吧？可是看上去很逼真，這是拍戲啊！不會死人的吧？自己現在究竟要怎麼做？

然而他只能不斷的閃避逃亡，不知在蝙蝠的追擊中開了多久的車，大概是十分鐘或者是二十分鐘，忽然茫茫沙漠上出現了一個凹陷的陰暗大洞，他不假思索開進了那個黑洞。唰的一下，身旁所有的景物都消失了，彷彿一瞬間前還在嘶鳴的雙頭蝙蝠也瞬間消失不見。

燈光忽然亮了，雪亮一片，車子自動停下了──原來這仿古車居然還有智慧駕駛系統。

邵鈞喘息未定，看著花間風、羅木生帶著一群助理打開了燈，歡呼著鼓掌：「太棒了！一次過了！」

邵鈞看著花間風那洋洋得意的笑臉和狡黠的黑眼睛，很想上去揍他。

羅木生還在讚嘆：「真是太棒了，還以為你還需要多次練習才能夠一次拍完，所以先讓你試一次適應一下，沒想到居然能一次就好，難得的一鏡到底！棒極了！」

動作片一直都是很難一鏡到底的，畢竟演員也只是凡人，高難度的動作以及高危險的場景，都必須使用技術手段修改，因此大家都理解。但是這一類片子，喜歡看的人大多都是青少年，談不上藝術性，基本也拿不到大獎，只有沉迷於暑期檔吵短線的市儈低級導演才喜歡涉獵，其他導演是絕不肯降低自己的格調，去拍這種只給孩子看的動作片。

不過花間風以及這個劇組的工作人員、導演顯然都對這觀念嗤之以鼻。羅生木是激動的：「完美！我們一定會拍出一個最好的動作片，讓市場和高雅藝術都同時開花！誰都不敢再看不起我們，說我們只是燒錢的！」

「……」邵鈞心裡暗自嘆了口氣，覺得以他的觀感，這部戲仍然是一部十分狗屎的爛戲，荒漠裡出現雙頭蝙蝠怪，這什麼鬼！

這就算拍完了，花間風揮手一擺：「今天任務完成！我請大家去大明樓吃魚鍋！」

一陣歡呼聲，劇組成員紛紛收拾的收拾，打包的打包，想來這個大明樓是個頗為稀罕的地方，人人臉上都頗為激動，可是他們才開工不到一個小時吧？邵鈞感覺十分荒謬，只見花間風親熱地上來攬著呆站著的他：「我們這劇組就是這樣，當天的任務只要能完成，就提前慶功吃飯去；若是無法完成，也要好好休息，人生嘛，那麼辛苦做什麼？走，你今天是讓我們提前下班的大功臣，一定要好好犒賞你。」

邵鈞並不習慣與人親近，於是不著痕跡地向前幾個錯步，巧妙而自然地擺脫了花間風的臂膀：「好，我先去卸妝換衣服，然後和家裡的人說一下。」

花間風笑：「家裡有什麼人？結婚了嗎？伴侶還是妻子？」邵鈞轉頭看花間風雙眼，十分詫異問：「伴侶？」

花間風哈哈一笑：「看來你不懂，我們萊恩這裡可以同性結婚，聯盟十五國，只有八個國家支持同性婚姻，帝國那邊就完全是違法的。」

邵鈞點了點頭：「有個表弟和我一起生活，在山南學校寄宿，不需要交代，另外有兩個朋友一起租子，我要跟他們說一聲不要等我吃飯。」他沒有隱瞞這些，畢竟這些一查就能查出來，不能撒一戳就穿的謊話。

花間風沒有細問，只是誇了句：「山南學校可是好學校，一般人考不進去，你表弟前途無量啊！」一邊漫不經心招呼著人上飛行器——銀灰色的美麗機身，上頭卻有著鮮紅色的花紋徽章，邵鈞默默記住了那個家徽一樣的圖形，和劇組成員們一起走上了飛行器，然後感覺到了有錢人的闊綽，寬敞的機身內除了誇大舒服的座位，還有著棋牌桌球娛樂室、休息室、洗浴室等等，完全就是一間移動的別墅。

大明樓是一幢木質結構的樓房，樓頂有供飛行器降落的平臺。飛行器降落的時候，有幾個穿著雪白紗裙裝戴著花冠的服務員小跑著過來迎候，看這排場，就是專供達官貴人用餐和休閒的高檔地方。邵鈞下飛行器的時候聽到服務員小聲而恭敬地對花間風說話：「少爺好，包廂已經為您保留了。」

花間風懶洋洋道：「讓老白選大的好魚，做幾道菜，別偷懶讓手下的人做。」

服務員忙陪笑應：「剛接到電話，白師傅就讓人備上了剛買下的鮪魚，親自洗了手，選了最好的部位，正在替三少爺您做魚膾呢，一點都不敢怠慢。」

羅木生大笑：「白師傅親自下廚，今天我們可賺到了。」助理們也笑：「像是上次的魚腩湯，別家做的都一股腥味，只有大明樓的魚湯做的最好。」

欄杆和窗上都細細雕花，雕花裡有著影影綽綽的衣香鬢影，也有著悠揚的弦樂時隱時現。

進入的包廂居然是水上浮廊，潺潺水聲裡能看到清透水裡的魚和蝦游來遊去，五色斑斕，什麼樣子的魚都有。食物是採自助式，中間滿滿地都擺著各式各樣的食物，每人座位前設著白色的石頭鍋。入座後，便有服務員過來替他們將碟子裡切得雪白透明的魚肉片往滾燙的石鍋上貼，唰的一下半透明的魚肉立刻就變白了，放出了鮮美的香味，服務員熟練地再拿著一雙筷子夾起魚肉片，把半熟的魚肉片蘸了一下旁邊的佐料，再放入乾淨的碟子內端給客人。

劇組的工作人員們顯然也都來過，十分興致勃勃地請服務員離開，自己爭先恐後地拿起旁邊的小夾子夾起肉片來。

美食琳瑯滿目，饒是邵鈞曾經在帝國奢侈的親王王府裡頭見過不少珍稀食品和水果，仍是有好幾樣奇形怪狀的水果以及貝殼類的食物不認識，在腦程式裡習慣性搜索了資料庫，才知道怎麼吃，劇組裡的人們顯然都是司空見慣了，興致勃勃地大快朵頤，一邊還說著一些瑣事趣事。

邵鈞非常謹慎而緩慢地「吃」著東西，儘量讓自己和大家一樣，一邊耳聽八方，默默地記下他們討論的話題中所蘊含的資訊，正是輕鬆愉快的氛圍之時，忽然有服務員進來向花間風躬身：「風先生，雪小姐也和朋友在吃飯，聽說您在，說也要來看看您。」

花間風將手裡的筷子一扔：「什麼鬼，讓她帶著那群吃閒飯的走遠些！」

只聽到外邊一陣笑聲：「哥哥說誰吃閒飯呢？哥哥自己不就是個最大的吃閒飯的嗎？」門口一陣香風，邵鈞抬眼，看到一個少女，高挑個子，細長鳳眼，俐落短髮，一身黑色皮衣襯著膚光似雪的大半酥胸，腳上套著一雙很是笨重的沙漠靴，全身上下一點裝飾都沒有，只有耳垂醒目地掛著一對閃閃發亮的血紅寶石耳環，襯著短髮，整個人看著十分像個清秀少年，四肢纖長，肩膀渾圓玲瓏。

雪小姐？難道這位小姐的名字叫花間雪嗎？邵鈞心中默念著，卻看到那少女根本一眼都沒有看他們這些人，只是揚眉笑著：「哥哥，我這邊這幾個月帶了幾個小可愛，服侍我做得還不錯，說也想走演藝的路，聽說哥哥開的演藝公司如今正火紅，看能不能順便帶帶我這幾個小朋友？捧誰都不是捧嗎，別白白浪費了錢。」

明明看著就是個小少女，聲音清脆甜美，偏偏這話說得彷彿積年的老嫖客一般，她身後果然站著幾個清秀少年，各個塗脂抹粉，穿著誇張，有的穿著閃亮的衣服，有的穿著緊而窄的露臍裝。

花間風滿眼厭惡：「滾開！妳再這樣玩男人不好好上學，小心我哪天把妳送去永無島！」

花間雪哈哈一笑，滿眼都是戲謔：「喲，我還以為哥哥您已經是族長了！都一樣是混吃等死，誰還比誰高貴？難道是哥哥你性生活不協調嗎？哈哈哈！」

花間風勃然大怒，拿起桌子上的生魚膾盤子直接就往妹妹那邊摔去：「看妳滿口亂七八糟的！妳才多少歲！」他一反之前那玩世不恭，儼然是個被妹妹的不良行為激怒的哥哥。

邵鈞身邊的羅木生早已站起了身，拉了下邵鈞，不動聲色地後退，很快一群人都很默契地離開了包廂，只聽到後頭花間雪仍然在笑：「哥哥自己什麼樣？一年後的測試如何了？可別被青龍那邊比下去了。整天念著要我長進，那你自己長進沒？」

之後包廂門飛快地關上了，裡頭只留下了花間兄妹以及歐德。

羅木生悄悄對邵鈞道：「是花間雪，他們兩兄妹一在一起就能吵起來，還會打架，看到他們吵起來趕緊離開準沒錯！」劇組的工作人員們也都在遺憾：「還以為今天難得能開心一下呢，誰知道雪大小姐又來了。」

「別說，要你有這樣的妹妹也傷腦筋啊，上次吵架是為了啥？好像是雪小姐喝軟性飲料吧？聽說那個會破壞精神力的。」

「精神力不精神力有什麼關係，對富人來說差那麼一點無所謂吧。你別告訴別人，我聽人家說那種飲料真的特別帶勁，就像到了極樂一樣。聽到我都心動了，但是精神力低的人吃了可能會變白痴，所以壓根不敢碰。」

「聽說花間少爺父母都早逝了，他們上面又沒有長輩管束，兩兄妹都是靠著基金會的錢過日子。反正有著一輩子都花不完的錢，當然怎麼開心怎麼做了——說起來花間小姐的精神力也是十分蓬勃，一打照面就能感覺到那種勃勃生機和頑皮來。」

「說得也是，我也想這樣啊，想玩男人就有漂亮男人排隊站跟前讓我挑，想吃什麼就吃什麼，想怎麼玩就怎麼玩，真是太快活了！又不用辛苦賺錢。花間大財閥，一輩子都花不光的錢啊！其實風先生不也是嘛，想拍戲就自己開個公司自己捧自己，不想拍了就休息，多自在的人生！」

「哈哈！你可想得美了，說起來那種男人……雪小姐挑人的眼光還得長長啊，那些看著很低等，感覺精神力極其低下，很弱智的樣子……」

「玩玩而已，還在意有沒有靈魂？你可真是挑剔。」

「好啦好啦上飛行器吧，早點回家休息了，明天還要拍戲，不要遲到啊。」羅木生催促著大家。

飛行器輕巧地騰空而起，將他們先送回劇場，鉛灰色的夜霧中，有一顆星在閃爍著微光，越來越遠的大明樓裡，音樂聲仍然遠遠傳來，邵鈞想起在學校裡寄宿的柯夏，想像了下假如柯夏也變成花間雪這樣，不由微微打了個寒噤，這可真是所有家長的惡夢，這一刻他深深同情起花間風來了。

「每一步走路的距離基本一致，突然遇到襲擊也完全沒有受驚，十分鎮定地駕車躲避，身手不錯，這是受過軍事化訓練的表現。對影視拍攝的確一竅不通，看起來連一般人對影視應該有的常識他都不太有，猜測應該是在遠離人煙的地方受訓的。」

大螢幕上投射著今天邵鈞躲避那雙頭蝙蝠怪獸的影像，巨大的螢幕上邵鈞臉上冰冷漠然的表情纖毫畢現，歐德一邊看著螢幕一邊道：「實在沒想到他居然一次就通過了。」

花間風抱著雙手，注視著螢幕上的光影變幻，面容冷硬，墨黑的眼睛裡彷彿醞釀著風暴：「鎮定得太可怕了，在完全沒有準備的情況下，忽然見到這樣逼真的影像，就算是一般人也會嚇一跳導致失態，他卻仍然能夠十分嚴謹地操控車輛。火焰、沙粒、龍捲風、怪獸的聲波，完全都沒有對他造成任何困擾……最神奇的是，這個爆發的過程，我們一點精神力都沒有感受到，雖說他看上去的確就是沒有什麼精神力的普通人，但一般人經歷這樣的絕境，多少都能有一些精神力的波動，他卻始終穩定冷靜，簡直像沒有感覺的機器人一樣。」

歐德嘆道：「查過了，的確是黑戶，目前和一對同樣是貧民黑戶的姊弟一起租住在高級公寓，那對姊弟，聽說姊姊還做過站街的流鶯，基貝拉街那邊還有鄰居有印象。杜因則在碼頭做苦工，說是力氣很大。但也並不知道他是哪裡來的，那邊的沒有戶籍的人跟貧民太多了，誰都不知道誰的來處。前陣子那邊一場大火，燒毀了大半條街，許多黑戶被遣送回國了。他們應該也是因為大火導致失去了住處，才會前來首都洛倫，推測就是為了他表弟的考試。表弟夏柯，才剛考入了山南學院，還考了第一名。」大螢幕一閃，閃出了柯夏的頭像，冰冷秀美的金髮藍眸少年瞬間讓花間風也抬了抬眉毛：「原來前天那考了第一名的黑戶夏柯，就是他的表弟啊，可是讓上層社會津津樂道了許久呢。」

「他們長得並不像，表哥表弟看上去都是純基因，卻截然相反完全不同的遠祖基因。」歐德道：「據調查，山南校園裡的同學回饋，這位表弟成績的確十分優異，很快便獲得了元帥女兒的青睞，成為了機甲社的社長，雖然是沒有戶籍，但是大家都在猜測他是哪個隱姓埋名的流亡貴族的後裔。」

花間風一言不發，看著螢幕迅速放了幾張柯夏在社團活動的照片，有著一頭璀璨金髮的少年是人群裡當之無愧的明星，雖然表情一直是矜持驕傲的，顯然卻很受歡迎。

一具金色的機甲停在少年身後，燦爛的光澤顯示著不菲的造價：「精神力十分優秀，聽說元帥的女兒將自己的機甲『光之子』借他使用。民間禁止使用機甲，而元帥女兒的機甲是元帥的生日禮物，只獲准在指定區域內使用。」

「優秀、美麗、炫目，還有權貴的美人女兒青睞，真是耀眼得讓人嫉妒的光之子啊。」花間風微微喟嘆。

歐德道：「我今天留心了一下，杜因對桌上那些珍稀水果和各種貝類都沒有顯示出陌生的樣子。拍了一天片大家都餓了，每個人看到這麼珍貴的食材都恣意地吃了不少，唯有他用餐十分克制，舉止優雅，實在不像是個大男人在經過劇烈體力活動之後的食量，我感覺他很有可能是貴族人家出來的子弟。」

花間風卻忽然道：「筷子。」

歐德詫異抬眼：「什麼？」

花間風眼神幽深，平靜道：「他今天只拿過一次筷子，是他旁邊的侍者替他夾肉，不小心弄落了筷子在碟子邊，他拾起來自己夾了一塊肉，卻非常準確無誤地用了最標準的姿勢，嫻熟無比。」

「花間家族，秉承古訓家訓，從開始自己吃飯起，就用筷子，無論什麼地方，拿起筷子，都駕輕就熟。不能說只有花間家族在用筷子，畢竟世界這麼大，總有那麼一些用筷子的人……但是，」花間風眼睛裡的譏誚越來越濃，修長的手指交叉籠在了一起：「黑衣黑髮，長得和我一模一樣，還會用筷子，真是太有趣了。」

歐德語塞，毋庸置疑，就算自己和花間家有親戚關係，也並沒有哪個人會讓孩子從小拿筷子吃飯，畢竟孩子在出去交際時會被另眼看待。花間家族這種老家族，封閉而傳統，有著許許多多奇怪的規矩，上至堅持純血基因，四嫡系裡挑選族長，下至每年的祭祖，祭祖需穿規定的袍子，衣食住行樣樣都有規矩，用筷子吃飯就是其中一條。

原本他也覺得查到了這麼多，實在不太像一個別有用心接近花間的人，畢竟太奇怪了，一個能考出第一名的黑戶表弟，一個做過妓女的同居者和妓女的弟弟，這樣的身分太容易引人注目了。

「那現在怎麼辦？把他辭退？」歐德道。

花間風滿臉興致：「別啊，我還想看看他們到底想做什麼呢，朱雀這一系雖然嫡子是我，但是目前看著很不成器，看起來就是無法完成族長挑戰任務。他們難道是想讓這個人來取代我去完成挑戰任務嗎？」

歐德有些不贊同地搖了搖頭：「別讓他們算計了。族長挑戰任務不同小可，聽說下達的時間不會明說，只有結束的時候才知道完成還是沒完成，你還要照顧小雪呢。」

花間風想起今天的花間雪，意興闌珊：「族長和我說過，帝國那邊政界有大變化，大量的間諜都被撤回了，來不及撤回的都被清洗掉了，損失非常嚴重。花間家一直是最優秀的間者，任務應該這兩年會下達。我猜應該會被派去帝國，理論上族長挑戰任務，雖然很難，但還是會充分考慮到接受挑戰人的實際能力，還是非常有可能完成，制定的計畫都會嚴密周詳，通過多方面測評可行性，所以不必太擔憂——小雪那邊，到時候就煩勞你照應了，她不聽我的話，其實我在不在也沒什麼區別。」

歐德也嘆氣：「她還小呢。」

花間風將大螢幕上的投影關掉，淡淡道：「要是讓我知道誰誘惑她喝下軟性飲料，我一定一根一根切下他的手指。」

歐德轉頭，看到幽暗的房裡花間風仍然彷彿漫不經心的側影，不知為何微微打了個寒噤。

第一次替身戲如此順利，劇組很快就接受了邵鈞的存在，畢竟誰都喜歡少話又勤快，還不耽誤大家時間的同事。

拍過幾次戲以後，邵鈞就拿到了報酬，范比羅十分喜悅地搓著手告訴他：「每集五百金！花間少爺真是大方！還多給了一百金，說算是訂金，要你至少半年內不要接別的戲。太好了，公司有錢交年檢費了……不然要被註銷了……」范比羅臉皮也厚了，不再在邵鈞跟前遮掩自己公司的拮据：「按比例分給你一千一百金，我把花間少爺的賞金都給你了，知道你只要現金，我都領出來了，你可以拿回去，你點一下。最好還是小心點，找個地方收好，太不安全了。」范比羅拿起了一隻頗有些重量的背包給他。

邵鈞點了點頭，提了那袋子便走，范比羅忽然想起：「對了，你去體檢沒？輸入資料需要體檢表啊。」

邵鈞幾步已經走遠，彷彿沒聽見，范比羅倒也沒怎麼在意，低聲咕噥了聲：

「好在花間少爺也沒要求看體檢表，下次再說了。」

邵鈞拿了袋子先去給自己買了個好一點的二手能源，總算脫離了只能租用能源的日子，鬆了口氣，然後想了下今天是週末，鈴蘭和布魯應該從學校回來了，便去附近的廉價批發市場，買了幾斤米、麵以及油、蛋，還有一些可以放的牛排、小蘋果等等，又替鈴蘭和布魯各買了兩套衣服，便推著沉甸甸的一手推車食物回了公寓。

回到公寓，推開門便聽到了布魯大叫道：「你居然真的能上真正的機甲？怎麼可能！學校裡不可能配備真正的機甲的！」

柯夏也不動氣，居然還給布魯解釋了下：「社團裡頭有人家長在軍方工作，有一些退役二手機甲，經過改裝作為民用機甲，沒有裝載大規模殺傷武器，裡頭的裝載系統、作業系統都不是最新的，材料也算不上最好。」他穿著一身簇新筆挺的墨綠校服，金色的捲髮長長了些，用同樣墨綠色的緞帶束著，和姊弟兩人坐一起十分不搭，氣氛卻難得頗為融洽。

鈴蘭笑道：「那也不是一般家長了，軍用機甲就是退役也要經過嚴格審核吧？」她身上穿著圍裙，手裡正在挑菜，聽到門響轉頭，看到是他，鈴蘭眼睛微彎：「原來是杜因大哥。」她輕快地上前接邵鈞手裡的東西：「怎麼買這麼多東西？發薪水了？」

邵鈞點了點頭，又向柯夏點頭：「回來了？學校放假？」

柯夏道：「沒有，我回來拿錢，急需一筆錢去實習專案。是自願參加的所以需要繳費，需要一千金圓。」

布魯吃驚道：「什麼實習專案這麼貴！都夠一年學費了！」

柯夏道：「太空實踐專案，要去白星機甲訓練基地那邊實地操練五十天，純軍事訓練，機會很難得，有錢也未必選得上。」他看向邵鈞：「這個很重要，我必須得去，那邊的訓練對精神力的鍛鍊十分有效。地點是軍事基地，普通學校是沒辦法去這裡訓練的，這次是元帥特別提供的機會。」

布魯嘟囔：「還以為軍校連肥皂都發，原來還要這麼多錢，誰讀得起啊，我們再怎麼不眠不休地工作，也不可能拿得出一千金啊。」

邵鈞默默將手裡的背袋拿給柯夏，幸好剛才買了不少生活用品和能源，暫時還能撐一陣子，裡頭也就恰巧剩下一千金圓。柯夏打開看了眼裡頭的聯盟幣，鬆了口氣。雖說一千金從前對他來說不過是個數字，這數字對如今的他們卻很困難，不過什麼事都難不倒這萬能的機器管家，他提在手裡點了點頭站起來道：「晚自習還要點名，我先回去了，學校替我擔保，我的校內帳戶已順利連結了銀行帳戶，接下來會是封閉訓練五十天，沒辦法聯繫上我。下次可以直接轉帳給我就好。」

鈴蘭一直沉默著，這時候終於忍不住道：「杜因大哥現在在拍替身戲，也是很累的。賺錢很不容易，夏也要多多體諒杜因大哥呀。」

機器人累什麼？柯夏並沒有錯過鈴蘭雙眸裡心疼擔憂的神色和布魯有些不屑的眼光，他們覺得自己是寄生蟲了？他心裡一哂，還是起身快步走了。這次訓練，對他真的很重要，而他如今只能靠機器人替自己賺錢。復仇的路還很遠，他忙著變強，再變強，沒時間在意這些路上偶爾遇到的人對他的看法。

門關上了，鈴蘭打起精神收拾整理邵鈞剛買回來的東西，看到兩套買給他們的衣服，鈴蘭眼眶一紅：「杜因大哥，您要拍戲，更需要些好衣服，我們在學校讀書還有校服，不需要這些的。下次您還是先幫自己買吧，您現在的衣服也容易磨損。」她有些說不下去，前些日子她才替杜因縫過衣服，厚而結實的工裝褲，仍然被磨出了大洞，可知他面對的是多麼高強度的工作。

邵鈞點了點頭，他一貫沉默，倒也沒有什麼心疼的，只是下一步該去哪裡再賺點錢來，還需要再好好打算。

好在命運似乎眷顧著他，歐德過了兩日找他詢問：「你現在還有接別的戲嗎？」

邵鈞搖頭，范比羅倒是找了幾個小工作給他，但都是要出去外地過夜的，不適合他，只好都推掉了。

歐德道：「你那經紀公司有要求你不許做別的工作嗎？據我瞭解，一般小經紀公司簽的都是分成約，不會是終身約和排他約，自由度比較高。畢竟能提供的資源也少，綁死了藝人不會有人和他們簽約，選擇多得很。」

邵鈞回憶了下合約，那個經紀約的確只是約定了公司如果提供了戲劇合約，他就需要分成給公司，倒沒有別的限制，也不限制他做別的工作，於是搖頭道：「只是分成合約。」

歐德含笑道：「那正好，上次聽說你表弟正在讀書，學費不菲啊，他如今是靠你生活吧？你也知道，前幾天布斯剛辭職，花間少爺身邊正好缺個助理，我看你也滿會開車的，風先生對你印象也好，想請你暫時做他的助理。放心，替身的酬勞一樣會按原來說好的結給你，助理月薪就照布斯的規格給你，不會虧待你的。」

邵鈞點了點頭，於是從這日起，他就成了花間風的助理之一，雖然自動導航挺普遍的，花間風卻仍然喜歡由助理來開車，他大發議論：「讓那些沒有靈魂的機器來把控你的安全，誰能放心？」

不知道如果他發現自己也是個機器人會怎麼樣，邵鈞心裡想。

做花間風助理的日子實在十分輕鬆，偶爾拍拍戲，大部分時間都是在去不同的地方逍遙，花間風實在是個十分享受生活的紈絝，哪裡有好吃的，哪裡有好玩的，哪裡新開了店有趣，哪裡的景色最經典，甚至連新開發的太空景區，都能搶先嘗鮮，他在哪裡都是 **VIP** 客戶，哪裡都有他的專用包廂。

說實在的，除了不碰女色和軟性飲料，邵鈞實在也看不出花間風和花間雪有什麼十分大的區別，不都是變著花樣尋找刺激，娛樂自己嗎？真是有錢人的日子，實在想都想不到的快樂啊。

這天又是去一個新開發的太空賽車區尋找刺激，花間風一下飛行器，就有著一群狐朋狗友嘻嘻哈哈笑著迎上來：「你可來了！今天我們一定要比出個第一來！」

花間風懶洋洋笑道：「比就比，不過得拿點賭注出來，不然我才不比呢。」

對方一個頗為陌生的銀色頭髮少年冷笑道：「都說風先生沒把錢放在眼裡過，怎麼比賽還要看賭注？」

花間風瞥都懶得瞥他一眼：「沒賭注，那就讓我助理上去比，我怕你們都比不過他——我雖然不稀罕賭注，但是你在乎啊，看到你著急的樣子，少爺我開心啊！」他刻意拉長了聲音，態度可惡至極。

銀髮少年立刻粗了脖子大喊：「還說不準誰會輸呢！」

早有熟識的朋友忙緩頰道：「玩就是為了開心，風先生你不用理這傻子，他才剛來，不懂規矩！我們風先生上次拿到的賭注，全都當場分給在場的服務生了！這才是真正大氣豪氣闊氣！要不怎麼大家都喜歡和風先生一起玩呢？來！我們進去選車，風先生您先選！」

花間風眼皮都不抬，懶洋洋繼續往裡走，半邊臉上的火焰花在燈光下囂張地熠熠生輝，渾身上下都寫著張揚，銀髮少年也暴躁地直接往裡頭衝，顯然是要一別苗頭了。

邵鈞和歐德跟著踏入了賽車大廳，通體深藍色的橢圓形屋頂連著牆面是個一體的螢幕，上頭正顯示著十多條險峻的賽道，賽道上風馳電掣的賽車正接連掠過，留下流光溢彩的光帶，一側幾十個整齊小窗分別顯示著賽車裡的車手們的動態。大廳裡許多人在觀看，也有人不斷地通過操作臺下注，旁邊花花綠綠的榜單顯示著賽車手的戰績。

花間風徑直進了他專用的休息間，一邊換衣服一邊吩咐他們：「你們在這裡休息，隨便走走也行，外邊如果想押注著玩也能押幾注玩，贏了算你們的，輸了算我的。我今天手癢了，一定要和他們好好賽個幾場，這幾條新賽道過癮。」

說完他已換上了賽車服，將一頭長髮束進了頭盔內，十分輕巧地鑽進了一台漂亮小巧的賽車內，嗖的一下把車子開走了，剩下歐德和邵鈞等幾個助理在休息室裡，助理們倒是駕輕就熟，紛紛慫恿新來的邵鈞道：「走，一起出去下注兩把。只要下注風先生就一定會贏的，風先生技術真的很好了。」

邵鈞搖了搖頭，歐德寬慰他道：「就算輸了，風先生知道我們下注給他，也會補錢給我們的，你別怕，沒玩過可以去玩玩。」

邵鈞道：「不是，我從來不賭。」

歐德笑道：「這也不叫賭，沒風險，穩賺的。」

邵鈞笑著搖了搖頭，歐德也沒勉強，便道：「那你如果不出去玩，也可以在這裡看看賽車，桌子上的飲料食品和水果都可以隨意使用，如果沒有興趣的話，就在這邊躺椅上休息一會也可以，或者——」歐德指了指旁邊一個睡艙道：「這裡可以接入天網，你如果無聊也可以上去逛逛。」

天網？

邵鈞想起了久違的陪練生活，他如今還是缺錢缺得厲害，畢竟花間風的這部戲已經快拍完了，沒什麼替身戲需要他拍，而助理薪水也不算高，要支撐柯夏的支出，實在有些不容易，他上週才打電話回來，要錢買禮物，說是元帥的女兒要舉行生日舞會，他受邀作為舞伴，必須準備一份得體的禮物。

他嘆了口氣，青春期的少年，自尊可是非常脆弱的，社交也是很重要的啊，作為家長，實在不得不節衣縮食。不必吃飯的家長邵鈞不得不又希望能夠再拓寬收入的管道，只是他如今做花間風的助理，反倒有些不便於夜晚再去做別的兼職，引人懷疑，畢竟沒有人可以日夜不歇的工作，這裡不是港口，沒那麼容易遮掩，若是能想辦法進入虛擬網，找到一份工作，那就再合適不過了。

歐德看他點了頭，便放心地和其他幾個助理走出去了，顯然對這賽車下注還是頗有興趣的。

邵鈞則躺入了睡艙內，這顯然是專供貴賓使用的專業虛擬網路接入器，邵鈞一躺入，便開始嗡嗡地對他全身肌肉開始了按摩，原來這是給貴賓邊休息邊上網的。

邵鈞才戴上頭盔，虛擬裝置立刻彈出了選擇人物形象的選項，他想了下，慎重地只選擇了備用的範本人物形象，一個黑眼睛黑頭髮的清瘦青年男子，登入了虛擬網。

聯盟的虛擬天網接入口也是一間十分寬闊的淺藍色牆壁的大廳，和帝國的差不多，大廳四周有著數座銀藍色旋轉著的傳送門，分別傳往聯盟諸國虛擬口，其中有座金黃色的傳送門，赫然是通往帝國的。大廳正中央高空，旋轉著一團柔和的藍色光暈，遠遠看去依稀能看出光的正中央是一個人腦模樣的光團，不斷旋轉閃動，那就是傳說中支撐整個虛擬世界的主腦。虛擬網的建立者是聯盟萊恩人羅丹，傳說他用逝去好友，世界著名的科學家艾斯丁的大腦進行研究，最後一手建設了這個無邊無際，由人類精神力進入的虛擬世界。從這個意義上來說，他正是整個虛擬世界的「創世者」。

邵鈞有些好奇地抬眼凝視著那個散發著柔和光暈的半透明的光，忽然感覺到那個光閃了一下，大放光明，下邊的人卻全都無動於衷，顯然這很常見。然而邵鈞的腦海裡卻響起了一個溫和而低沉的聲音，彷彿嘆息，又彷彿好奇：「啊……多麼奇怪而神奇的……靈魂。」

邵鈞一怔：是誰？

那個聲音再次回應了他腦海裡的聲音：「我是艾斯丁。」

邵鈞吃了一驚：「你是主腦？」

聲音笑了：「你說錯了，主腦是我的一部分，不是我。」

邵鈞眼睛微微睜大：「你是說……你還活著？」

那個聲音溫和地回答：「這麼多年，我還是第一次遇見和我一樣，完全脫離了肉體，完全獨立存在的靈魂。」

邵鈞已經迅速反應過來：「所以支撐這整個天網的，不是主腦，而是你——艾斯丁的精神力？」所以艾斯丁居然還活著？以單純靈魂的形式？

這實在太超出他的認知範疇了，他一時都不知作何反應。

只聽到一聲輕笑，忽然邵鈞眼前一花，一個有著銀白色長髮的青年男子忽然出現在他的面前，笑著看他，他有著一雙銀灰色的溫柔雙眸，眉目深俊，看著人的時候，彷彿還帶著幾分稚氣天真。

而他的出現方式和身旁許多剛剛登陸的人一樣，雖然長得算出眾，但虛擬網路裡出眾的外貌實在不少，因此完全沒有引起旁人的注意。

邵鈞一怔，不知該不該把眼前這人和資料裡那白髮蒼蒼的物理科學家對應起來，艾斯丁笑道：「別懷疑，就是我，這樣和你說話比較方便，丹尼爾把我的形象設定得實在太年輕了，其實我早就是個花白頭髮的糟老頭子啦。」

邵鈞問：「丹尼爾是誰？」

艾斯丁有些不好意思道：「就是羅丹，我的老友，他把我弄來了這個世界，我太久沒和人說話了，難得遇到和我一樣的靈魂，忍不住激動了一些。」

羅丹……不就是這天網的創始者嗎，有名的生物學家，卻發明了讓精神力能夠聯成虛擬網路的辦法，只是他早已去世了吧？邵鈞微微有些惻然，老友早已溘然長逝，自己卻靈魂永生不滅在這老友為自己創造的虛擬世界裡，孤獨的一個人面對著無窮無盡的未來，自己若是找不到身體，也會變成這樣嗎？不知為何自己一旦代入，也有些不寒而慄起來。

艾斯丁彷彿能夠看穿他的思想一般，拍了拍他的肩膀，彷彿一個老朋友一般：「不用擔心，畢竟和從前不太一樣，無聊的時候睡一下，醒過來又過去好多年了，有趣的事情很多，我這不是就遇見你了嗎？丹尼爾還是瞭解我的，知道我永遠都能找到有趣的東西玩，我並不想長眠。」

傳記上的確是說偉大的物理科學家艾斯丁有著充沛的精力以及孩子一樣無窮無盡的好奇心，一直在學習和探索不同的領域，並且都取得了不錯的成就，最煊赫的成就莫過於在機甲上的成就，他發明了新的動力系統，讓機甲進行了劃時代的進步，真正成為了一個與人的精神力合二為一的終極武器。而且這位科學家還一直保持著孩子一樣的天真善良，以至於晚年時常有人想利用他的同情心來從他身上騙取利益，多虧他的老友羅丹一直替他把關，才沒有被受騙。

人們之前一直稱呼他們為偉大的友誼，直到羅丹將他的大腦切片研究，這樣的行為也讓許多尊敬屍體的人感覺到震驚，畢竟大部分人可以接受研究捐贈者的大腦，但切開自己親朋好友的大腦來研究卻會讓許多人感覺到不適。艾斯丁親筆簽字的遺囑早已公布於世，自己的所有財產以及後事處理都授權給好友羅丹，但人們仍然認為羅丹辜負了善良的艾斯丁的信任，羅丹仍然是受到了不小的輿論壓力，不少人都不動聲色地疏遠了他，他卻深居簡出，謝絕了一切直到他以艾斯丁的大腦為基礎，發明了精神力接入的虛擬世界，並且免費無償開放給聯盟諸國，整個世界都為之震驚，一個新的時代開啟了。

精神力世界對聯盟諸國實在太重要了，正因為有著虛擬世界，帝國也不得不每年拋出偌多的金錫，來換取接入主腦的許可權。

邵鈞點了點頭，艾斯丁好奇問：「怎麼稱呼您？您是怎麼進來的？也是才去世的嗎？」

邵鈞遲疑了一會兒：「我叫鈞，應該很久了吧，我也不知道我怎麼存在這裡的，我生活的世界，和現在似乎差了很久很久。」

艾斯丁吃了一驚：「那你的靈魂現在在哪裡？」

邵鈞道：「一具機器人身體上。」

艾斯丁「嘩」的一下眼睛都亮了，左看右看了他半天：「這麼強！太不可思議了！」邵鈞卻還想著他進來的目的，畢竟上虛擬網路的機會太難得，他道：「你熟悉這裡嗎？主腦的話，運算能力應該很強？」

艾斯丁興致勃勃：「當然，讓我看看，啊，你是從一個賽車俱樂部接進來的，你是想我幫你算賽車賠率嗎？這個簡單，讓我幫你算好，保證你有取之不盡的錢財。」

邵鈞卻搖了搖頭：「我不賭錢，我想看看有沒有可以能夠陪練的俱樂部，搏擊、對戰都可以。我知道帝國那邊有，聽說聯盟這邊也有的，我想找一份能夠晚上兼職的工作。」

艾斯丁卻十分納悶：「陪練？陪練兼職不也是為了錢嗎？你缺錢，我幫你算賠率，立刻就能賺到錢了，安全無憂，再也不用辛苦陪練了，多的時間你可以陪我聊聊，我給你報酬。」

邵鈞仍然搖頭，邁步向外走去：「我自己去看看吧，你忙你的。」

艾斯丁不屈不撓跟著他：「賭賽車又不違法，為什麼你不賭？既然你那麼缺錢，這個很簡單啊。」

邵鈞淡淡道：「每個人都有自己的原則，不賭錢就是我的原則，你沒見過這種人嗎？比如有些人不吃肉，有些人不愛吃某種菜，這很正常。」

艾斯丁哦了一聲，又問：「那樣，我也有辦法，你知道的，銀行有大量死掉的帳戶，人死了，他的帳戶裡的錢就成了無主的錢財，銀行又有很嚴格的規定，不能擅自用這些錢，只要我修改一兩筆小資料，這些帳戶就可以變成你名下的了……」

邵鈞仍然搖了搖頭，他在街道上不過走了幾步，就看到了遠處一幢高樓，上頭有著十分精彩的真人格鬥影像，上頭標著「閃電格鬥」，看來無論聯盟還是帝國，格鬥術還是頗為風靡的，邵鈞連忙走了過去。

艾斯丁十分不解仍然跟著他：「為什麼？還是你是想通過格鬥來提高戰鬥力？可是你沒有身體，空有精神的話，沒有太大意義，精神力和肉身不匹配，在虛擬網上練得再好，也無法運用到實際生活中，精神力能達到的速度，肉體是達不到的，如果你只是想提高精神力，我也有其他更好的辦法……」

邵鈞道：「不，我只是需要錢，機器人身體上似乎並不能發揮出我的精神力，實際上我也完全不知道我現在算不算有精神力。」

艾斯丁：「當然是精神力很高，才會讓你的靈魂能夠凝練不散，並且宛如生前……既然缺錢，為什麼不用我剛才那個辦法？你不會傷害到誰，也不會影響到誰……」

邵鈞頗為無奈：「我的家鄉有句古話：君子愛財，取之有道。」說完他已經走到了格鬥俱樂部前，艾斯丁跟著他仍然不死心：「可是你誰都沒有傷害到啊，一切都是我自願。」

邵鈞轉頭看了艾斯丁一眼，他灰色的眼眸閃動著笑意，整個人看上去天真友善，銀灰色的長髮，鉛灰色寬鬆的衣服，無論誰見到他，都會覺得他正如一個拯救世人的天使。他看到邵鈞停住腳步看他，以為他改變了主意，笑道：「就當做你陪伴我聊天的報酬……」

邵鈞搖了搖頭道：「我還聽過一句俗語：天下沒有白吃的午餐——所以我只相信自己雙手換來的錢財。」他轉過頭，邁進了格鬥俱樂部那晶瑩剔透的光門內。

艾斯丁站在門口，臉上茫然無辜猶如嬰孩：「君子愛財……取之有道嗎……」

他臉上忽然露出了一個奇怪的笑容：「就算遇到非常非常困難的境地，也不會放棄嗎？真的有這樣堅持原則的人嗎？還是只是，面對的困境，還不夠大呢？」

街上人川流不息，艾斯丁不過躊躇了一會兒，邵鈞就已經又走了出來，艾斯丁走上前去：「怎麼了？」

邵鈞道：「這裡要驗身分證。」

艾斯丁道：「正規格鬥場一定要驗身分證，你以前的不用嗎？」

邵鈞道：「以前在帝國，能上天網的都是有權有勢的，他們也不喜歡被人查驗身分證，又喜歡匿名格鬥。」

艾斯丁若有所思：「帝國來的嗎？」

邵鈞倒也坦率：「我醒過來就在一個帝國家庭的機器人身上，後來想法子找了身分轉來了聯盟這邊，聯盟這邊相對自由，比較容易想辦法。」

艾斯丁點了點頭：「那照理說你一個機器人，不吃不喝的——啊對了，你是想要換能源嗎？」

邵鈞道：「是的。」

艾斯丁道：「那我帶你去地下的格鬥俱樂部吧，那種也和你說的差不多，是匿名的。那裡的打手平常會訓練也會找陪練，都是現金結算，但如果引起精神力受傷，一律都不負責任的。你精神力凝實應該不容易受傷。放心，說是地下，但也是有地下的規矩，不會亂來的。去那裡的人也是喜歡匿名尋求刺激。」

邵鈞遲疑了一會兒，感覺自己目前別無選擇，不如暫時先去看看，便點了點頭道：「那謝謝你了。」

地下格鬥俱樂部並不似邵鈞心目中的想像，野蠻的，喧鬧的，充滿了血腥和纏鬥的喧囂，類似各種從前看過的小說、電影裡的演繹。

這裡看上去也似乎是十分正規的會所，安靜，秀美，庭院裡有十分美麗的鮮花搖曳。艾斯丁領著他走進去，穿過寬闊安靜的大廳後往下走，一個門口有人坐在那兒懶洋洋地看書，看到人來也不多過問，門上有一排五顏六色的按鈕，艾斯丁伸手按了幾下，門閃了幾下光，打開了。

艾斯丁帶著他走了進去，十分輕車熟路，然後便到了一個陰暗的長廊，有服務生走了出來，彬彬有禮地躬身施禮，艾斯丁道：「一個需要錢的陪練朋友，有推薦。」

那服務員一言不發，又躬身施禮後向後退，隱沒在了長廊深處。過了一會兒，再次有個服務生走了出來，引領他們走到了一個明亮的小房間內，裡頭有嫻熟的工作人員幫邵鈞做了登記，然後領他進了個小房間，裡頭有人與他對戰了一場，又記錄了他的出拳、出腿的速度、力度，然後才滿意地表示他通過了測試，和他聊了下報酬和待遇，甚至還有保險。看來艾斯丁說得對，這裡雖然匿名，卻自有其地下法則，邵鈞並沒有考慮太久時間便同意簽訂了契約，這家會所便給了他一個口令，讓他以後可以直接進來。

然後眼一花，他們兩人都被送了出來，仍然站在那鮮花搖曳蜂蝶紛飛的庭院裡。

邵鈞看了眼蹲下身去撫摸花瓣的艾斯丁，覺得自己倒像是夢遊夢境的愛麗絲，這時候艾斯丁抬頭笑道：「我知道你在想什麼，你一定在想我看上去這麼守法的良民，怎麼也會知道有這些地方，是不是？」

邵鈞搖了搖頭：「有光，就必然有暗，你雖然是創世的主腦，卻並不干涉這個世界的自由發展。」

艾斯丁灰色的眼眸裡掠過了一絲詫異，仍然含笑：「丹尼爾是想要創造一個光明美好的天網世界，不過我可懶得很。其實有時候，最天真的才是我這位老友。」

邵鈞沒有問什麼，艾斯丁有些無奈：「想不到寂寞了這麼多年，好不容易來一個你，也是個不愛說話的，你怎麼不問問我的過去，我和丹尼爾的往事？」

邵鈞道：「因為我也不想和你交代我的過去，我的朋友，我的未來，所以我不問你，我老家有個詞，交淺言深，君子所戒。」常年的軍隊生活早就讓邵鈞養成了謹慎和警惕的習慣，不會輕易相信人。

艾斯丁啞然，終於失笑：「你真是太有趣了，正常人，遇到一個活生生的傳說名人，還有著極大的能力，居然仍一直如此警覺，這讓我實在太好奇了。」他伸出了白皙的手掌，啪啪啪的手掌裡忽然冒出了藍色的小閃電火花，然後變成了許多淺藍色美麗的蝴蝶，翩翩飛起，環繞在他們身邊：「你看，在天網裡，我幾乎無所不能，只是一個念頭而已。」

邵鈞看著艾斯丁，來自於一個含蓄國度的他也有些困擾，但還是不得不也採取了直白的說話方式：「我只是一個十分平凡的人，假如我想從你身上得到什麼，那我也得想想我能有什麼可以回報你的。比如今天你替我解決了兼職的事，我很感激，我以後應該可以盡力回報你，像是你如果有什麼事需要在現實生活中需要人跑腿的，我可以盡力代勞，或者替你打聽消息，或者陪你說話。但是我絕不能索取我完全不可能回報，遠遠超出我能力範圍的東西，否則也許付出的代價將會超出我所能承擔的。如果冒犯了您，實在對不起。」

艾斯丁站了起來，看著邵鈞，臉上終於再次露出了那彷彿天使一般無辜的笑容：「好吧，那我就再幫你一次你可以回報我的小事，你登入的機器，被人加裝了一個小小的監控，正在計算你的精神力，而且已經記錄了你的機器人身軀的所有資料，我相信這應該會對你在現實生活中造成困擾。所以我也稍微動了點小手腳，現在你的精神力和資料，應該都屬於一個正常的三十八歲人類男子的資料，毫無異樣。」

邵鈞吃了一驚，來不及感謝艾斯丁，就感覺到一陣疲倦，身軀也開始變虛，艾斯丁笑道：「有人在將你喚醒，祝你好運，有趣的人，期待下一次和你的見面。」

隨著邵鈞消失，蝴蝶留戀地盤旋在空氣中，原本璀璨流光的蝶翼，卻一隻只慢慢褪去了那光華的磷光，變成了枯萎的黑灰色塵屑，四散而去，嬌美的鮮花也瞬間都失去了生機，枯萎於荒草之中。

艾斯丁臉上的笑容早已消失，漠然看著空氣，嘴裡卻在輕輕唱一首許久以前的古典詩歌：「一旦超脫凡塵，我不再採用任何天然物做我的身體軀殼……」

他微微一笑：「陌生人啊，怎麼你連一具鋼鐵身軀，都不能放棄呢？」

他緩緩走出之前還生機勃勃如今卻荒蕪萎落的庭院，輕輕嘆息：「丹尼爾，你也是被人世間的欲望所牽絆，所以把我一個人扔在這兒了嗎？」

聲音彷彿還在空氣中回盪，他緩緩走著的身軀卻已扭曲變灰，和剛才消失的那些藍色蝴蝶一般，倏然消散成為黑屑，散落在了天網溫和的風中。

睜開眼睛的邵鈞，看到的就是笑盈盈的花間風正低頭看他笑：「你這上網上得可開心，他們贏了好多錢，你居然能忍住不買幾注？」旁邊的助手們都湊過來笑：「哈哈都叫你一起下注了，這次我們贏了可多，來請你吃飯。」

邵鈞起身，卻沒有忘記剛剛艾斯丁說的，這設備裡頭加裝了監控系統的事，心裡已經高高提起，這是針對休息室主人花間風的監控，還是花間風針對自己的監控？這些日子以來花間風待自己實在是非常不錯，如果花間風監控自己，是為了什麼？他心裡計算著，嘴上卻仍然滴水不漏：「家裡的人不讓我賭，天網平時難得上，有機會就上去看看，見識見識。」

花間風笑起來，目光閃動：「這有什麼難得的，有機會我送你一套，今天運氣好，又贏了對面那些傻鳥一筆錢，算是給你的分紅。」

邵鈞搖頭：「不用，太貴了，謝謝。」他剛才已經打算好了，去二手店再買一台二手的，多陪練幾場，也就收回成本，如果買全新的，那就太貴重了，划不來。

花間風目光閃動，又笑道：「你去天網哪裡玩了？」

邵鈞道：「只來得及在街道上逛了逛，看到一些格鬥會所，覺得挺有意思的，進去看了看。」他謹慎地說著，不知道他們到底監控到什麼，只希望艾斯丁真的沒有騙他。

歐德一旁笑道：「格鬥你喜歡玩的話，讓風先生介紹你去幾家會所玩好了，花間財團名下就有好幾家格鬥會所。去天網上是用精神力格鬥，那是很多精神力強大，其實肉體孱弱的人喜歡追求的虛擬快感，普通人一般不喜歡玩那個，太危險，小心反而造成精神力受損。」

邵鈞點了點頭，沒說什麼，花間風和歐德交換了個眼神，起身招呼著大家回去不提，隔了幾日，果然邵鈞收到了一台全新上天網的設備，邵鈞撫摸了下，卻不敢保證這裡頭是不是仍然安裝了監控，這一次艾斯丁還會幫他嗎？他有些躊躇。

就在他猶豫的時候，花間風的第一部處女大作，《最後的勇者》上映了。

全網上線放映《最後的勇者》，首映當日聯盟著名的影視評論網評出了一星的史上最低分。

對於花間小公子斥鉅資所追求的藝術巨作，影評人以及觀眾們彷彿積攢了許久的吐槽猶如潮水一樣的噴發。

「充滿了有錢人的傲慢和愚蠢的一部巨作，足以寫進聯盟影視史，充分暴露了投資人的品味。」

「真是錢多人傻啊，花間財閥錢多的沒地方花了嗎？」

「投資高達五億聯盟幣，劇本寫了十年，大製作，心血之作，建議再花十年打磨做一下後期製作，一定會『更好的』。」有人反諷。

「花間小公子那一直彷彿帶著面具的妝容，那矯揉造作的演技，真心驚到我了。」

「好吧……其實，我覺得有些動作場面還是滿好的，像是沙漠斬蝙蝠那一段。

可惜轉過臉來拍近景看到花間小公子那張濃妝臉，我整個人就吐了。」

「別這樣嘛，我就同情埃麗莎，一代紅星，和他演對手戲的時候裝成深情款款的樣子，真是演技一流啊，真的不會笑場嗎？」

「不然怎麼說演技深厚啊。請了那麼多的老戲骨當配角，又請了這麼多的美女明星來演對手戲，最後難看成這樣。」

「呵呵，埃麗莎老了，接不到戲，看在錢的分上來做女主角，也真是自降格調。我看這自甘墮落的戲一出，以後還有誰還會請她拍戲。」

也有些比較忠厚的影評人，主要是羅木生的朋友們提了些中肯的意見：「動作片方面的一鏡到底用得很好，整個片子節奏再掌握好一點會更好。」

可惜這些零星的肯定早就淹沒在了惡評如潮之中，整個虛擬網上一片此起彼落的嘲笑，惱火的花間風花了一百萬金，請了一群水軍去社交媒體上洗評論。

結果卻造成了更大的笑話：「這些水軍也太容易被識穿了吧？要去哪裡報名？有錢大家賺啊！我保證能分析得更好更完美，比如動作戲真的拍得很不錯啊！為了錢我們可以假裝不知道那些都是替身拍的啊哈哈哈哈。」

一時之間，許多人抱著「看看到底有多爛」的想法，倒也為這爛片貢獻了不少票房，另外還是有不少廣告商趁機來請花間風拍廣告，黑紅也是紅啊！

只是一心只愛藝術的花間風十分毅然地全推掉了：「我是缺錢的人嗎！廣告統統推掉！我是要拍戲的！他們通通不懂藝術！」

羅木生一旁唉聲嘆氣：「埃麗莎如今名聲全壞了，到處都在嘲笑她，我看下一部戲，不會再有什麼好的女星和你合作了。」

花間風傲然：「那我們自己來捧一個女星就好了。」他漫不經心地倒了杯酒。

羅木生搖了搖頭，顯然這些日子受到的打擊不小，只是十分沒精神地拿了幾個劇本扔給花間風：「這是我初步篩選的幾個案子，你先看看選出下一個專案，我們需要好的專案才能翻身洗刷恥辱了。」

花間風冷哼一聲：「他們不懂藝術，等我選個好劇本——不然先選個純男人的戲！純男人的！」

羅木生沮喪地搖了搖頭，離開了房間，歐德過來將劇本都收起來，花間風之前的懊惱已經消失不見，懶洋洋地拿著一串紫金色的漿果吃著，遇到酸的直接就吐了，旁邊的掃地機器人則嘎嘎地走了過來，將垃圾吸入容器內。這漿果叫金靈果，早春之時價格十分金貴，他這裡卻隨手拋擲，歐德道：「沒有異常，資料很正常，送過去給他的虛擬接入設備也沒使用過，十分謹慎，不賭錢，不酗酒，沒有任何不良嗜好，彷彿真的是專心賺錢，和他同住的兩姊弟也十分認真在讀書，包括他的那個赫赫有名的表弟，在山南中學裡十分矚目，聽說連洛斯都替他輔導武技，並且十分受女孩子歡迎。因為元帥的女兒和他同在機甲社，聽說甚至有軍中將領替他們指導機甲技術，剛剛結束的中學聯賽，他在機甲聯賽裡頭拿了第一名。」

花間風道：「如今社交季也應該開始了，他這麼受女孩子喜歡，應該很忙吧？山南中學雖然寄宿，但是不是也該放春假了嗎？杜因賺的那點錢，夠他社交嗎？」

歐德道：「的確是頗為拮据，按這樣的消費，他幾乎所有的薪水都供給了表弟，我後來瞭解過，他那天接入天網，去了刀鋒俱樂部，想找陪練的工作，後來因為刀鋒俱樂部這邊要核查身分證，他就離開了——之後不知怎的就到了毒針俱樂部那邊，在那邊通過了測試，拿到了一份陪練工作。我找了些關係瞭解，測試的時候精神力算不上很高，但是卻十分精準穩定，凝實，倒是個十分不錯的陪練員。他是被其他會員介紹進去的，可能是范比羅那邊的歪門邪道的關係。」

花間風睜開眼睛，眼神有些複雜：「我這邊的助理工作雖說清閒，他晚上再找這樣體力兼職的話也太累了吧，既然找到了工作，為什麼又還沒有登進去工作？」

歐德想了下道：「這個我也不知道了——他缺錢是真的，無論給多少工資，他身上還是穿著之前的舊衣服，任何多餘的東西都絕不買，但是……」他遲疑了一會兒道：「十分樂於助人，劇組每個人都對他印象很好，從不搬弄是非，勤快肯幹。」

花間風冷哼了聲：「世上真有這樣的聖人嗎？」

歐德點了點頭，他心情也頗為複雜，這些日子來和杜因相處，話少、願意做事，踏實，很難讓人不欣賞，再這樣下去，如果真有異心，到時候處理起來也難受。

然而還沒安排好，虛擬網路卻有消息了，天網接入設備被使用了，是杜因的那個剛剛放假回家的表弟使用的，精神力高得驚人，身體各項資料也都是十分優秀的純血兒。

花間風看著那數據，眉毛高高抬起：「有好東西居然先讓表弟先用？真這麼寵這個表弟？不過看這精神力，的確是……嘖嘖，老頭子把花間雨當成寶貝一樣，儼然花間家族未來之星，真該讓他知道這天外有人的道理——再看他的上網記錄，嗯，先是上校園網簽收作業，一口氣把整個假期的作業都寫完了，和軍用網那邊交換資料很多，這是和軍方中的人聊天吧？然後就是買東西了。簡直是，好個社交季的寵兒，社交季是帝國那邊傳過來的文化，他倒是遊刃有餘。你看看這，紅寶石鑲鑽耳環一對、金鳶羽髮夾一只，各種各樣的禮物，品味倒是不錯，都是些不算昂貴但設計脫俗的東西，不過這個不算昂貴只是在權貴眼裡不算昂貴，他知道他表哥的月薪多少嗎？就這麼狠著花。」

歐德道：「軍用網那邊是機密網路，我們不敢記錄和偵查，應該是他們的機甲社的工作群組。」

花間風忽然有些煩躁，扔下了手裡的平板，冷冷道：「這戲演得也太誇張了吧，任勞任怨的好表哥，真有這樣的人嗎？」

邵鈞其實不知道放假剛剛回到家的柯夏看到他沒開封過的虛擬裝置，還以為是機器人貼心的給自己準備了寒假禮物，便直接開啟後連結了校園網路寫作業，然後順便商量了下機甲社寒假的活動。

他回家的時候柯夏剛從設備裡起身，看到他抱怨道：「不太好用，睡下去很不舒服。」

邵鈞有些無語，從前柯夏小郡王家裡用的那可是高級訂製品，和現在的怎麼能比。雖說花間風大手筆送了最新款式，卻還是比不上土豪的金鳶皇室訂製的設備——只是柯夏用了這套設備，沒問題吧？

柯夏才起身，通訊器就響了，柯夏按了一下，一個立體影像彈了出來：「夏哥哥好。」一面容嬌嫩的小女孩恭恭敬敬地給柯夏鞠躬，一頭金色長髮十分耀眼，邵鈞記得正是入學的時候見過的小女孩。

柯夏詫異道：「莉莉絲？」

莉莉絲滿臉緋紅，雙眼閃動著崇拜的光芒：「我和哥哥拿到您的通訊號碼，哥哥說我的解題方法很厲害，知道是您指導的之後，也很欽佩。哥哥說按這個樣子好好複習，我也能考進山南中學。」

柯夏笑了下：「加油吧，先寫完一百套題庫，再看書有系統地複習，期待妳叫我學長的那一天。」

小姑娘笑得雙眼彎彎：「一定可以的，到時候我也會去考機甲社……聽哥哥說您對女孩子都是冷冰冰的，哥哥根本不相信你居然會指導我解題。」

柯夏道：「你哥是嫉妒我。」莉莉絲捂著嘴偷笑，她身後已經冒出來個少年橫眉豎眼：「別以為你是社長，我就不敢揍你！」

柯夏冷冷道：「前幾天誰才敗得一塌糊塗？」

少年咬牙切齒：「你還不是仗著精神力高在天網上有優勢嗎？真的機甲戰，我未必輸你！」

柯夏冷笑一聲：「民用機甲聽說今年開放，學校已經有採購計畫了，會分配三台給機甲社，到時候你就知道我是不是只有精神力高了。」

少年卻已雙目熠熠，興奮得滿臉寫滿了激動：「真的？三台那麼多！你不是騙我吧？」

柯夏傲然道：「騙你做什麼，我也是剛收到的消息，軍方贊助了五台給山南中學。」

少年歡呼一聲：「太好了！」

柯夏一臉嫌棄地掛斷了通訊，轉頭看到邵鈞，邵鈞問：「聯盟開放民用機甲？」

柯夏道：「對，前幾個月和帝國邊境有了幾次摩擦。這幾個月聯盟一方面對退役軍官和士兵發放補助，另一方面扶持民間武裝組織，以發放補助的理由讓大量民間武裝組織登記申請。對山南中學也加強了指導和幫助，不僅提供贊助，還派出了高級軍官來指導軍訓、講座，應該在做開戰的準備了——柯冀根本就是隻瘋狗，要開戰可不會講什麼理由。」

柯夏提起這個曾經的叔父，面容漠然，彷彿一個普通的聯盟學生一般，只有邵鈞聽出了那平淡言語下的刻骨仇恨。

柯夏把外套拿了起來穿上，邵鈞問：「要出去？」

柯夏點了點頭：「晚上有宴會，要出去外太空，不回來了。」

這時外頭門鈴響了，鈴蘭去應了門，過了一會兒便來敲門：「夏，有人送東西來說是給您的。」

柯夏穿好外套出去，看到兩個穿著軍服的士兵，見到他還敬了個禮：「您好，長官命令我們送這套裝置給您，請您簽收。」柯夏抬了抬眉毛，沒問什麼，點了簽收後士兵們乾脆俐落地出去了，過了一會兒柯夏的通訊器再次響起，柯夏按了下，亞麻色長髮的露絲笑盈盈地出現了：「夏，我收到您簽收的訊息了。這是軍用的天網接入器，雖然也不一定好用，但是比市面好的是加密過的，安全。」

柯夏道：「我也就隨口抱怨一句，妳費心了，多謝。」他聲音還是淡淡的，彷彿接受的並不是多麼昂貴的禮物，而只是一件普通的小禮物。

露絲雙眸流光溢彩，看了眼柯夏身旁的鈴蘭，笑容不變：「社長的話我一定要放在心上啊。就算只有一個寒假也是很重要，我們機甲社正是要抓緊時間衝刺的時期，不然明年的聯賽就會輸了。那就不多說，晚上宴會見了。」

通訊再次掛斷了，布魯吸著氣道：「前幾天邵鈞剛帶了一套回來，現在又有人送來給你，日子過得也太順利了。對方是什麼軍方高層的大小姐？居然還能派士兵來送東西！」

柯夏淡淡笑了下，不以為意道：「你們上學要查資料也可以來用。」

布魯瞪大了眼睛激動道：「真的可以給我們用？這東西很貴的！」

柯夏不以為意：「我馬上就要回學校了，這東西這麼笨重，不好帶，學校裡也有。」又向鈴蘭點了點頭：「我晚上不回來了，不用做我的飯，先走了。」

他長大了許多，面容已經不再像個孩子，金色的長髮璀璨生光，穿著十分正式的禮服，雪白蕾絲花邊的襯衫領子翻著，胸前還別著一個熠熠生輝的寶石胸針，他彬彬有禮向鈴蘭點頭的時候，骨子裡帶著的優雅高貴讓他完全像個紳士，鈴蘭不由自主的紅了臉：「啊……好的，路上小心。」

柯夏一笑，推門出去了，布魯歡快地對邵鈞道：「真的可以讓我上網嗎？」

邵鈞點了點頭，布魯便衝進去了，鈴蘭則是站在原地怔了一會兒後轉頭和邵鈞道：「夏，長大了啊。」

邵鈞心裡也頗為感慨，柯夏小郡王過得實在是相當不錯，原來有才有貌，去哪理都吃香啊。

之後果然柯夏沒在家裡待多久時間，各式各樣的舞會、狩獵、聚會、歌劇以及機甲社的寒假活動，占滿了他的時間。

這台軍方加密的天網接入設備，的確便宜了邵鈞。當晚邵鈞就接入了天網，艾斯丁果然再次出現在他身旁，含笑道：「這次居然沒有被監控？」

邵鈞心中鬆了一口氣，果然花間風再有錢，也沒辦法插手到軍用設備裡，他這些天也查了下艾斯丁和羅丹的資料，還翻到了艾斯丁年輕時的照片，和這模樣的確是一模一樣，他的好友羅丹樣貌普通，沉穩寡言，卻出身貴族，在生物學上也有著非凡的成就，兩人都終生未婚未育，沉醉於科學研究之中，在教科書上對他們的評價是犧牲自我推動人類發展的偉大科學家，兩人之間的友誼則是性情相投的偉大友誼。

之前對陌生人的警惕降低了一大半，加上艾斯丁替他打掩護，更讓他感激，心裡想著有機會還是回報，笑著道：「弄了一套軍用的設備，不過平時白天有工作，只有晚上能上來，您有什麼事交代嗎？」

艾斯丁搖頭笑了下：「沒有，有人可以期待的日子，好像過得也分外有趣，你做你的事，我看著就好，你今天的面容和之前不一樣？這個，是你真實身體的樣貌嗎？」溫柔的灰色眼眸目光閃動著，天網如今已經宛如一個真實世界，越來越多的人用自己的真實面貌稍微美化後在天網和人交流，以便於延續在現實世界的生活。這個憑空出現的靈魂，到底是哪裡來的？他的興味更濃了。

邵鈞可不知道面前這強大的主腦正在以其非凡的運算能力在搜索匹配他的相貌，他基於謹慎，在範本的基礎上，稍微修改了一些細節，準備以此作為自己在天網的模樣：「並不是，我隨意選的範本，稍微修改了下眼睛和髮色……那我去陪練了，您有什麼需要我做的，儘管交代就好。」

艾斯丁仍然十分溫和友善：「有什麼需要我做的，你也儘管說。」

邵鈞卻忽然想起一件一直橫亙在心中的難事來：「您是物理學家，羅丹是生物學家吧？我想問問，像我這樣靈魂獨立寄宿在機器人身軀上的情況，還有沒有辦法再擁有一具像人一樣的正常肉身呢？」

艾斯丁詫異：「在天網裡不好嗎？為什麼一定要一具身軀？另外，其實人造身軀也比肉身更方便吧？現在科技已經很發達了，肉身沒必要了吧？從前的人希望修仙，長生不老，脫離肉身。現在我們正是處於這種狀態了，不老不死，無病無災，無欲無求，就算你現實生活還有什麼需求的，應該也很快就可以解決了？為什麼一定要一具肉身？」

邵鈞皺起眉頭想了一會兒才說話：「可是，你不需要人，別人也不需要你，你真的還存在嗎？」

艾斯丁道：「我思故我在，在不在，不需要旁人證明。」他眉目平和，看上去十分超脫——作為具有強大內心的科學家，他自然和凡人的追求不一樣。

邵鈞看了下外頭紛紛擾擾的人流，這是虛擬的天網，卻有著和人世間一模一樣的情景，兜售著人們需要的所有東西，完全投射著人類的欲望，貪嗔痴怨，無一不在，他輕輕道：「沒有身體太久了，我還是希望能嘗到食物的味道，聞到真實的花香，感受到熱情的擁抱，腳踏在草坪上，真正流汗，甚至是流眼淚……感覺到餓，感覺到疼，感覺到幸福或者軟弱。」

艾斯丁沉默了一會兒道：「可能等你真的有了，就不想要了。」

邵鈞笑了下：「可能吧？」

艾斯丁道：「完全複製出和人體一模一樣的肉身在技術早已經達成了，但因為沒有靈魂和精神力，只是誕生出無知的生物，活不了幾年就會死去。丹尼爾試過想在複製人身上對接精神力，從而讓複製人具有靈魂，但是聯盟禁止複製人以及人體實驗，我也對人的肉體沒有興趣，他很難進一步開展研究，就中止了這方面的研究，而著力研究如何將死去的人的精神力上傳到天網上。但這個很難，人死了以後，精神力只會非常短暫地存在很短的時間，我也不知道他當時是怎麼把我弄進天網的，但應該不容易。畢竟每個人都是不同的，他有百分之八十的機率能將自己的精神力也傳到天網來陪伴我……最後……他應該還是遇到了剩下的百分之二十。」

羅丹死了，但是天網卻沒有他。

艾斯丁語氣頗為平靜，想來當時他們對失敗也早有心理準備。

邵鈞沉默了，艾斯丁卻微笑了：「我會多留心一下這方面的，畢竟你的存在更奇怪，興許這是天意呢。」

邵鈞真心實意道：「多謝您費心。」

邵鈞陪練了幾天，就接到了羅木生那邊的通知，新戲又要開始拍了。

花間風興致勃勃：「這次大製作，柯洛大峽谷實景拍攝！整部戲只有男演員！一定會賣！不要女主角了！」

羅木生卻非常沮喪：「哥，最後再陪你玩這一次了，再這樣我的名聲就壞了，爛片代表導演，誰經得起。」

歐德安慰地拍他的手：「沒事，總比爛片代表主角的好。」

花間風惱道：「這次一定行，只有男演員！」

羅木生哀嚎道：「你知道什麼，官宣才出去，評論就開始嘲笑了。花間風是可以不用女主角啊，他自己就占了女主角的戲了。」

花間風咬牙道：「你請的水軍呢？」他轉頭看到歐德在忍俊不禁，大怒：「胡說八道！這次劇本我好好琢磨過了，一定會紅！」

他轉頭看邵鈞道：「你說是不是杜因？這次我們一定會拍個動作巨片。」

羅木生道：「動作片本來就很難一鏡到底，太高難度的動作以及高危險的場景，都必須使用技術手段修改，這種片頂多也只能拍給小孩子看看罷了，談不上藝術性，也拿不到大獎，只有沉迷於暑期檔賺快錢的市儈低級導演才會涉獵。其他導演，絕對不肯降低自己的格調去拍這種只給孩子看的動作片。我不知道為什麼你非要和動作片槓上，不會去跟風追話題。今年開放民間機甲了，你這麼喜歡動作片，我們拍個機甲的，也能賺點錢啊！」

花間風嗤之以鼻：「你懂什麼動作片？我就想讓他們看看真正的動作片！」

羅木生一攤雙手，非常鬱悶：「說好了，拍完你這部後，下一部戲我來挑，就選文藝片。其實你的氣質很適合拍文藝片，憂鬱一點，酷一點……」花間風牙疼似的揮了揮手：「隨你隨你，下一部你愛拍啥拍啥。」

於是就這麼開機了，第一天大家還沒進入狀態，只拍了些開場鏡頭，又歡天喜地去吃了頓好的，也就散了，大家回家整理行囊，第二天整個劇組乘坐花間風的飛行器前往柯洛大峽谷，用花間風的話說：「這次全實景，不怕觀眾不買帳。」

邵鈞之前也不明白既然不差多少成本，技術上也能實現，為什麼不做一個虛擬場景在攝影棚裡，結果當他從飛行器往下看到了聞名遐邇的柯洛大峽谷時，他忍不住也在心裡讚嘆。

實在太壯美了，山脈被大裂口分成兩邊，延綿不絕的裂口在陽光反射下，顯現著不同的顏色，壯觀峭壁斷口上的岩石紋理，忠實記載著幾十億年歲月的變遷地殼的變動，峽谷最下方還有一條奔騰的大河，河上飄著著淡紫色的霧氣，在太陽光下折射出神祕的光澤，一側山脈上長滿了茂盛的山林，另外一側，卻是寸草不生，裸露著紅岩，壯美的岩峰裡有著一道一道的裂口。

劇組的工作人員全都靠近了窗戶，看著壯美的景色，情不自禁地拍起美景來，助理們則一遍一遍地讚嘆：「太美了！」

羅木生也在一旁屏息道：「真美啊，這是什麼人都做不出來的自然的美，拿來拍動作片，太浪費了……太浪費了……好不容易才拿到的拍攝許可……真是暴殄天物啊。」

花間風一旁白了他一眼：「這樣的大場景，當然只合適拍動作片，拍文藝片那才是糟蹋呢。」

歐德則向邵鈞介紹：「這裡是禁止遊客進來的，這次我們申請拍攝許可，花了很多錢，這裡有很多地裂縫，即使是以現在的科技，放下無人機，也拍不到底，只放進去一天一夜，就會失去信號墜落了。很多人甚至覺得這裡是無底的，也有人認為這裡通向地心。也有人懷疑裡頭只是有磁場干擾，無人機下去沒信號了而已，不過到現在也沒人敢嘗試真正下去，通常下去三四百公尺處就是極限了。你放心，我們這次拍攝有安全設施，很安全的。」

羅木生湊過來道：「我覺得這下頭的裂縫通往的是七座黃金城，裡頭全是黃金！」

花間風哈哈一笑：「羅木生你滿腦子的文藝情懷，讓你替我拍片真是委屈了！」

劇組的人全都笑了，嘻嘻哈哈笑成一片。飛行器就這麼停了下去，劇組很快俐落地駐紮好了，開始了正式外景拍攝。

這部戲叫《屠龍》，劇情是一位勇士從小就立志要屠龍，學了一身本領，走遍千山萬水，終於找到了一頭龍。他費了很大的勁將龍殺死後，卻忽然發現旁邊的龍蛋孵化了出來一頭小龍。原來惡龍是母龍，最後的瞬間是為了保護龍蛋才引頸就戮的，勇士注視著那頭小龍，忽然覺得自己才是那頭惡龍——全劇終。

整個劇本仍然洋溢著羅木生式的文藝以及花間風式的莫名其妙，看完劇本的邵鈞認定，這部電影肯定以及一定仍然票房慘敗，不過會給錢就好了。

顯然整個劇組的人也都這麼認為，嘻嘻哈哈拍了幾天，大部分都是動作戲，邵鈞也綁著安全繩揮舞著一把劍在裂縫裡騰挪閃展，與立體影像製造出來的惡龍影像搏鬥。按羅木生的要求就是，不能辜負了這個美景，因此他要求每一幀畫面，都要像畫一樣極盡壯美，在他的精益求精下，劇組也反覆折騰了數日，就連花間風也難得地親自綁著安全繩到裂縫裡演了好幾個特寫。

一連拍了半個月，一場屠龍戲才快要拍完，最後一場戲拍得分外講究，最後一場將劍刺到惡龍心臟，惡龍則帶著他在深淵裡上下翻騰的場景。這場戲既有近景也有遠景，因此邵鈞和花間風都畫上了一模一樣的妝，分別拍攝近景遠景。

這場戲實在非常需要體力，開拍到盛午時分，所有人都汗流浹背，氣喘吁吁，唯有邵鈞仍然一絲不苟，同樣的戲拍了幾次，隨著那頭虛幻的龍上上下下，他動作仍然一絲沒有走樣，精準萬分，連花間風都有些佩服起來。

一場戲拍完，邵鈞落腳在旁邊搭好的臨時落腳用的鋼釘上，等著花間風拍完下頭的戲份。只看花間風乘坐在虛擬飛龍上的飛行器上揮舞著長劍，惡龍風馳電掣地上下翻騰著，只看影像彷彿如真的一般。正在這時，那頭巨大的惡龍忽然倏然消失了，坐在飛行器上的花間風嘩的往下墜落，他身上綁著的安全繩也嘩啦啦的響著，飛速地往下墜去。

羅木生目瞪口呆，還沒來得及喊拉住安全繩，就看到原本停在裂溝峭壁上的邵鈞已經一聲不吭也往下躍去，看來似乎是想要去追花間風。兩人身上的藍色勇士服只在裂口處一晃，就都往深處墜去了，只剩下安全繩嘩啦啦地響著往下墜落。

歐德大叫：「快鎖住安全繩！把人拉上來！」旁邊的安全員瘋了似的使勁拉住安全繩的固定鎖，一邊嘶啞喊道：「鎖不住！導演！失靈了！」最牢固的祕銀安全繩完全失去了控制，在鋼鐵收繩器上瘋狂地哐啷啷一路往下脫落，也不知轉了多少圈，大家都瞪著那越來越少的安全繩，最後終於鐺的一下！繃成了直線！兩根安全繩全都繃成了直線，一直延伸到深不見底的裂縫深處。他們已經落到了安全繩的最長處了！幸好這裂縫夠深！還有救！羅木生精神一振，一邊擦汗道：「去把全自動起重機拿來，幸好這是祕銀的……之前沒檢查過嗎？」他看向旁邊的大螢幕，自動跟隨著花間風和杜因的攝影機早已失去了信號，傳來的只是白花花一片的即時影像，這裡可是大峽谷！

安全員滿臉汗水淚水：「這固定鎖之前有檢查啊……祕銀這麼牢固的東西……」他話音還沒落，只看到那兩條晃著的祕銀安全繩咯吱搖了下，便乾脆地從根部斷開，兩根安全繩在眾人的尖叫聲中，直接往那看不見底的萬丈深淵落了下去！

⚜ Chapter38 救援

花間風一路摔下去，心裡只閃過兩個字「完了」，他是從來不相信意外的，按了身上帶的智慧降落傘，沒有反應，牽著的安全繩瘋了一樣的往下墜著，他知道這次是中了算計。這裡是柯洛大峽谷裂溝，任何儀器都探不到底的地方，他很快就會連屍體都看不見——是誰？是那個杜因？他第一時間閃過的居然是那個和自己長得一模一樣的人，他們想做什麼，這裡眾目睽睽之下自己墜下去，他們只是想害死自己，為什麼非要弄一個和自己一模一樣的人來？

他伸出手想卡住越來越狹窄的裂縫，減緩自己下落的速度，卻只是讓手臂手掌被刮得鮮血淋漓，巨大的衝力讓他下落的速度越來越快。

他閉上眼睛，想聽天由命之時，忽然身體停住了，他腰間的安全繩被什麼東西掛住了！他抱著身子在空中晃蕩，狠狠地撞向了峭壁！這一下幾乎把他五臟六腑地撞了出來，他能感覺到身體的傳出了血液的甜腥味以及肩膀傳來的劇痛，肩膀應該骨折了，但只要能活著出去，就能治療如初。他忍著疼抬頭往上看，出口的亮光早已看不見，然而卻有另外一條細細的祕銀安全繩落了下來，從他身旁落了下去，許久許久也沒有聽到落地的回音。

這是誰的安全繩？他來不及仔細思考，張著嘴劇烈喘息著，抬頭瞇起眼睛，然後感覺到了自己的身體慢慢正在往上升，他心裡升起了一絲希望，上頭的安全纜還是安全的嗎？都這麼深了，黑暗裡只聽到他喘息的聲音，疼痛讓他並不能繼續抬頭觀察，只是無力地吊在安全繩上，緩慢地被往上拉，然而沒被拉多久，他就被一隻手臂抱了起來，然後有力地將他抱到了懷中，一個聲音道：「你還清醒嗎？風先生？」

他簡直覺得難以置信：「杜因？」

黑暗裡邵鈞雙腳張開，卡在了峭壁裂溝上，聽到花間風回話，便交代他：「抱緊我。」

花間風忍著肩膀劇痛，緊緊抱住了他，心裡卻飛快地計算著，為什麼會是他？怎麼會是他？邵鈞單手將那祕銀安全繩將花間風和自己的腰繞了起來，結結實實地繞了十來圈，花間風兩眼昏黑，問他：「你怎麼也下來了？你的安全繩也出事了？」

邵鈞嗯了一聲，貼得太近，他怕被花間風發現他不是人，畢竟有監控的前例在，但也不能眼睜睜看著這人在自己眼前死去。花間風驚訝之下動了動，卻感覺到了攬著自己身子的手臂不可撼動：「你怎麼會拉得住我？」

邵鈞給了個很是敷衍的解釋：「我看到你的安全繩，試著拉了下，沒想到拉住了。」

這解釋如此輕鬆，聽起來也很合理，但是為什麼自己還是覺得剛才那種情況要拉住自己實在太玄幻！剛才自己的那個速度，是自由落體吧？還有加速度！要多快才能趕上自己拉住自己？拉住了自己又如何固定在峭壁上？這衝力這麼強，腳不會斷嗎？花間風此時腦袋一團漿糊，只是下意識地又動了動，邵鈞道：「別亂動，等他們救援，拉我們上去。」

他的聲音是如此冷靜，連喘息都沒有，而攬著自己的手臂也是如此有力，一動不動，彷彿十分可靠，讓花間風不知不覺也鎮定了下來，問：「你撐得住嗎？我怕這裡已經是通訊的死角了，我們掉下來多深了，有五、六千公尺了吧？我怕撐不到救援。」

邵鈞道：「沒事，這裡有借力的地方。」其實沒有，但是他不能解釋人類肉身如何能穩穩抱著一個人撐在半空中一動不動……但願救援能在他能源耗盡前來到，好在因為要出外景，他剛換了個滿能源的電池——但這裡太深了，不止六千公尺，很可能上萬公尺，邵鈞根本不敢說，怕嚇到花間風。

花間風聽到有借力的地方，忍不住也動了動姿勢，發現自己在求生欲望驅使下，雙腿不知何時居然也抬著交纏到了杜因的腰上，又被祕銀安全繩牢牢地捆在了他身上，這個姿勢實在太尷尬了，花間風動了動，發現杜因雙臂實在是太有力了，肌肉緊繃，紋絲不動，充滿力量，彷彿隨時能勒斷人的肋骨。他一動，邵鈞卻以為他抱不住往下滑落了，手臂又緊了緊，將他壓向自己的胸膛，花間風整個臉被壓在邵鈞胸口，聽到他一下一下有規律的心跳聲，感覺到體溫，頓時覺得非常尷尬，心裡卻又掠過一絲怪異：遇到這樣的怪事，經歷過如此劇烈運動，自己都能感覺到現在都還心跳如雷，這位杜因居然心跳一如平時，穩定精確得好似鐘錶一般——還有體溫，裂縫下邊偏冷，但他身上也是不冷不熱，和他肌膚相貼的地方，甚至微涼，彷彿在舒適的空調房一樣，反而是自己身上熱得出了一身汗。

靜謐的裂縫下，這人居然讓他產生了安全感——但是，太深了，之前就聽說這裡無人機下不來，救援很難，會不會在救援到之前，他們先支撐不住落下去？

花間風忍不住問他：「我們會死嗎？」

邵鈞道：「別擔心，會等到救援的。」這裡雖然很深很狹窄，但氧氣居然還很充分，邵鈞心裡盤算計算著自己的能源，再等一會兒沒有救援，就只能選擇展開翅膀強行帶著花間風飛上去的最壞方案了。但這裡實在太深，按剛才下落的速度估算，應該已經有上千公尺深了，他剛才為了追上落下的花間風，已經用了不少能源，再帶一個人飛上去的話，怕能源不夠——而且也太引人懷疑，只要有人懷疑了，強行替他檢查身體，那就完全無法隱瞞他的機器人身分。

花間風沉默了一陣子，低聲道：「我有很多遺憾，主要是沒有能照顧好妹妹，你呢？你那個讀山南中學的表弟。沒有你的支援，他能過好日子嗎？他們會難過吧？然後會把我們忘卻？」

黑暗使人脆弱，又是這樣的場景，邵鈞怕他崩潰，只好陪他聊天：「我們會等到救援的，你要是這麼關心雪小姐的話，出去以後，待她好一些吧。」

花間風短促笑了聲：「是她嫌棄我，嫌棄我這個哥哥沒用，然後就變得叛逆，改以怎麼氣我為目標，企圖要以比我更敗家。」

邵鈞道：「像你們這樣的家庭，要什麼有什麼，起點已經比一般人高了，雪小姐年紀小，以後會理解的。」

花間風呵呵笑了下：「總會有些人生下來就精神力高，天賦高，做什麼都特別出色，能成為家人的驕傲的。比如你那個表弟，是不是？」

邵鈞寬慰他：「天底下還是平凡人比較多，您要多和她溝通交流。」

花間風道：「我們是個大家族，各房之間會相互比較，她看了其他的堂哥堂弟，難免嫌棄我，這些年我一事無成，拍個電影也是笑話……」

邵鈞違著良心道：「這一部說不定就大賣了。」

花間風道：「我其實知道你們怎麼看我，就是個瞎花錢找樂子的大少爺，很多人當面拿錢，背後罵我，真不知道你怎麼還要救我。」

邵鈞道：「你待人好，幫了我很多，應該回報的——工作室裡的其他人也都很尊重您感激您，並沒有那種當面奉承背後譏笑的人。」

花間風演了半天黑暗裡因為被嚇壞崩潰的傻白甜，看面前這人始終一板一眼，一絲口風不漏，更是一點都沒有透露任何有關他那個優秀神祕的表弟資訊，終於放棄了繼續裝傻，沉默了下來。

一靜下來，身上的痛就叫囂著疼起來，他咬著牙一聲不吭，卻不知何時睡了過去，其實他不知道的是，邵鈞偷偷摸摸在他後腦杓替他打了一針鎮定劑，從前對柯夏也是熟門熟路了，於是花間小少爺被機器人順利麻痺了。昏迷中，模模糊糊彷彿聽到了翅膀拍打的聲音。

是邵鈞帶著他再次打開翅膀，往上又緩緩飛了一段路，忽然看到一點搖曳的燈光，他當即卡在峭壁上，收了翅膀，耐心等了一會便看到那燈光越來越近，他才終於看清楚那是上邊再次垂下來的安全繩，上頭還裝著燈和探測鏡頭，但探測鏡頭沒有信號，看來上邊救援的人也在做最後的努力。他一把拉住了安全繩，牢牢地扣在了纏著他們兩人的安全繩上，上邊感覺到了重量，立刻也興奮地抖起來，大幅度地搖了三下，邵鈞便也將那安全纜搖了三下，然後又用力拉了拉；將東西纏好以後，再次搖了三下，上邊試探著往上拉了拉，感覺到了重量，便緩緩升起，一直又往上升了約十幾分鐘，探測鏡頭才終於有了信號，歐德的聲音傳來：「聽得到嗎？喂喂！杜因！風先生！」

邵鈞揚聲道：「我們都在，風先生暈過去了，應該骨折了，盡快救援吧。」

安全繩繼續緩緩上升，終於看到了亮光，拉出去的時候，已經有救護車和搶救醫師在等待著，第一時間上來要為他們檢查身體，邵鈞忙著揮手道：「我沒事，先檢查風先生，他暈過去了。」

頓時眾星捧月似的都湧了過來，將花間風檢查了一番，送上飛行器，回到花間財閥的專屬醫院。百忙之中歐德也沒忘了招呼邵鈞：「去醫院去全身檢查一次吧？」

邵鈞只是搖頭，隨便找了個藉口：「家裡有點事，不拍了的話我先回家看看，身體真的沒事，放心。」

歐德看他只是衣服破了些，精神很好，四肢靈活，臉色紅潤，也放了心，便趕著把花間風送去醫院。

科技昌明，並沒有用太久時間，花間風就醒了過來，肩膀還暫時固定著，但已經不疼了。羅木生紅腫著雙眼和他訴苦：「醒了？真的嚇死我了，我們不拍了，還是在家好好待著吧，這戲後面靠後製就好。」

花間風撐著身體坐起來，問道：「杜因呢？他沒事吧？後來你們怎麼救到我們的？」

歐德道：「杜因沒事，回家休息去了。當時我們都覺得沒救了，叫了專業救援公司來，也說沒辦法，不管放多少個無人機下去都直接壞掉了，都是失去信號一去不回的。最後只能試著放了救援索下去，上頭還也綁了攝影機，結果到四百公尺左右就失去信號了，只好硬著頭皮繼續放，放了一段時間就感覺到有了反應，然後就是杜因扣好了安全繩，拉了你們上來。」

羅木生揉了揉臉，事發後他一直不眠不休，如今花間風醒了，他就有些撐不住了：「當時的場景後來我重播看，杜因這小子實在是……你才掉下去，他在一旁二話不說就直接也跳下去伸手就去抓你，只差了一點就抓到你了。然後兩人一前一後地掉下去。一開始懸浮攝影機都還有信號，全拍下來了。他試了好幾想去抓你的安全繩，好不容易抓住了，結果安全繩竟然整個脫落了！後來一直落下去，就沒信號了，聽杜因說後來是借著斜坡峭壁慢慢減速，好不容易找到個石頭卡住位置，才救到你——實在是太勇敢了。」

羅木生神情一肅：「風先生，這次真是多虧了他，你可別虧待了對方。說句心裡話，我們當時都在裂縫邊，可是想都沒想就往下跳的就他一個，從前我還覺得我算是你好兄弟了，陪你拍爛片，但是現在我不敢說這句話，這麼多年情分，我還比不過一個替身演員。」他說著說著又動情了，擦了擦眼角。

歐德道：「他是練過的，反應快，也虧他當時身上安全裝置齊全，我們跳下去就只能是一起死了。羅木生你別自責，風先生還不是好好地回來了？」

花間風有些疲憊道：「這次應該是被人算計了，你把那些鏡頭全都給我，放心，我不會虧待他，你也嚇得不輕吧。先回去吧，接下來的事交給我。」

羅木生也沒說啥，直接拿了個光子電腦給他：「都在裡頭了，連安全繩閘、安全降落傘都出了問題，當時我就知道不對了，一出事我就已經讓人把現場所有影像全封存了，都是第一手的，完全沒動過，包括所有在場的人。歐德沒讓任何人報警，後續報警不報警你決定吧。我是真的累到了，先回去休息了。」他滿臉崩潰，心力交瘁，和歐德打了個招呼，也走了。

病房裡只剩下了花間風和歐德，花間風按了下那光子電腦，投射出了立體影像，當日的情形果然清清楚楚，高清地顯示在虛空中。歐德一邊收拾他床邊剛換下來的衣物一邊道：「我沒有報警，但族老會那邊，你是族長順位繼承人，受到謀害，應當要報告族老會，請他們派調查組徹查此事的——因為你沒事，所以我沒報告，等你的指示。」

花間風淡淡道：「不用報警，也不用通報族裡。」他拿起了光子電腦，放大了影像，開了慢動作，在高清的影片裡一幀一幀的看著自己墜落的瞬間，一旁站在峭壁上待命的杜因，臉上的表情和眼神是錯愕的，但是反應非常快，如羅木生所說，他的確是不假思索地第一時間往前伸手想要抓住自己，搆不到的時候雙足也第一時間跳起，但指尖卻還差一點才碰到。電光石火之間，他發現搆不著，就已經立刻反手往自己身上的安全繩抓去，然而他身上的安全繩也卡了一下，他身形遲滯，然後兩人身上的安全繩一齊失靈，向下飛速墜落。杜因臉上的表情卻始終非常淡定，他的眼睛始終只看著花間風，然後在下落的一分鐘後，他終於抓住了安全繩且十分有力而迅速的在自己虎口上狠狠繞了兩圈。然而安全繩已經完全失靈，兩人飛速下落，在加速度的作用下，越來越快，在影片失去信號的時候，已經達到了三分鐘，每秒已經上千公尺的速度……如果按自己當時的記憶，落下十幾分鐘後，應該就已是每秒上萬公尺速度了，不可能……那是什麼樣的衝擊力，挨到擦到都只能是一團肉末。

然而他們居然活下來了。

花間風回憶著自己那時候已經混亂的記憶，他們到底落下多久？似乎後來他落下的速度有些緩慢，他以為是安全繩掛住了峭壁上的石頭減緩了，看來那時候他的安全繩就已經被杜因拉住了並且採取了措施。

花間風喃喃道：「那樣的速度，怎麼可能活下來……又怎麼可能一點傷都沒有，他的手上也沒有傷？」

「杜因說他身上的安全降落傘打開了，減緩了速度。後來我們也檢查過當時的安全降落裝置，也被植入了病毒，但不知怎的沒有完全阻止，傘還是打開了，也救了你一命，至於擦傷什麼的可能有吧？當時上來大家都手忙腳亂，護士給了他一個治療擦傷的治療儀，他要大家先搶救你，我們也就沒追問了，畢竟他才救了你。你如果真想追根究底，還是報告族老會那邊，派來調查組才能徹查了。」

「降落傘？」花間風很確定杜因當時沒和自己說降落傘的事，不過當時自己疼得厲害，後來昏迷了。他伸手按著太陽穴，盡力回憶著當時的場景，但實在是太快了，歐德忽然拿起他那身繁複的古代騎士服抖了下道：「咦？衣服裡有根羽毛。」

花間風道：「大概是打鬥的時候哪裡飄進去的鴿子毛吧，羅木生就愛用鴿子。」

歐德卻從花間風剛脫下的戲服牛皮長靴裡取了出來那根羽毛：「應該不是鴿子，這羽毛……好像在哪裡見過，很漂亮。」

花間風轉頭看，那根羽毛果然是通體雪白，卻在尾部卻是淺金色的：「是金鶚的羽毛，帝國的國鳥，象徵不死和重生，帝國的貴族喜歡用天然金鶚羽來做裝飾，我們國內時尚界的人就愛帝國那個調調，也喜歡用，不過大多是人工仿製的。」

歐德皺眉：「不知道是不是誰的帽子或者衣裙上的裝飾，掉下來的。」

花間風卻心中一動，想起自己昏迷時，彷彿有聽到翅膀拍打的聲音，伸手將那根羽翼拿了過來：「給我吧。」

歐德道：「你要自己查？」

花間風冷笑了聲：「查是肯定查不出的，不必浪費時間。工作室裡，除了杜因，哪一個我們不是知根知底的？族長挑戰任務馬上就要下達了，如果他們篤定我完成不了，坐等著我失敗，失去繼承資格就行了，何必費這麼大勁？答案只有一個，族長挑戰任務已經定下來了，青龍那邊判定我完成的機率很大，所以不想夜長夢多，能做到這個，已經是他們的極限了，也應該是最後一次，如果是挑戰任務中再對我下手，那就是罪不可赦，整系都會被流放，他們不敢冒險，只想假託意外。」

歐德道：「這麼看來，挑戰任務近期就會下達了？但不查出搗鬼的人，也不好啊。」

花間風乾脆俐落道：「工作室的人全部辭退，給三倍辭退金，只留下杜因，同樣也給他一筆豐厚的酬金，作為答謝。」

歐德一怔：「還留下他？他身上謎團還是很多，這次雖然他冒險救了你，但是說不清楚的地方實在太多了。」

花間風沉默了一會兒：「不知道。」

歐德感覺到了他反常的沉默，轉頭看他，花間風低聲道：「希望不是他。」

歐德道：「留下這一個不可控制的因素不是你的風格，你馬上就要去執行任務了，我很擔心。」

花間風躺回了床上，感覺到了一陣眩暈：「我有辦法，你別管了。」

收到了一筆豐厚酬金的杜因頗為高興，這簡直是一筆鉅款，因為太大了，不可能收現金，杜因提供的是柯夏的銀行帳戶。

收到錢的柯夏立刻又轉走了一筆錢來進行訓練，說是要開始校際聯賽了，必須要進行高強度的訓練，他們機甲社花錢租了個場地要加強訓練。

不然人家怎麼都說孩子都是碎鈔機呢？老父親杜因心裡十分感慨，替自己買了個稍微好點的能源核心，看著又有些不夠用的餘額，晚上繼續上天網，去毒針俱樂部陪練，順便跟德藝雙修的「老」科學家艾斯丁陪聊。

「機甲聯賽嗎？」艾斯丁感嘆：「現在學生的消遣這麼高檔了啊，我們那時候也不過是賽賽馬，賽賽車，這麼說來，難怪你這麼需要錢，機甲可不是寒門能玩得起的。」

邵鈞道：「賽制是怎麼比法的？」作為一個軍人，說對機甲不好奇是假的，只是他現在的情況，不太可能能摸到機甲。

艾斯丁點頭：「和人格鬥規則差不多，總體原則是讓對方失去戰鬥力，比如擊碎駕駛艙、壓制住對方失去行動力或者破壞對方的攻擊主力比如攻擊炮等等，這麼看來，你精神力很凝實，操控機甲是先天優勢，如果能去做虛擬機器甲陪練也很不錯，報酬也更豐厚一些……」

邵鈞升起了一絲希望：「有虛擬機器甲俱樂部嗎？」

艾斯丁搖頭：「無論聯盟還是帝國，機甲都是嚴控在軍方的，虛擬機器甲訓練也一直是軍方才有的系統——非政府的武裝組織肯定也有，但一定是非常嚴密的，絕不可能像一般的格鬥俱樂部一樣可以隨意進出，不需審核。」

邵鈞微微有些失望，艾斯丁看眼前的男子眼眸裡的失望，有些不忍，安慰他：「聯盟如今放開民用機甲，可能下一步民間俱樂部也有一天會興建的，我們多的是時間，等得起。」

無限的時間嗎？邵鈞還有些不習慣自己目前的狀態，有些悵然。

《屠龍者》上映本來沒有受到什麼關注，畢竟花間風主演，羅木生導演，還沒有女主角，就已決定了這必然還是一個爛片，首映的時候就票房慘澹。這一次顯然花間風和羅木生也都沒什麼心情關注，畢竟後期幾乎全是後期製作的。花間風期間是回去了老家一次，而羅木生也沒那麼厚的臉皮再請水軍來宣傳，最後官方宣傳了幾次就上映了，首映後少不得又被奚落「花間少爺又一經典賠本之作」、「柯洛大峽谷震撼紀錄片」、「屠龍者的末日」。好在花間風和羅木生根本不在意這些評價，直接置之腦後了。

然而在社交媒體上居然零零星星有人討論：「話說有人看了那花間少爺的賠本大作《屠龍者》嗎？放假無聊小侄子非要去看，我就陪著去看了。發現雖然演技一般，但是當成柯洛大峽谷的紀錄片看的話，還是很美的，整部電影就一個屠龍的劇情，小孩子看著居然也挺高興的。」

很快下頭有人回覆：「沒錯，忽略劇情只看風景，實在是不錯的。看來他們花了大價錢在拍外景上，柯洛大峽谷我以前去過，只能隔著遊覽飛行器看，匆匆忙忙，只覺得算不錯，但是這次看大螢幕，細節這麼清晰，拍得這麼美，讓我都忍不住想再去看看。」

有人嗤笑：「柯洛大峽谷可是保護區，進去拍戲需要審核的，花間花了大錢在這上頭，也算是造福大家了。」

「不管怎麼說，這次花間風沒有出來矯情，只有專心演戲也還不錯了，至少不用看那張矯揉造作的臉做一些令人作嘔的矯情戲。還算知道自己演技差，這次全只有打鬥戲。」

「哈哈，就怕打鬥戲也都是替身在做啊——不過當風景片看也還不錯，雖然我是看串流版的。效果是真的不錯，那頭龍的效果也還不錯，特效製作公司真辛苦了，錢砸得夠多就是不一樣啊。」

「拜託，那可是極動公司做的特效，聽說光後期製作就砸了好幾千萬。」

「為什麼都在嘲笑花間風，我覺得這次動作戲算不錯了好嗎？某些動作巨星連個馬步都紮不穩的，不知道粉絲有什麼臉去笑別人。」

「笑死了好嗎？難道花間風那些動作是自己做的？擺明是替身好嗎？」

「替身什麼？好幾個一鏡到底的鏡頭都是花間風做的。我覺得一個嬌生慣養的小公子能這樣也很不容易了，我聽說這次拍戲花間風還掉下裂縫去了，好不容易才救援上來。」

「哈哈哈樓上水軍在說什麼？你也知道那是實景拍攝，柯洛大峽谷的裂溝啊，拜託先去查查再來吹好嗎？就算是目前的科技手段都探不到裂縫的底，花間風掉下去能活著上來？還救援？哪個救援公司能救？真是笑死人了好嗎？如果是真的，花間風還不花錢買上百萬水軍來炒作自己？還需要拍完戲才出來爆料？」

「信不信就算了，我表哥就是救援公司的，親自參加了救援。都說當時大家都覺得救不上來了，只能死馬當作活馬醫，後來居然活著拉上來了，肩骨都撞碎了，聽說和一個演員一起卡在了裂縫壁裡，不然也沒了。」

「呵呵，水軍還說得有鼻子有眼的，這是要打造敬業人設了？」

這也就是一點小水花，沒什麼人在意，然而沒多久真的有人爆料：「我的媽呀花間風還真的住院過，真的是肩膀骨折！聽說碎得稀爛，全靠砸錢用他的基因重新養了一副真骨頭又植回去的！這是我媽昨天說的，她是特別護理師！我媽說的！有照片為證！」然後擺了張護士和花間風的合影，花間風臉上那鮮紅的花瓣十分醒目。

然後很快又有人挖出了柯洛大峽谷那邊當地最大的救援公司的網站出來，還真有赴柯洛大峽谷救援成功的案例，只說是一個劇組，並沒有具體說是什麼人或事。然而有心人一查當時得了拍攝許可的劇組，也就屠龍者劇組而已，再和花間住院的事結合起來，這麼說來，難道還真的是出了事？

黑子們仍然譏諷著花間少爺這次宣傳炒作的角度別出心裁，但是花間少爺卻已開始有了一批粉絲出來替他說話：「按花間少爺的財力，要炒作會這麼低調？」

「心疼風先生，不接廣告、不接採訪、不上綜藝也不和其他藝人組團結派，只是默默拍戲。就算拍得不怎麼樣，人家是真心在工作，還被這樣奚落，不就欺負他們家大業大，不會隨便和人撕扯，又沒有圈內人幫忙說話嗎？」

「心疼+1，當初那些大明星剛出道，難道就一鳴驚人？不也是從配角做起？風先生沒有學過演技，又有錢，直接砸錢從主角開始，就算捧自己又怎麼樣？還不是眼紅人家有錢嗎？」

「誰不是慢慢成長的，至少這次受傷，人家官方是一點消息沒有的，炒作什麼？」

「這電影其實寓意很好吧？壯麗的外景，精彩的武打，加上業內一流的特效製作和音樂，再加上立意是屠龍者變成了惡龍，凝視著深淵，深淵也凝視著你，這麼好的寓意，那些挑毛病的人是抱著偏見，還不自知。」

「小龍出生後，勇士看著小龍時那憂鬱的表情，我當時都哭了。」

「我喜歡打鬥戲，雖然大家都說動作片低俗，可是這明明是近年來拍得最好的動作片了好嗎？支持風先生再接再厲拍個機甲片，上次《銀河之鑽》流產夭折，就因為資方撤資，可惜了那麼好的小說。」

「哈哈樓上到底是想支持機甲片，還是支持花間少爺啊。」

「都有，花間家拍，至少不用擔心資金的問題了，而且機甲題材，主角大多數時候都在機甲裡，不用看風先生那張刺眼的臉，他就不能洗乾淨紋身，實實在在拍個乾乾淨淨的片子嗎？」

「我倒覺得很好看啊，黑頭髮黑眼睛，白皮膚上開著妖豔的紅花，拍出來你們不覺得很美嗎？」

「機甲題材？這個不錯啊！」剛剛從老家回來的花間風聽說自己居然有粉絲了，笑吟吟一邊瀏覽評論一邊大聲笑著，又問羅木生：「怎麼樣？我們下一部就翻拍機甲小說吧。」

羅木生道：「別了！到時候又出個什麼事，我的心臟還受得了嗎？」

花間風過來摟住他笑道：「別灰心嘛，你看，《屠龍者》的票房居然比《最後的騎士》高多了，而且甚至這段時間《最後的騎士》的網路銷售情況也有漲，這麼下去，看來我們盈利也是指日可待啊！」

羅木生拉下臉：「我們把錢好像不是錢一樣地砸進去，做出來的特效當然是頂級的了……音樂也花錢買的，拿這些錢來捧隨便一個好點的明星，都能捧紅了好嗎。」

花間風樂得前仰後合，一頭潑墨也似的長髮抖得滿肩，看到一旁站著邵鈞，又伸手招呼他：「杜因，你說拍機甲題材好不好？」

邵鈞道：「都好。」

花間風哈哈一笑道：「對了，你不是有個表弟在山南中學嗎？過陣子聯邦中學機甲聯賽，往年都是在天網舉行的，今年因為民用機甲的開放，半決賽和決賽首次以實體機甲的形式召開，還請了不少有名的專家、軍方機甲專家來做裁判，到時候我們一起去看看，找找靈感。」

羅木生道：「不會吧，真的要拍機甲？」

花間風道：「閒著也是閒著，正好我們花間財閥也是主要贊助商之一，有保留位置。杜因，你也可以帶上你表弟來看的，沒有男人不喜歡機甲。」

邵鈞搖了搖頭：「他不用我帶，他是山南中學機甲社的社長，一定會參加比賽的——就算進不了決賽，也看得了。」

羅木生誇張地喊了一聲：「不會吧！你表弟真是高材生啊！山南中學那可是多少佼佼者，能做到機甲社社長，那有多優秀！」

花間風拍了拍羅木生：「不然呢，這世上總有天才的。」他十分真誠地向邵鈞笑了下：「正好讓杜因好好看看他表弟的表演啊。」

邵鈞並沒有和柯夏說自己會去看機甲聯賽的事，一是花間風這個人改變主意極快，隨心所欲，沒個定性，到時候如果有個什麼事又不去了也不奇怪。二是柯夏實在很忙，先是集訓了一陣子，然後回來休息幾天備賽，也是忙著在接電話，打電話，上天網，或者認真看書複習，真難為他倒是一刻沒有放鬆過學習和寫題庫。邵鈞甚至看到他已經在讀一些十分艱深的機甲和星際航運等書籍了，那個曾經逼著機器人管家寫作業的頑劣小郡王，彷彿已經隨著白薔薇親王府的覆滅，一同消失了。

小小公寓每天不斷有人寄來禮物，柯夏有的收，有的直接拒收退信，還有的送了食物，柯夏漫不經心收了轉手就給鈴蘭和布魯吃了。露絲大手筆地派人送來了一套機甲專用服，據說能夠提高機甲感測率；少女莉莉絲送來了一瓶香水，據說用在機甲內部使用就能平穩、激發精神力的，影片電話裡莉莉絲緋紅著臉結結巴巴地說話：「請夏柯哥哥一定要收下，這是我用零用錢買的，據說很受機甲戰士的喜歡，香味選的是薔薇香，因為哥哥說過喜歡白薔薇……」

柯夏在屋裡噴了一些試試看，邵鈞的嗅覺感測器告訴他的確是薔薇的香味，雖然他並不曾真正聞到，但柯夏早上起床的時候坐在床上失神了一會兒，對邵鈞說：「這香水的味道……還真的挺像清晨薔薇的香氣，恍恍惚惚的時候，差點以為還在家裡。」雪白蕾絲的窗紗被清晨的風吹起，自己在柔軟的枕頭裡翻身，聽到外邊除草機的聲音以及妹妹在草地上和小狗玩耍的笑聲。太陽升起來，曬乾了白薔薇花瓣上的露水，無邊無際的香氣隨著窗紗飄進來，輕柔地包裹住了他，彷彿父母妹妹全都還在。

邵鈞是一如既往的沉默，柯夏本來也習慣了機器人管家的沉默，起來開始了一天的日程，他太忙了。

倏忽就到了聯賽決賽了，花間風果然帶了羅木生、歐德和邵鈞一起去看，位子也非常好。觀看決賽的場地是軍方贊助的烈焰機甲訓練場，場地非常大，為了保證觀眾們和裁判們的觀看，每個觀看包廂前也都有一個立體螢幕，能夠即時收看場地的比賽。

螢幕上可以看到寬闊的場地上還有一座座火山和通紅發光的岩漿，一排鋼鐵巨人靜默地矗立在一側，僅僅在背心上漆上了不同顏色的標號，漆黑的機身有著漂亮的弧度，肩膀上的格林旋轉長炮口整齊劃一，充滿力量感，為觀眾們視覺上帶來動人心魄的衝擊。

主持比賽的美女主持人芳菲茲正在為觀眾介紹背景：「為了保證公平，所有選手用的都是統一制式的阿爾法七九〇型號機甲，半決賽為團體淘汰賽形式，以選出決賽的兩支隊伍。本次進入半決賽的戰隊共有八支，來自霍克公國白馬中學的熾熱驕陽機甲戰隊、萊恩國寶麗中學的鑲金玫瑰機甲戰隊、萊恩國山南中學的復仇號角機甲戰隊、霍克公國雅蘭中學的月神之鐮機甲戰隊……每支戰隊上場隊員五人，替補隊員二人，維修師一人……」

花間風噗嗤笑了：「復仇號角？真是滿滿的中二少年風啊！」他伸手拉近了螢屏，螢幕分成了八個視窗，每個視窗負責轉播一支隊伍，每個隊伍都有詳細的簡介，花間風點開山南中學的復仇號角戰隊，點開隊長的頭像，金髮碧眸的少年頭像跳了出來，英俊得如同金色壁畫上的美少年，羅木生都吃了一驚：「這是誰？夏柯，復仇號角隊隊長？杜因，這是你表弟？長得有夠漂亮的！居然是機甲隊隊長！副隊長也是個美女啊。」螢幕上正顯示著復仇號角戰隊的隊員們聚集在一起討論戰術，柯夏穿著一身淺藍色機甲戰鬥服，金色長髮簡單紮著，面目冷靜，抱著雙手斜靠在機甲一側，始終沒有說話。一直在說話部署戰術的，反而是露絲，她臉上也十分嚴肅，一直在叮囑著隊員，隊員們也都一一應聲，顯然對露絲的指揮也很是習慣。

花間風將身子往舒適的沙發靠了進去，衣衫半敞著露出白皙的胸口肌膚，意態悠然：「能做機甲隊隊長，精神力肯定很高，體能也不會低，應該就是當初第一名考進山南中學的。聽說當時元帥的女兒也只考了第二——這副隊長露絲，就是元帥的獨生女兒了，就是那個女的。」

羅木生不太關心這些，只是嘖嘖稱奇：「杜因，你和你表弟不像啊，他如果真的拍戲，肯定早就紅了，你也不用辛苦地整天打工掙錢了。」

花間風拿著遙控器按了下將三支隊伍介紹都分別點開，羅木生又吃了一驚：「鑲金玫瑰戰隊的隊長居然還是個美女！這這這……這是比賽選美還是比機甲呢。」螢幕上果然顯示著隊長芬妮，一個身材修長纖細的少女，有著栗色的短髮和一雙狹長的雙眼，看著十分冷厲。

歐德笑道：「寶麗中學是女校啊，你不會現在才知道吧，你仔細看看，她們整支戰隊都是女子隊員，女子在機甲操控上更精細靈活，而且精神力上直覺敏銳，往往能夠預知對手的舉動，不過體能也是她們的弱項，之前的選拔賽都是在天網上舉辦的，她們優勢明顯，但半決賽後進入現實比賽就有點困難了。不過鑲金玫瑰隊戰術十分成熟，配合很有默契，在中學聯賽中，配合默契往往也是一大優勢，因此這次奪冠的呼聲也很高，主要是在網上支持的粉絲非常多，畢竟都是美少女啊。」

羅木生還是點開了熾熱驕陽隊的隊員介紹，讚嘆道：「這個才是符合一般人想像的機甲隊員嘛。」熾熱驕陽戰隊的隊長洛克是個身材高大，肩寬腿長，體型矯健的年輕男子，有著一頭火紅的頭髮和深棕色的明亮眼睛，肌肉精悍緊實，身材挺拔。而驕陽隊的隊員也個個都是身材魁梧的剽悍男子，站在一起彷彿一群意氣風發的士兵，完全看不出還是中學生的樣子。

歐德道：「洛克，聯盟傑羅姆上將的兒子，精神力十分傑出。白馬中學是霍克國公立中學中的佼佼者，熾熱驕陽隊是老牌機甲隊，在他帶領下已經連續三年奪得中學機甲聯賽冠軍了。不過往年都是在天網裡舉辦，今年頭一次實地比賽，不知道他能不能繼續保持優勢——都說天網的模擬機甲和實際機甲操控是兩回事，不過這一次的確往上的呼聲都是覺得他們應該還是冠軍。畢竟山南中學這是頭一年參賽，機甲社也是才成立的，社長、副社長全是新生，這次能殺入半決賽，大部分人都認為是託了元帥的福，但要真正成為冠軍隊，基礎還差遠了，畢竟是團隊賽，可不是單人賽，而且淘汰賽，後邊體力吃緊啊，這次入圍八支隊伍霍克公國就佔了四支，戰鬥民族果然不同凡響，萊恩也才入圍了兩支，一支還是女子隊，不樂觀。」

花間風仍然含笑：「傑羅姆和元帥是死對頭吧，聽說鬥了許多年了，這次兒女對上了啊。」

歐德道：「說起來元帥的女兒聽說前些年去養病，也是中了暗算，不得不靜養了許久。」

明明似是財閥中無所事事的紈絝，他們談起軍方高層之間的關係來，卻彷彿瞭若指掌，邵鈞彷彿專心地看著場中比賽，心裡卻默默想著，果然官商從來不會脫離關係，每一支巨富財閥的背後，恐怕都有一支政治勢力的依仗，不過看花間風的神色，似乎也不太在意軍方。

正說著話，各隊隊長抽籤完畢，正式開始了第一輪八強選四強的對抗賽，花間風點了下復仇號角隊的對戰螢幕，他們這次抽到的是一個冰林國的冰林中學隊伍，冰霜之劍的機甲隊。冰林國是個小國，冰林中學能冠國名，自然是冰林國最好的中學了，但小國國力所限，機甲隊顯然水準是遠遜於復仇號角的。

黑色的鋼鐵巨人悍然奔入戰場，沉重黑鐵上泛著冷光，戰鬥之時，卻分外奔馳迅猛，輕靈高速，離子火炮響起時，密集的炮群呼嘯著沖向對方，有些機甲已經進入近身搏鬥範圍，有的用機械拳狠狠砸中對方，有的拔出了背上的光刃進行殊死搏鬥，劈砍之時帶來流暢炫目的亮光，光刃劈在堅硬的祕銀機身上，迸發出了璀璨的火花。

羅木生讚嘆道：「所有男人的夢想啊，充滿了暴力美學的畫面，我又有靈感了！」又問杜因：「你表弟呢？在哪裡？」

歐德道：「隊長都是一號，沒有上場，應該是在節約體力，冰霜之劍有點弱，隊形很亂，戰鬥力不強，復仇號角隊明顯默契強多了。」

正說著，果然之前還在介紹四個戰場情況的主持人芳菲茲也開始評論起這場戰役來：「和熾熱驕陽、鑲金玫瑰隊一樣，復仇號角隊與冰霜之劍隊的對戰也呈現出了一面倒的情勢，才開場一分鐘不到，冰霜之劍就已有機甲被系統判定死亡強制下場的隊員。復仇號角隊的團體默契以及指揮能力顯然十分卓越，整支隊伍收放自如，配合默契，執行力到位，看起來應該可以較為輕鬆的贏得這場戰役，只是他們的隊長夏柯，一直沒有上場。山南中學今年是第一年參加機甲賽，立刻就以強大的優勢殺入了八強。而作為隊長的夏柯在之前的選拔賽中有著十分亮眼的表現，眾所周知選拔賽是可以自設機甲的，夏柯的大天使機甲『光之子』讓人印象深刻，不過大家都知道天網裡的虛擬機器甲操控和現實中的機甲操控區別是很大的，體能是其中一項非常重要的指標，那麼我們的夏柯隊長是不是採用為了保存體力，以更優秀的狀態來迎接下一場戰鬥這樣的戰術呢？我們有請我們今天的場外嘉賓福爾中將來發表評論。」

不苟言笑的福爾中將是這次聯賽邀請的專家解說，他有著一個嚴肅的方下巴，點了點頭道：「在半決賽中適當節省體力，好在最終比賽發揮更大的體能，的確是有這樣的戰術。但我們不能忽略的是虛擬機器甲操控和實地機甲操控之間有著巨大鴻溝，山南中學是第一年參加比賽，虛擬機器甲操控只要軟體許可，就可以在天網中無數次的訓練，只要精神力夠高，可以持續更長時間，並且操控虛擬機器甲釋放出更多更精細更準確的動作。在天網中訓練，只需要精神力足夠強，就能取得勝利。今天參賽的選手們，可以說是聯盟中學生中精神力水準的佼佼者。但是實地機甲操控就不一樣了。畢竟今年民用機甲才開始正式開放，目前大部分中學沒有足夠的實力為中學生參賽隊伍們準備機甲和訓練場地。這個在剛才的比賽裡我們也可以很明顯地看出來，大部分學生們對機甲的操控都不嫻熟，許多能在天網裡輕鬆做出的動作和姿勢，在現實裡做不到位，因此這一次的比賽我們將半決賽也設在實際場地，並在統一機甲的選擇上，也放棄了載入有重兵器以及過多功能的機甲，僅採取初級機甲，就是考慮參賽選手都是中學生，體力一般，讓他們有一個適應的過程。放棄這寶貴的實踐過程而節約體能，並不是非常明智的選擇。」

芳菲茲笑道：「福爾中將說的是，但是我聽說復仇號角戰隊得到了洛倫駐軍軍方的機甲贊助，同時今年也在軍方基地進行過實地訓練，因此實地訓練的機會應該比起其他隊伍更多一些了吧？」

福爾中將十分不贊同搖頭道：「每一個場地都不一樣，實地操作所能帶來的利益應該是高於體能方面的利益。畢竟每次賽後都有治療艙為他們補充和治療，按今天的賽程，即使是冠軍隊也只需要比賽四場而已，體能消耗並沒有那麼大，換句話說，作為一名機甲戰士的後備役，應當具有連續戰四場的體能。」

芳菲茲含笑道：「福爾中將看來十分不贊同復仇號角戰隊的保留戰術，現在四支強隊的下一場的抽籤開始了，復仇號角戰隊對上的是剛與林中坦克隊激戰取得勝利的月神之鐮戰隊，鑲金玫瑰戰隊非常不幸地抽到了被視為冠軍種子隊的熾熱驕陽戰隊，場外觀眾們都在飛快發表評論中……嗯，都在惋惜鑲金玫瑰戰隊，提前在半決賽中就對上了熾熱驕陽戰隊，否則以她們在選拔賽中的表現，進入決賽還是很有可能的，畢竟她們的戰術十分成熟了。」

福爾中將道：「的確有點倒楣，相比之下復仇號角戰隊運氣不錯，接連對上的對手本來在八強中排名就較低，這麼看來只要他們盡力對戰，應該可以進入決賽。」

芳菲茲小姐看耿直的福爾中將說話有些不知輕重，畢竟誰不知道復仇號角戰隊裡的副隊長是克魯斯元帥的獨生女兒，而毫無疑問今天來觀看比賽的貴賓包廂裡，必然有布魯斯元帥。她今天的解說就特意引導著觀眾往副隊長露絲的卓越指揮能力上帶，就是不想踩雷，現在福爾中將卻傻乎乎地說復仇號角戰隊運氣好，雖然是事實……但是……她連忙岔開話題道：「現在決定上場隊員，啊，復仇號角的夏柯隊長仍然沒有上場！真的對副隊長如此有信心嗎？當然如我們所見，副隊長露絲也十分優秀，但是作為隊長，連續兩場都不上場，會不會對露絲副隊長的能力太信任了？」

福爾中將搖了搖頭，沒有說話，芳菲茲笑道：「那麼讓我們拭目以待，看看仍然由副社長露絲帶隊的復仇號角戰隊，是否能戰勝月神之鐮戰隊吧？」

花間風終於忍不住笑了：「什麼運氣，赤裸裸地在替元帥女兒累積資歷和聲望吧！進了八強，一切好操作，抽籤上肯定動了手腳，避開驕陽隊，先讓有機會奪冠的隊伍先在半決賽就自相殘殺，淘汰掉一隊，復仇號角戰隊又一直由副隊長露絲領隊，大放光芒，穩穩地進入決賽。就算決賽輸了，也是第二名。聯盟中學生機甲賽前三名，可以免試進入許多軍校，比如最有名的聯盟雪鷹軍校，就能免掉入學測試和精神力測試，僅需要參加全國聯考就好。杜因，你表弟這個機甲社社長在前兩場不上場，應該也是在替她鋪路的，畢竟一個女機甲社社長，可能會讓許多優秀的學生不服。忍一忍就過去了，這個人情賣得好，你表弟這是明智的選擇，能夠免試進入雪鷹軍校是什麼都換不來的。」

他按了下轉播影片遙控器上的評論按鈕，果然雪花一樣的評論都出來了：「群眾的眼光是雪亮的，早就有人在刷黑箱操作了，說主辦方為了討好元帥的女兒操縱抽籤，畢竟鑲金玫瑰隊可是有許多粉絲的啊——網上已經罵成一片了，如果鑲金玫瑰戰隊和熾熱驕陽戰隊打得精彩的話，撿了便宜的復仇號角戰隊會被瘋狂針對，受到被萬人唾罵的。」

羅木生幽幽道：「無論是運氣，還是家世，也是實力的一種啊，世人還是看不開。」

歐德有些安慰地拍了拍杜因的肩膀：「決賽你表弟肯定會上場的，看起來進決賽沒問題了。只要能進了決賽，到時候考大學就是非常棒的加分，至於那些虛名，無所謂的。」

說話著就開了賽，這一次兩邊的賽事都頗為膠著，特別是鑲金玫瑰戰隊和熾熱驕陽戰隊，打得頗為精彩，就連芳菲茲小姐也忍不住解說起來：「觀眾們的焦點都在鑲金玫瑰和熾熱驕陽兩支戰隊的對決上，有的說這是王者的提前決戰，也有的說這就是速度與力量的較量吧？鑲金玫瑰戰隊作為全女子戰隊，速度極快，而熾熱驕陽戰隊則穩紮穩打，兩邊攻守都堪稱漂亮，實在打得太精彩了，中學生就能打出這樣的水準，中將您怎麼看？」

福爾中將仍然不苟言笑地點點頭：「不錯，作為中學生來說，沒有經過專業和艱苦的訓練，還能駕馭機甲到這樣的程度相當不錯，雖然戰術還比較稚嫩，但十分有創造力，而且大部分的戰術動作，都完成得較好。」

芳菲茲小姐驚嘆道：「不會吧？說實在話包括我在內，大部分的觀眾都覺得這已經是十分精彩的機甲戰了，難道真正的機甲戰士，打得還會比這更精彩好看？」

福爾中將沉默了一會兒道：「真正的機甲戰，不會僵持這麼久，不會打這麼好看的，真正的機甲戰，開局基本就已奠定了戰局了，剩下的只是潰逃和追擊。」

芳菲茲小姐輕輕啊了一聲，表情顯然不太相信，笑道：「大概我們已經在和平年代太久了，不知道戰爭的殘酷——啊，復仇號角隊再次在副隊長露絲的帶領下取得了勝利，取得了進入決賽的資格，而鑲金玫瑰戰隊還在和熾熱驕陽戰隊苦戰，目前鑲金玫瑰戰隊全員尚存，熾熱驕陽戰隊卻已被系統判定死亡下場一台機甲了，看來還需要一段時間。」

福爾中將點頭：「鑲金玫瑰戰隊的敏銳以及速度非常出眾，因為在體能上的劣勢較為明顯，因此基本放棄了防守，一直在攻擊以及極快速度的躲避，熾熱驕陽戰隊又為了求穩，採取了比較保守的打法，因此對戰時間會拖得比較長。」

芳菲茲小姐道：「中將能不能預測一下，這兩支隊伍的比賽結果會如何？」

福爾中將道：「雖然鑲金玫瑰戰隊如今機甲存活較高，但還是那句老話，她們的體能是劣勢，保持高速度移動需要高精神力以及持久的體能，二者缺一不可。機甲實際操控與虛擬機器甲不同，她們以高速度能迅速圍殺熾熱驕陽隊最弱的一環，卻無法堅持到擊殺每一台機甲，熾熱驕陽戰隊基礎較好，精神力也並不弱於鑲金玫瑰戰隊，現在驕陽戰隊採取保守打法其實也是明智的選擇，一旦鑲金玫瑰戰隊耗盡體力和精神力，就是驕陽戰隊反攻的時間到了。」

芳菲茲小姐道：「看來福爾中將也不太看好鑲金玫瑰戰隊啊，那麼請問福爾中將，我們知道復仇號角戰隊的夏柯隊長，在之前的虛擬機器甲選拔賽中，也是以速度見長的，他駕駛著的大天使『光之子』，每次都能以極高的速度取得勝利，假如復仇號角戰隊對上熾熱驕陽戰隊，也是以速度和敏銳來取勝的話，有勝算嗎？」

福爾中將道：「想要速度取勝，必須要有與速度匹配的力量，這對中學生來說有點難。」

芳菲茲其實不太聽得懂福爾中將的意思，卻也發現眼前這位彷彿十分耿直嚴肅的中將，卻從來不會直接說誰會輸誰會贏，只好笑著掩飾：「啊，看來這個對戰的時間還會比較長，就看看鑲金玫瑰戰隊與熾熱驕陽戰隊苦戰之後，到底誰會進入決賽，請大家耐心觀看。」

貴賓包廂裡，正在觀看的花間風臉上現出了厭倦的神情：「既然知道要輸，為什麼還要掙扎呢。」他轉頭看到救過他命的助理杜因一瞬不瞬的看著螢幕上的比賽，神情專注，心中一動：「杜因，你也喜歡機甲嗎？」

邵鈞轉過頭看了他一眼，又害怕錯過一般的又看回了螢幕上的比賽，應了一聲：「嗯。」

邵鈞是第一次看到機甲比賽，之前聽說過，但是生活的重壓逼著他做著更多的瑣事，畢竟他一個沒有肉身的機器人，還是個隨時沒有能源的窮機器人，哪裡敢去肖想普通人難以企及的機甲？今天他才算是見到了這極致的力量之美——他心裡想著，不知道柯夏是不是真的在讓著那個元帥的女兒。之後他一定要上天網，把柯夏之前參加虛擬機器甲選拔賽的影片都好好找來看看，實在是讓人心醉神迷的東西。

花間風也反常地沉默了，過了一會兒眾人發現他不知何時已在柔軟的躺椅上睡著了，整張臉都埋進了柔軟的毛毯裡，只露出漆黑的長髮，歐德笑著輕輕為他蓋了個毯子，和羅木生、邵鈞解釋：「才從木沙那邊趕回來，大概是累了。」

羅木生道：「他們花間家規矩多吧。有錢人家，哎，也是聯盟幾百年的世家了，關鍵是我聽說他家的長輩一直不同意露臉面拍什麼戲的，也確實是，投資哪裡都行，但每個世家都沒有子孫出來拍戲，平時都和帝國那些皇家人一樣，不許所有的媒體曝光照片。」

歐德低聲附和著：「聯盟幾大世家，都是實力不凡，規矩也是多得很。」

「但是過得也最舒服，子孫們都不用奮鬥，就有幾輩子都花不光的錢，想從政，也一定有合適的職位等著，想經商，隨便砸錢就對了，真是自由啊。」羅木生羨慕地讚嘆。

歐德笑了下：「大家族，也有他們的難處的，都不好混，風先生最近壓力大。」他看了眼邵鈞，邵鈞並沒有特別在意他們的聊天，只是在目不轉睛地看著比賽，歐德便起身按鈴讓人再送了些提神的飲料進來。

鑲金玫瑰和熾熱驕陽戰隊並沒有像之前專家以及觀眾們推算的那樣，變成拉鋸持久戰，大概在兩個星時後，他們戰出了結果。雖然熾熱驕陽戰隊贏了，卻贏得頗為難看，後期鑲金玫瑰幾乎是貼身纏鬥，以近身自爆一搏一的戰術來逼迫對方下場，最後竟然只剩下鑲金玫瑰的隊長芬妮與熾熱驕陽隊的隊長洛克一對一的決戰，然後敗給了洛克，雖敗猶榮。

就連解說上福爾中將都忍不住對鑲金玫瑰的戰術進行了肯定：「鑲金玫瑰戰隊為了避免迴避長期戰鬥後體力的匱乏，索性選擇了自殺一換一的戰術，如果鑲金玫瑰隊長的戰力出眾的話，這樣的戰術是有可能勝出的……戰術大方向是沒錯的。」

芳菲茲小姐贊同道：「是啊，觀眾們都對鑲金玫瑰隊的失敗感覺到十分惋惜，還有的說鑲金玫瑰隊為復仇號角隊鋪了路，指出了一個戰術方向。因為復仇號角隊的隊長夏柯，在虛擬機器甲選拔賽中，可是以戰力出眾取勝的，如果復仇號角隊也採用這個戰術的話，會不會有可能戰勝熾熱驕陽隊？」

福爾中將遲疑了一會兒道：「要看夏柯隊長在實際機甲操作中，是否也能發揮出虛擬機器甲賽的水準了，大部分機甲新人，在實際機甲操控上都會遇到不適應，發揮不出實際效果，需要長期而艱苦的訓練。而洛克隊長顯然是經過了長期實踐操作的訓練，不是一般的對手。」

這幾乎就是肯定了復仇鑲金玫瑰戰術的可行性！網上的評論都爆發了一頓對冠軍決賽的猜測與評論熱潮。

睡了一覺起來的花間風喝著冰飲一邊道：「現在復仇號角戰隊很尷尬啊，他們如果輸了，或者打得比鑲金玫瑰差，那就是黑箱操作，可惡的齷齪的權力運作；如果用鑲金玫瑰的戰術贏了，那也是用了鑲金玫瑰的戰術，恬不知恥，怎麼做都錯，很被動啊。但是其實這個以弱勝強一換一的戰術，也並不是什麼了不起的戰術，大部分人都能想到。杜因，你到時候多安慰安慰你表弟。這世上能拿到實際好處就好，別在意太多，什麼光明正大，什麼正義與公平，這樣的人，早就死絕了，唯有不擇手段的功利者，才能夠取得成功。底層的人想要成功，總要付出點什麼，只是付出些名譽，沒關係的，冠軍是實實在在拿到手的利益，熱度過上一個月，人們的記憶都是魚的記憶，很快就都忘卻了。只有冠軍隊長是光輝的榮譽，這也就是布魯斯元帥打的主意了，雖然我不知道為什麼他只讓他的女兒做副隊長，怎麼看都是隊長更榮耀些。」

可不是本來就是隊長嗎……只是女大不中留，硬生生把隊長讓給了夏柯同學，杜因腹誹著，羅木生拍了拍杜因的肩膀：「沒關係，只要有本事，一定能夠出頭的，你表弟一看就知道是個好強的。」

歐德也寬慰杜因：「別在意別人的話，走自己的路。」

正說著，已經修整完畢的熾熱驕陽戰隊與復仇號角戰隊開始上場，隊長握手，冰冷的美少年夏柯與高大矯健的洛克隊長手一握即分，兩人的目光接觸毫無溫度，兩邊隊員各就各位，冠軍決賽正式開始了。

花間風叫包廂服務員送來菜單點餐：「大概還要一段時間，我們多點些點心打發時間。」

杜因專心看著螢幕，雙方機甲上台，復仇號角隊五台機甲中，標著鮮明的一號機甲的，應該就是之前都沒有上場過的柯夏機甲。芳菲茲小姐果然解說道：「復仇號角隊一號機甲果然上場了，看機甲的行走頗為輕靈，動作簡潔有效，非常穩妥地到了場上站位上等待開戰的信號彈，顯然夏柯隊長的實力也是不容小覷，其他四名機甲隊員散成翼狀跟在他身後，是很常見的起手攻勢。看來復仇號角隊也和鑲金玫瑰隊一樣，準備開場就直接攻擊。而另外一方熾熱驕陽隊則擺出了嚴陣以待的站位，從畫面上看，我們能看到這是一個三角陣型，隊長機甲一個點，其餘兩個點分別安排兩台機甲，這樣的陣型是守勢吧？」

福爾中將道：「這是很有名的三角守勢，從場地上看，無論哪個點被襲，其它兩個點稍微靠近就能夠遠端槍炮進行援護，而頂點的機甲也可以非常靈活地過去幫忙防守，形成穩固的防守局面，這個陣型應該是吸取了剛才對戰鑲金玫瑰的經驗，防止對方繼續採用一換一的攻擊戰術，這也是很精彩的對戰策略，從中學生角度來說，在戰術策略上能夠掌握和執行得不錯，這是非常難能可貴的……」福爾中將還沒有說完，芳菲茲小姐已經驚呼：「復仇號角隊的隊長動了！」

這驚嘆其實是非常冒失和突兀的，畢竟機甲對戰，不動才是奇怪的，但是眾人包括被打斷的福爾中將都沒有覺得芳菲茲小姐這冒失的打斷誇張和滑稽，因為柯夏這「動了」，可不是一般的「動了」。

螢幕上漆黑的火山以及紅亮的熔岩中，一具機甲猛地一挫身，離地躍起，高速奔馳起來！巨大而沉重的鋼鐵巨人每一步都激起了滿地煙塵和碎屑，然而他迅猛奔馳的姿態又是如此地輕靈美妙，猶如一頭輕捷的豹，高速趨近了熾熱驕陽隊的一台機甲附近，那正是熾熱驕陽隊的隊長洛克所在的地方，他正孤身一人守在一座小火山的頂部，居高臨下，等著隨時應援某一處隊員，沒想到對方卻猶如一把尖銳而飛快的利刃，直接殺向了他！

芳菲茲小姐激動而快速地解說：「我們都知道，機甲由於穩定性的關係，實際操作中很少會有機甲操控者做出跳躍的動作，以免失去平衡，給對敵者機會，然而復仇號角戰隊的隊長夏柯，施展出了在虛擬機器甲操控中一模一樣的快捷突進方式，讓人想起了他在虛擬機器甲選拔賽中的『光之子』大天使。一般來說機甲戰都是先遠端彈藥擊打破壞對方的遠端機槍後，才會迫近對方，極少一開始就進行近身搏鬥，夏柯隊長卻一反常態，以不可思議的高速迫近了洛克隊長，那麼身經百戰的洛克隊長會怎麼應對呢？他的四個隊友分別在不同的地方，援救應該還需要一段時間，左翼的隊友應該已經發現了敵情，也正在開始往對戰洛克處移動準備援救！而復仇號角隊的四位機甲隊友，卻完全沒有去截斷左翼隊友援護的舉止，反而是直接殺向了熾熱驕陽戰隊的右翼！四台機甲的離子炮都已啟動，以強大的火力壓制對方，右翼兩台機甲被這樣猛烈而集中的離子炮火力壓制得完全動彈不得，只能被動躲避，怎麼回事，復仇號角戰隊就這麼相信自己的隊長，敢讓自己的隊長準備應對一對三的局面？又或者他們有這個自信，能夠短時間內解決掉右翼這兩台機甲再回援？」

洛克隊長心裡正大口破罵，他一抬頭就已看到敵人已經手持重劍倏然突進到了自己面前，連忙第一時間迅速地撐開了雙臂的防護盾護住駕駛主艙，準備迎接對方的近身攻擊，同時將肩膀上的離子炮啟動，炮嘴伸出，將炮口對準了敵人，毫不猶豫轟然放了一炮！

一般來說機甲肉搏，大多是以光刃或是機械拳擊打對方操控主艙部位也就是機甲的胸部。雖然對方的攻擊不按套路來，但洛克在近身機甲對抗上卻也不弱，採取的操作防範也十分穩妥，要知道近距離被粒子炮擊中，對方機甲是絕對會被擊毀失去戰鬥力的。

炮口啟動的瞬間，他展開了一個得意的微笑，卻看到對方沉重的機身微微下沉，機械腿猛然上踢！機械腿高速地帶著尖銳的呼嘯聲在半空中畫了一個圓弧，惡狠狠地砸在了他操控的機甲腿的機械關節上！哐哐一聲悶響，機械關節在芳菲茲陡然高亢地解說聲中，斷裂了！

沉重的機甲瞬間失去了平衡往後倒去，肩膀的炮口也變成對著天空斜斜放出了威力巨大的一團炮火，巨大的後坐力讓本來就失去平衡的機甲沉重地摔到地上。

機甲失去控制！駕駛艙內洛克聽著尖嘯著的警報聲，尚未消失的笑容凝結在了嘴角，腦海一片空白，經過多次實戰的身體卻仍然本能飛快地試圖控制機甲，儘快將自己從這種機甲脫離控制的狀況解脫出來。在機甲戰中，一旦機甲脫離控制，就已經意味著失敗了。然而失去平衡的沈重機甲在巨大的炮彈後坐力推動下，狠狠地砸在了地面上，地面震動起來，塵煙四起，岩漿迸飛，他勉強抬起頭，卻看到對面舉起了巨大的重刃，挾著萬鈞之力沉重地向他當頭劈了下來。

系統嘟嘟地亮起了紅燈，熾熱驕陽戰隊隊長下場！此時開戰甚至還沒有到五星分！

在所有觀眾都愕然間，熾熱驕陽隊來援救隊長的左翼兩台機甲已經趕到射程內，毫不猶豫地打開了離子炮，對準柯夏轟出了強大的炮火！

眾人只看到那台黑色的機甲，仍然是那輕捷迅猛的姿態，迅速地避開了炮火，並且向其中一台機甲高速迫近！

芳菲茲小姐吸了一口冷氣，不可思議道：「決戰開戰才四星分三十八秒，熾熱驕陽戰隊的明星王牌洛克隊長已經被系統判定機毀人亡，黯然下場了，然而我們都知道，為了保持機身的穩定性，堅硬的合金機械腿是堅不可摧也是最難擊毀的，連接的關節處雖然相對來說較為薄弱，卻也是由高強度的祕銀所製作，比機身的其他合金更耐磨損。祕銀關節被對方一腳就踢斷，這到底是多麼恐怖的力量？夏柯隊長完全不顧對方猛烈的炮火，仍然遠離自己的隊友，一個人單獨迎戰來救援的兩台機甲，並且看上去似乎仍然是放棄遠程攻擊直接近戰攻擊，這是多麼奇特的戰術。」

福爾中將回答芳菲茲小姐：「要擊毀對方機甲腿上的機械關節，機甲本身的重量和力度雖然關鍵，但這一腿所含的速度是非常快的，看重播鏡頭，夏柯隊長那一刻的速度已經達到了這一款機甲的最高極限速度，三倍音速！要知道這樣的速度再加上機甲本身的重量以及操控者精神力和體力所製造出來的巨大力量，準確擊中最薄弱的關節，的確是能擊斷關節的，而且我們看到，夏柯隊長使用的不是大部分機甲駕駛者喜歡用的更輕便的光刃，反而用的是重刃，這也表明了他也知道重量配合上那衝力，能夠帶來更大的力量。這是經過精密計算的，否則重刃會拖慢速度——只能說這位夏柯隊長，展現了十分精湛的對戰實力。」

就在他們為觀眾解說的這段時間，場上的情勢又已經發生了變化，芳菲茲小姐只是深吸一口氣快速道：「我們看到場上，夏柯隊長已經以高速地躲避精準地避開了遠端炮火攻擊，極快地迫近了熾熱驕陽戰隊四號機甲，再次帶著巨大的衝力以機械拳向四號機甲駕駛艙擊打！擊中了！機械拳狠狠砸中了四號機甲的駕駛艙！系統燈亮起！五分八秒，四號下場！」

芳菲茲的聲音已經越來越高亢而激動，臉上緋紅，整個人已經陷入了一種狂熱中：「驕陽隊三號機甲趕過來救援不及，看復仇號角戰隊一號機甲，做了一個十分漂亮的空中翻身！他再次避開了三號機甲的攻擊！」

芳菲茲聲音嘶啞，眼睛越來越亮：「夏柯隊長從空中再次帶著重刃狠狠下劈！三號機甲躲開了！夏柯隊長弓身低頭！錯步屈膝！折手翻肘！好一個漂亮的過肩摔！三號機甲被狠狠地翻在了地上！肩膀上的離子炮再次失去準頭轟到了天上！脫控了！夏柯隊長肩上的離子炮也悍然轟出！六分三十五秒，三號機甲下場！怎麼回事？系統判定復仇號角隊已經獲勝！啊！復仇號角戰隊已經獲勝！露絲副隊長帶領著三位隊友，四對二，已經將右翼的二號、五號機甲解決！三號機甲是熾熱驕陽最後一名隊友！開場才六分三十五秒，復仇號角隊取得了勝利！創紀錄了！這是歷史的一刻！這是新的紀錄！」最後一句話芳菲茲聲嘶力竭，幾乎是喊出來的，她整個人都熱血沸騰了起來！破紀錄！六分三十五秒解決戰局，而且還是在決賽！這是機甲聯賽舉辦以來第一次出現的紀錄！而且解說是她！以後無論多少人觀看起這一經典戰役，看到的都將是她芳菲茲的解說！

她看著場中已經結束的戰鬥，靜穆的屹立著的黑色機甲，一股敬畏湧上了心頭，她喃喃道：「福爾中將，您怎麼看？」

福爾中將也在凝視著那具機甲，駕駛艙打開了，那美得彷彿古典畫裡走出來的金髮少年反手闔上艙門，翻身躍下，纖細身材輕靈讓人想起剛才迅猛突進的機甲，臉上的表情仍然是冷靜得出奇，彷彿並沒有經過一場惡戰，也沒有剛剛創造了一項光榮的紀錄。他的隊友也紛紛下來，歡呼著衝了上來擁抱著他，將他們的隊長拋向了半空中，沒有人知道在半空中仍然漠然的他，右腿上的肌肉一陣陣抽搐，右手手指也顫抖著，一陣陣麻痺感洶湧湧了上來，無論如何，他在短時間內爆發了極限精神力，才達到了那樣強大的速度和力量，這到底對身體造成了過於沉重的負擔。雖然在觀眾看來，整個戰鬥過程他贏得實在十分快捷和俐落，彷彿輕而易舉，其實這舉重若輕，他做起來可一點兒不輕鬆。

福爾中將沉默了許久才道：「我剛才說過，真正的機甲戰，會非常快。」

「但是一名中學生，還這麼年輕，就能達到這樣的速度和力量完美的結合，我可以說，他是實至名歸的天才。」

「天才！」羅木生打開了一瓶香檳，看著那美麗的泡沫沖天而起，大笑道：「杜因！快乾一杯！哈哈哈哈！再也沒人敢說什麼黑箱操作了！哈哈哈哈，你看，網路上那些小人全都閉嘴了，誰還敢說什麼元帥搞特權？壓倒性的實力！天才的誕生！你真是有個好表弟！我理解你為什麼一定要拚命賺錢供他讀書了！這樣的天才不讀書就真的會被埋沒了！你信不信，這次比賽過後，會有大把的世家和勢力捧著錢來招攬他！山南中學更要把他捧著了！你輕鬆了！」

杜因笑了下，他也剛剛從巨大的震驚中回過神來。這種心情，就彷彿一個家長忽然發現自己含辛茹苦養大的孩子，忽然比自己強大得太多的感覺，而這個時間，也太短了，畢竟一年前，這位機甲天才，還在白薔薇親王府裡打滾不肯吃飯，半年前這孩子還沉默倔狠地準備考試。

孩子……真的長大了啊。

杜因這一刻也相信世界上真的有天才了，皇室的純種血，大概還真是有那麼點神奇之處的，畢竟他相信給他這些時間，他也做不到。

他轉頭看了眼花間風，他也正凝視著螢幕上歡呼雀躍慶祝著的復仇號角隊的隊員，之前那玩世不恭輕佻的態度已經消失不見，取而代之的卻也不是吃驚或者高興這樣的情緒，而是讓人捉摸不定的神情，甚至彷彿有一種惋惜和遺憾。

歐德上前拍了下花間風笑道：「晚餐都還沒上呢，怎麼樣，是不是我們出去吃個慶功宴，給杜因慶賀一下？」

花間風這才轉過臉對杜因笑道：「雖然這個點子不錯，但是我相信杜因可能更想回去見見他的表弟，畢竟假期也沒剩下多久了，不如給杜因幾天假期，在家好好陪陪表弟，是不是？」

柯夏哪裡需要他陪，他熱鬧著呢，杜因心裡想，但他的確是有一種熱切的渴望，渴望能夠立刻上天網去，把柯夏從前選拔賽的影片都找出來好好看看，所以放假正合他意，他點了點頭，花間風拍了拍他的肩膀，忽然低聲說了句：「對你表弟好點，年少成名，以後的路並不好走。」

杜因一怔，抬頭去看花間風，那繪著豔麗花瓣的臉上，一雙眼睛黑沉沉的，看不出情緒，但花間風嘴角含笑，說話是很溫和體貼的：「好好放幾天假陪你表弟，有事我們會找你，放心，薪水照發。」

邵鈞回到公寓的時候，柯夏果然沒有回來，應該是在參加慶功宴，鈴蘭和布魯正在觀看機甲比賽的影片轉播，一向都對柯夏不以為然的布魯眼睛亮晶晶的，看到邵鈞就激動地衝上前：「杜因大哥！你看了聯盟中學機甲聯賽決賽沒！夏柯哥哥，實在是，太棒了！」

邵鈞點了點頭，布魯仍然急切問：「今晚夏柯哥會回來嗎？我可以和他請教機甲問題嗎？我以後也想考雪鷹軍校可以嗎？」一連串的發問讓鈴蘭一旁掩嘴笑道：「夏柯一定要和他的隊友去慶賀勝利的，還有那麼多事呢，多半還是不回來了，聽說還獎勵冠軍去遠琴星系參觀機甲基地呢。」布魯難掩失望：「哦……」又舉起拳頭：「我也要天天鍛鍊身體，將來也要考進軍校！雖然精神力不行，但是我可以考別的啊，哪怕是機甲修理師呢！我到時候就要為夏柯哥修理！」看著眼前少年臉上激動的表情，邵鈞也覺得一陣恍惚：從來有才華的人，都是能輕而易舉征服所有人啊。

連上天網，如影隨形無所不能的艾斯丁又出現了，興致勃勃：「今天玩什麼？還是去陪練？」

邵鈞問：「哪裡可以看剛剛舉辦過的聯盟中學機甲聯賽選拔賽？」

艾斯丁長長哦了一聲：「又是男人的夢想，每一個男人，都有一個機甲夢……普通人無法承受機甲高速運動帶來的身體負擔。我和丹尼爾都不感興趣，不過我是單純都不愛運動，他倒是在機甲動力上有很深建樹，託他的福，我有虛擬機器甲賽場的終身VIP會員卡……」他一邊絮絮叨叨，一邊手一伸，旁邊出現了一個光門，

邵鈞穿過光門，眼一花，已經置身於一個廣闊到近乎無邊無際的光輝燦爛的大廳空中，他們處於一個小小的包廂內，飄浮在空中，能夠清晰地看向賽場的中央，艾斯丁站在他身側，優雅的靠近柔軟的羽絨靠墊，懶洋洋道：「想看哪一個場次？還是隨機？」

邵鈞道：「我要看山南中學的復仇號角戰隊的所有場次。」

艾斯丁啪的一下擰了下響指，場中嘩的一下彷彿忽然湧現出來了栩栩如生光影，一點也不像重播，彷彿他們看的仍然是實況。和決賽看到的不一樣，機甲的樣式十分豐富，用機甲駕駛艙上方的戰隊徽章來區分隊伍，而邵鈞一眼就看到了那個

傳說中的大天使「光之子」，雪白的祕銀機身上，有著一對引人注目的金屬翼，高大而潔白的天使緩緩拔出背後的耀眼光劍時，所有人都本能地避開了他，彷彿光流入了暗中，黑暗自然而然的趨避和消散。

虛擬機器甲選拔賽裡，擁有極為出眾精神力的柯夏，表現優秀到無可比擬。邵鈞這一看，就看了整整一晚上，把所有柯夏參加的比賽全看完了，艾斯丁大概是真的對這個不感興趣，不知何時早已消失，只剩下邵鈞一個人全神貫注。

天亮的時候，邵鈞斷開天網，走出來，看到門口打開，在外邊狂歡整夜的柯夏回來了，布魯和鈴蘭早就睡了，柯夏走進來脫了外套，和自己的機器人管家說話：「我機甲聯賽取得冠軍了。」

他的語氣雖然平淡，邵鈞卻不難聽出了其中的傲然和得意，剛剛看了一夜比賽的邵鈞也挺高興，恭喜他：「祝賀你。」

柯夏補充：「拿了這個冠軍，只要全國聯考考過，就可以免試直接進入聯盟雪鷹軍校，從這個軍校出來，基本能進入聯盟軍方高層。」

邵鈞心裡想著，但是即使是這樣，他面臨的敵人，是一整個帝國呢，但他轉頭看到曙光中，臉上一點疲憊之色都沒有的金髮少年雙眼裡那野心勃勃來，他沉默了一會兒，以機器人管家的習慣附和著少年：「真不錯。」

柯夏卻將手裡的一個盒子遞給他：「決賽紀念品，一個祕銀機甲模型，聽說基本是按照真機甲縮小做成的，給你，如果不需要就給布魯，那小子應該會喜歡。」

邵鈞一怔：「你不留著紀念嗎？」這應該是非常珍貴的紀念品。

柯夏解開喉下的扣子，淡淡道：「我要的不是這些。」

他抬起淺金色的睫毛，第一線陽光透過玻璃窗照了進來，照在他桀驁不馴的年輕眉眼上：「我要把白薔薇親王府拿回來的——所有的一切，凡我失去的，我都要親手奪回。」

語聲很平靜，雖然蘊含的內容以及這背後的國仇家恨實在配得上一個擲地有聲的誓言或是一個怨恨的毒誓，不過邵鈞卻意識到，自己在柯夏眼裡，只是一個機器人，因此這一刻他的表白，其實只是對自己的一個宣言，在終於取得一點成績的這一個黎明，他只有機器人陪伴，孤獨地宣稱自己的目標，無人知曉。

清新的白薔薇香水味道洋溢在黎明的小小公寓裡，在淺淡的曙光中，金髮少年將大衣脫了下來，轉過身去，換上了中學校服，經過這些日子的艱苦訓練，他又長了許多，原本修長的身體並不僅僅拔得更高了些，肩膀已經不知不覺寬了起來，經過訓練柔韌勁瘦的肌肉以及支撐著的肩胛骨清晰地勾勒著全身的不馴，他飛速地向成年人的體型成長著，但白皙光滑的肌膚還是顯示出他曾經享受過的養尊處優，但不知道是不是長太快了營養跟不上，之前金絲一樣燦爛的頭髮，如今褪成了淺淺的金色——他一定吃了許多苦。

邵鈞那一剎那忽然覺得，說不定柯夏還真的能做到，畢竟這樣天賦的人，還這麼努力。

柯夏不過是換了套衣服，匆匆又出去了，要開學了，他作為學校幹部，需要提前返校。

布魯起床的時候才知道柯夏回來過又去學校了，十分遺憾。看到祕銀機甲模型，又興奮得跳了起來，愛不釋手地將那機甲模型寶貝一樣的拿進屋裡，摸了又摸。

可以想像拿到冠軍的柯夏有多風光，這之後好幾個星月都沒和邵鈞要錢，據說是他接了好幾個產品的代理，什麼都不用做，只需要平時穿著或者機甲訓練的時候穿著就行。

邵鈞不免有孩子出息了，長大了的欣慰和感嘆。這段時間花間風也十分慷慨大方，又是給假又是經常時不時給團隊成員發些補貼津貼之類的，邵鈞經濟上不免寬鬆了，進天網也不忙著也不太熱衷陪練，便問艾斯丁，有沒有虛擬機器甲俱樂部可以讓他混進去。這些日子，柯夏聯賽的賽事他已經反覆看過，作為一個前特種軍官，看到柯夏大展英姿，他實在是心癢難搔。

艾斯丁道：「虛擬機器甲俱樂部全部實名制，不合適你，有地下的，但是同樣在他們內部裡頭也是實名制，不容易混進去——這種組織一般都是地下武裝組織，太複雜，和地下格鬥俱樂部不是一回事，能養機甲人的地下組織，你還是不要接觸的好，怕連累你的現實身分，那個山南中學裡，有你在乎的人吧？山南中學可是個很有名的私立學校，好好的前程，不要和這些東西攪一起。」

邵鈞點了點頭，不用艾斯丁說，他也知道，機甲在聯盟今年才開放了民用，在帝國則直接是軍方所有，花大錢來訓練機甲者的地下武裝組織，當然不會是潔白無瑕的和平組織。

艾斯丁誘惑他：「你如果哪天真的放棄外面的世界，來天網裡的話，到時候隨便逛，想做什麼都可以，惹了禍一溜煙跑了就好。」他伸出白皙手掌，一群白鴿撲撲飛上湛藍無垠的天空，向遠方展翅飛去，邵鈞能感覺到白鴿羽翼扇動帶來的空氣流動，完全猶如真的一樣。

他一陣恍惚，覺得在這裡似乎真的比在外邊要輕鬆多了。

不過他想起柯夏，還是意志堅定的拒絕了誘惑，正想和艾斯丁打聽些別的事，忽然感覺到一陣熟悉的眩暈，這是要被強行喚醒，艾斯丁蹙了蹙眉毛：「緊急聯絡，你快出去吧。」

邵鈞從天網脫離，剛從現實世界中醒來，便聽到了一陣緊急的嗡鳴聲，閃動著的卻是山南學校，他一怔，起來拿了聯絡器：「您好。」

「您好，請問您是杜因先生，夏柯同學的親人嗎？」一個柔和的女聲傳來。

「是的。」邵鈞壓下了心中的詫異，應道。

「您好，杜因先生。夏柯同學今日參加機甲訓練時忽然暈厥，經過校醫會診，目前建議請他的家人過來一趟，請問您方便立刻趕到學校來嗎？」

邵鈞一顆心都提起來了：「我立刻到。」

「好的，我傳送了定位給您，到這個地址來報上姓名即可通行，感謝您的配合和理解。」

邵鈞趕到山南學校的學校醫院的時候，柯夏正躺在治療艙內睡著，淺綠色的治療液裡他全身肌膚蒼白，淺金色的長髮飄浮著，眉目安寧，彷彿一個睡著的美人。

主治醫生克爾博士說話頗為直接：「默氏病，這是一種基因病，他應該已經有肢體麻痺，腿腳偶爾不聽使喚的症狀了一段時間了，只是還強撐著參加訓練，機甲訓練強度太大，加劇了他的發病，今天直接暈倒了。他的隊友們將他送了過來，他拒絕通知家人，只要我們如實告知他到底生了什麼病。但是告訴他症狀，並且給他最佳治療方案以後，病人卻不能接受，情緒非常激動，我們不得已給他注射了鎮定劑，讓他平復心情，又請教務科查了緊急聯絡人的聯繫方式，才聯繫到了您。」

邵鈞一顆心提了起來，還沒來得及搜索出什麼叫默氏基因病，克爾博士已經介紹起來：「追求高精神力近親聯姻導致的惡果之一，大多是帝國那邊的貴族才有的遺傳病，髮色和瞳孔顏色會越來越淺，病人會有漸凍的狀態，運動神經細胞會逐漸死亡，慢慢肌肉失去知覺，直至全身癱瘓，呼吸無力而死亡，這期間患者的心智依然正常、意識清醒、感覺也是敏銳一如常人，所以如果放任不管，患者是比較痛苦的，會清醒地看著自己無能為力的死亡。」

「如今已經很少會有這種病了，畢竟現代科技發達，大多數經過產檢和基因篩查能夠避免。只有帝國那邊因為從前要保持所謂的高精神的貴族血緣長期近親聯姻，導致還會有偶發，也很罕見。如果經過篩查知道有這基因的話，其實可以長期用藥控制住的，就算病發，也是可以治癒，只是療程比較長。還有治療的基因藥比較貴，治療期間也比較痛苦，進入治療療程後，反而會加速癱瘓的症狀，然後緩慢的重建生長新的細胞，恢復機能，然後還需要長時間的復健，預計要三年到五年的時間才能完全恢復正常，這期間藥不能斷，每天都必須要打點滴，使用一支康復EUE藥劑，EUE藥劑只能從帝國進口，非常昂貴……因此聯盟這邊大部分人都捨不得這樣治療的，大部分患者會選擇採取截斷四肢，用生物機械義肢替代，並在體內安裝呼吸機幫助呼吸，這樣的治療方案相對來說比較廉價……可以採取逐步替換的方式，這樣病人比較容易接受和習慣。」

截肢！

邵鈞震驚地看向克爾博士，克爾博士聳了聳肩：「你也看到了，病人無法接受這種治療方式，因此情緒激動，他說寧願死也絕不用生物機械身軀，其實雖然聯盟禁止製造模擬機器人，但義肢是可以完完全全仿造他的身體做出高模擬的生物義肢，接駁神經，替換上去，是不影響日常生活的，只是截肢和安裝義體都不可逆，所以一旦做出這個決定，就不可能再用基因藥了，但如果無法持續購買基因藥，後期一樣沒辦法治癒，那時候四肢神經都已壞死，換義體又已來不及。」

邵鈞問：「安裝高模擬義肢後，他還能駕駛機甲嗎？」

克爾博士耐心而溫和地道：「能夠像常人一樣生活和工作，已經難能可貴——建議他還是轉向文職。即便是錢財充裕，用基因藥治療，這樣漫長的療程和康復以後，大部分人都沒辦法再操作機甲，機甲操作對身體素質的要求非常高，超音速的機甲運動，對身體會造成很大負擔。」

邵鈞看向在翡翠一樣的治療液裡無知無覺的柯夏，低低問：「您看過他的機甲戰鬥嗎？」

克爾博士喟嘆了一聲，山南中學一戰成名的天才明星學生，誰沒看過那場驚才豔絕的比賽？他一暈倒，布魯斯元帥的千金露絲小姐就親自將病人送了過來，所有校醫過來會診，得出了默氏基因病的結論，這幾乎就意味著這機甲天才從此隕落，再也不可能駕駛機甲。露絲小姐仍然不敢相信，又再次請了聯盟高等軍醫院的專家來會診，仍然得出同樣的結論，這才絕望。據說她傷心欲絕地哭到暈過去，被幾個副官帶回了元帥府，說是要請假休息一段時間……天使折翼，即便是看過太多生老病死的克爾博士，這一刻也很難心如鐵石，實在是太惋惜了。

身後卻傳來了另外一個聲音：「這對他也不一定是壞事。」

邵鈞轉頭，看到一位鬚髮雪白、眼神銳利的老人，他身後亦步亦趨，跟著一個紅髮大漢，正是柯夏入學之日，叫停他和旁人比試的洛斯教授。聽柯夏說過，他入學後，得到洛斯教授的多次指點武學，毫不藏私。

洛斯教授看向他道：「你是他的家人，應當知道他精神力過於暴戾，性格偏激，再這樣一路走下去，不是好事，如今雖然失去了身軀和四肢，卻能平庸安穩活到老，未嘗不是件好事。」

邵鈞這時卻忽然心裡起了一陣怒火，冷冷道：「讓天才平庸到老，不如讓他死。」寧為玉碎，不為瓦全。

洛斯長長嘆息了一聲，背雖然依然挺直，但臉色卻有些頹然，他深深看了眼躺在治療液裡的柯夏，轉身離開了。

邵鈞轉頭問克爾博士：「請問醫生，您能有管道買到那個基因藥嗎？如果不截肢需要治療，麻煩您將治療方案以及購買藥的管道給我提供一下。」

克爾博士長嘆了一口氣：「你們要想好，不要意氣用事，也許病人只是一時難以接受，等之後病情越來越嚴重，他痛苦不堪的時候，那時候後悔卻也來不及了，趁現在所有神經都還好，趕緊截肢後接駁正常神經，是最好的醫療方案。現在科技已經很發達了，義肢從外表看和常人無異，行動自如，可以說並不影響生活，而且——布魯斯元帥交待副官轉來了一筆款項，願意提供夏柯同學目前最好的仿生義肢……如果要選擇基因藥治療方案，這個款項仍然是杯水車薪的，你可能不瞭解這個藥有多昂貴。」

邵鈞淡淡道：「不可能一樣的。」

克爾博士還沒有從糾結中反應過來：「啊？」

邵鈞道：「義肢不可能和人體一模一樣的，它用資料告訴你這草很軟，這朵花很香，但是你永遠都沒辦法再感覺到那根草、那片花的感覺了。」

克爾博士看著眼前沉著冷靜的黑眼睛男子，這完全不像是會意氣用事的男人：「但是，你再考慮考慮吧，他年紀還小，不知道病痛的折磨會有多麼漫長。另外元帥的錢只說是供義肢安裝……」

邵鈞平淡道：「我會尊重他本人的意思，而他，應該不會選擇這個方案。麻煩您將款項退回，並向元帥致謝。我另外想問，柯夏治病的話，他的學籍會怎麼樣？可以保留嗎？」

克爾博士道：「可以休學，保留學籍，恢復後回校……」

邵鈞冷靜問：「在哪裡辦理呢？還有他現在這個狀況……」他指了指治療艙裡的柯夏問：「還要治療多久才能先回家呢？」

克爾博士完全被眼前這個沉靜男子的氣場給鎮住了，只是被動地回答：「休學在教務處辦理手續，並不需要今天就辦理，我已經通知了教務處他需要休息半個月，只要你在半個月內回來學校辦理休學手續即可。這個治療艙只是讓他全身肌肉放鬆和補充營養，激烈的機甲訓練讓他流失太多營養，他身體現在經不起任何激烈運動，已經治療了三十星分，隨時可以出來，考慮到病人情緒激烈，抗拒治療，你可以先帶病人回家，穩定情緒，徵求他本人的意見。然後保持靜養，保證營養，如果是要採用基因藥的治療方案，除了藥本身昂貴以外，病人每一天的狀態都有可能變得更糟，心理治療必須要跟上，整個治療過程我都可以提供無償義務的隨診以及方案建議……只要你們同意我使用他的資料來進行研究，我可以保證不對外公布病人隱私……不不，在取得病人以及家人同意前，我絕不會對外發布，這個病例實在太罕見了……請您諒解……」

邵鈞點了點頭：「謝謝克爾博士。」

他沒有拒絕克爾博士的研究要求，畢竟他們需要克爾的專業治療。

醫療艙門打開，治療液緩緩下降流走，柯夏仍然沉睡著，頭髮濕漉漉的貼在玻璃上，邵鈞拿過護士遞過來的大浴巾，將他包著抱了出來，放在旁邊床上，擦乾後換上寬鬆的衣服。

克爾博士派了台車送他們，並提醒他：「回去以後，他的身體會加速惡化，高強度的機甲訓練讓他病情加速了，而如果注射基因治療液，他立刻就要面臨神經重建之前必經的癱瘓，你要有心理準備——要重視他的心理變化。」

邵鈞點了點頭，抱著柯夏進了車，踏上了歸程，濕漉漉的淺金色長髮掩蓋著柯夏蒼白的臉，邵鈞抱著他，聽著他在懷裡微微的鼻息聲，忽然覺得難過非常，他沒有身體，但是這一刻那種屬於靈魂都無法承受的悲痛彷彿從他不存在的心臟中穿刺而過，讓他幾乎無法控制住，命運的惡意，怎麼就不能放過這孩子呢？

Chapter 46 休學

柯夏醒來的時候，小小的公寓裡十分安靜，外邊有鴿子翅膀拍打和撲撲飛著的聲音，再遠點是廣場上孩子們嬉戲的聲音，彷彿一切都沒有發生。

然而他翻身想起來，卻再也不能輕捷地翻身，腿上沉重的痠滯感讓他想起現在要面臨的絕境。他坐了起來，整個人木然著，不知道自己下一步要做什麼。

曾經他的人生如此明確，變強、復仇，每一天都要變強，他的所有生活，都是為了變強而活。

然而命運告訴他，他是一個徹頭徹尾的失敗者。

門打開了，邵鈞走了進來，看到他起來，將門關好，走過來道：「您醒了？」

柯夏一動不動，不理也不說話。

邵鈞將微型電腦按開，懸浮介面出來了，他熟練地點開裡頭的選項：「現在您的病有兩種治療方案，第一種是迅速截肢，接駁義肢。價格我們目前可以承受，基本能和常人一樣度過下半生，但不能進行太過激烈的運動，比如駕駛機甲和機車，也有一些職業上的限制，我查詢過相關論文，接駁義肢後的人，大部分在精神力上都有較為明顯的增長，甚至有人為了精神力的增長加裝義肢，這是加裝義肢的各種研究論文以及各種接駁義肢的人拍的影片，可以供主人參閱；第二種治療方案是服用基因藥進行基因治療，治癒率很高，價格很昂貴，目前我們所有的財產加起來是兩百三十三萬聯盟幣，根據克爾博士評估，能夠支撐第一個療程的治療，服藥後你會在短期內迅速經歷神經漸凍摧毀的過程，然後再重新復健，這個過程有可能很長，也有可能很短。看個人而言，相關治療的論文比較少，不少是帝國的治療經驗，而且接受治療的人年齡都很小，基本都是嬰兒時期，大部分的患者恢復健康後，都能和正常人一樣工作和生活，但是目前還沒有人能準確的評估，默氏基因病患者在經過基因治療後，是否還能夠駕駛機甲。畢竟這個病的患者比較少，本來能成為機甲駕駛者就不是常人。」

柯夏一言不發，只是伸手將電腦關掉，所有影像都收了起來。

邵鈞沒有說話，只是走過去將遮光窗簾拉開，窗外明媚的陽光照了進來，可惜之前莉莉絲送的薔薇香水已經用完，不然這樣的天氣，配上薔薇花香可能會更讓人感覺好一些。

邵鈞問柯夏：「早餐是羊排和水晶沙拉。」

柯夏道：「我不想吃。」

機器人管家並沒有勸說他，只是走過去收拾東西：「如果採用第二種方法，我需要去學校替您辦理休學手續。另外您的通訊電話關了，昨天莉莉絲小姐親自過來想要探訪您。」

柯夏厭煩而冷淡道：「我不見任何人，」他強調：「是任何人，所有人，不要讓任何人出現在我眼前，我也不要聽到任何人的聲音。」

機器人應：「好的。」他將洗乾淨烘乾的衣服一件一件掛進衣櫥，將襯衣仔細折好，和平時的日常一樣，彷彿他的主人面臨的不是多麼可怕的絕境，真是無知無覺的機器人。

然而這一刻柯夏卻忽然慶幸如今陪伴著他的是個不知道疼痛和同情的機器人，這個時候，他不想見到任何人，哪怕只是一絲帶著同情或者遺憾、惋惜的眼光，都能將他徹底壓倒，他只想關閉他的全世界，一個人靜靜品嚐失敗和絕望。

也不知過了多久，柯夏忽然問邵鈞：「如果我採取基因藥的療法，你能弄到後續療程的錢嗎？」縝密的機器人，在說第二種治療療法的時候，卻完全沒有提到後續醫藥費的籌集。事實上一旦他開始服用基因藥，整個治療療程就不能中斷，無法回頭，假如錢不夠，他就再無希望。至於截肢，他從來沒有考慮過這個選項。

邵鈞轉頭，以沉靜的聲音回答柯夏：「只要我在，一定不會讓你沒有藥費，只要你能堅持下去，我就一定能供養你到你完全恢復健康的那一天。」

柯夏一怔，看向機器人，和過去一樣冰冷漠然的表情，卻說出這多少人類不敢做出的承諾——果然還是機器人啊。這個時候他居然還有心思短促地笑了下：「好吧，那就第二個治療方案……讓我們來看看，我的運氣，究竟還能差到什麼地步吧。」

他的機器人管家在這個時候居然還灌了句雞湯給他：「命運以痛吻我，我卻報之長歌。」

柯夏忍不住又笑了：「真是夠了，這什麼過時的人生箴言，我父親母親居然選擇你來教育孩子，真是傻透了……」他越想越可笑，笑得肚子都痛，最後笑出了眼淚，之後眼淚越流越多，再也沒辦法收住，他用顫抖的手指掩住了臉，感覺到滿臉都濕透了。

他對自己的軟弱感覺到恥辱，幸好目睹這一切的不過是一個機器人而已。

有朝一日他假如真的能恢復健康，回到頂峰，他一定要刪除掉這個見過自己所有丟臉事的機器人記憶。這樣的時候，他居然還有心思想這些，當他意識到他似乎已經接受了現實，甚至可以考慮將來以後，他忽然浮起了一絲希望：「我還能重回白薔薇王府吧？○○七。」他喃喃問機器人，已經夠丟臉了，幸好可以刪除機器人記憶，以後還可以當成沒有發生過，他無堅不摧，他永不示弱。

機器人管家肯定地回答他：「當然，現在比之前好多了，您可是曾經躲過了那麼可怕的陰謀來到了聯盟，大難不死必有後福。」

「雖然只是一些沒用而空洞的箴言，也不知道你是從哪裡的破書上找出來的，但是我心裡還真的好受多了。」柯夏坐在床上，面無表情地說話，睫毛還濕漉漉的，瞳色是淺淡——明明之前彷彿火彩燦爛的藍色鑽石，如今卻猶如薄冰下靜而深的湖水。克爾博士說這是發病的徵兆，之後髮色和瞳孔都會越來越淡，邵鈞看著他，心中自責，早有徵兆，他卻完全沒有發現，只以為是營養跟不上。

幸好……他鬆了口氣，他還以為要接受一個崩潰的熊孩子，畢竟之前見過一次，到底還是長大了，他能這麼快就接受現實。

邵鈞走出門外，鈴蘭和布魯都在門口緊緊盯著他，看到他出來都站了起來，布魯急切地問：「夏怎麼樣！」

邵鈞搖了搖頭：「他不想見人——建議你們還是回學校去，該做什麼做什麼。」

鈴蘭眼睛紅腫，布魯緊握雙手，眼眶也通紅，低聲笑道：「我說什麼傻話，我們這樣的人，哪裡這麼容易出頭……貧民窟裡的老鼠，上天哪會讓我們好過……」他忽然再也說不下去，一扭頭便衝了出去。鈴蘭道：「您別在意，他不是這個意思……前些天他一直反覆在看夏的錄影，還說自己也要成為這樣的人……」

邵鈞點了點頭：「沒什麼，孩子的氣話，妳也回學校吧。有什麼事我會通知妳，讓他一個人冷靜一下。」

鈴蘭道：「他需要人看護吧？還有錢，我這裡還有一點存款……」

邵鈞搖了搖頭：「留著吧，不差這個。」那孩子的自尊心太強，這個時候不宜受到更多的刺激。

鈴蘭眼睛通紅地走了。

邵鈞先預約了克爾教授，敲定了治療方案，預付了幾乎是他目前所有全部的錢，訂購了第一期的基因藥。克爾教授知道他們最終還是選擇了基因治療，沉默了一會兒，承諾：「我會盡我所能一直跟進的。」當天下午，他就上門來為柯夏做了個全身檢查以及治療前的準備工作。

「基因藥注射必須儘快開始，因為病人目前的情況惡化得非常厲害，基因藥注射以後，會加速神經的摧毀，之後才緩慢地重建，病人很快就失去肢體的所有感覺，這會非常難過，最後甚至需要注意否則會被自己的舌頭噎死……而每日必須要有足夠的全身按摩，來讓肉體在這個神經元摧毀和重建的過程中不會導致肌肉功能的失去和壞死。病人需要二十四小時的陪護，雖然機器人陪護也能做到比較安全，但考慮到病人的心理健康，建議還是讓信任的人來陪護。治療後期可以考慮精神力聯上天網，以緩解失去感覺的心理影響，但不建議每天超過太多的時間，以免影響到身體的基因重建。原理很複雜，簡單地說，肉體需要精神力的維護和堅持，失去了精神力，他就是一塊肉，會加速壞死。」

「基因藥後天就能送到，建議即刻開始第一療程的治療，這之間，你有什麼想做的事，可以儘快去做。」

送克爾博士出去後，邵鈞轉頭，看到柯夏仍然還是漠然看向窗外藍瑩瑩的天空，問他：「有什麼想做的嗎？」

柯夏抬起頭，露出淡金色長髮下蒼白的臉龐，他看向機器人，表情是幾乎漠然的空白：「我剛才忽然發現，我好像沒什麼特別想做的事情——為了復仇而變強，不能做這件事情以後，我的人生究竟還有什麼意義？一個徹頭徹尾的弱者，失敗者。」

邵鈞沉默了一會兒，不知道怎麼告訴這個孩子，人生除了仇恨，還是有很多有意思的事情，然而在這個不能更糟的情況下，這強烈的復仇意識，興許反而能夠支持他的熬過這漫長的基因重建過程。

克爾教授和他說過，這個過程的慘烈，是很多成年人都無法承受的——病人的心理，將是最需要關注的，而巨額的金錢支持，則讓大部分病人家屬精疲力盡，無法太多兼顧病人的心理，只有他自己足夠強大，才能熬過去。

邵鈞終於還是乾巴巴地說了句：「比恨更重要的，還有愛。」倒了一杯剛剛調好的薄荷蜂蜜茶遞給柯夏。

即便是心情十分惡劣的柯夏，還是再次被自己的機器人管家的過期雞湯給逗笑了，真是有夠無聊的人生，如果是平時這個時候，他應該是抓緊時間在訓練，而作為一個弱者，原來以後自己的日子都是要這樣和機器人閒扯淡了嗎？

他臉上譏諷地笑著和機器人聊天，彷彿很有趣：「所以，一般人們會做什麼呢？要失去知覺的話，應該和死去差不多吧？知道自己還有三天就要死了，你會怎麼做？」他看向機器人，那想要掩蓋自己脆弱的桀驁的刺又冒了出來：「我忘了，機器人本來就沒知覺。」他拿起了薄荷茶，喝了一口，並不打算得到回答。

邵鈞直接忽略了那點諷刺，一本正經地回答：「是我的話，我會想去草地上打個滾，光腳到草地上走一走，看清晨霧氣露水中的葉片，傍晚陽光薰過的花香，然後大塊吃肉，喝高酒精的烈酒，讓滾燙的酒通過食道，滾到胃裡，全身都會暖起來。騎重型機車，在沒有人的跑道上飆車，然後找最好的兄弟狠狠打一架，最後，找一個不討厭的女孩子，上床。」

正在喝水的柯夏將水都噴了出來，嗆咳著看向他的機器人管家，轟然大笑：「你這又是哪裡下載的遺願清單？」

機器人管家表情一如既往的沒有表情：「你的通訊清單裡，有許多女同學的留言，願意和你共度良宵。」這個世界的女性開放到令人瞠目結舌，知道柯夏面臨截肢更換義肢，紛紛留下訊息，願意成就這位前天才的最後的美好記憶，這其中各種大膽露骨地詞語甚至幾乎能成為最熱銷的三級小說。但是有一點他是同意的，在這樣的絕症跟前，他的確是希望能有一個溫暖的女孩子陪柯夏度過這最後的幾天，而不是自己這樣一個機器人。

柯夏臉上的笑容倏忽消失了：「低級而無聊。」他簡單地給了一個結論，沒有再說話。

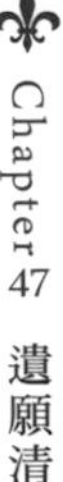

第二天邵鈞去和學校聯繫，辦理休學手續，手續非常簡單，顯然校方也已有心理準備，一位有著睿智琥珀色眼睛的老年女士出來與他握手：「山南中學的大門，會一直為夏柯同學敞開，無論他什麼時候回來，無論他還適不適合機甲，我們都會等待他。」邵鈞後來才知道那個就是山南中學的校長，再想起通訊器裡柯夏許許多多同學打電話來的樣子——這孩子，雖然總是一副冷冰冰踐上天的臭脾氣，居然還是挺受人歡迎的。

回來路上邵鈞接到了個電話，是歐德的：「杜因嗎？花間少爺有急事要回木沙，這邊的影視專案要暫停了，因為需要在木沙待上好幾年，考慮到你的實際情況，不太可能和他一起去木沙的，所以助理的工作可能也只能中止了。薪水會結算到這個月，因為時間比較急迫，花間少爺也覺得很抱歉，要公司給你們發半年的薪水作為遣散的補償，薪水和遣散補償金都已經轉給你經紀公司了，我這幾天也立刻陪少爺回去了，以後有什麼難事也可以打電話給我……」

這實在是個雪上加霜的噩耗，邵鈞掛斷電話後，想起一句話，當事情還能變得更壞的時候，它就會變得更壞。在花間工作室這裡的助理工作，再加上時不時的替身收入，是他作為一個黑戶能夠得到最穩定的收入管道，如果能夠維持這個收入，再額外賺錢，應該能夠維持基因治療的巨額費用。

「我的運氣，究竟還能差到什麼地步？」邵鈞想起柯夏說的這句話，假如自己從這具機械身軀裡頭蘇醒後所經歷的事情都寫成書的話，柯夏是不是就是個最倒楣的主角？如果是主角，就應該會翻身吧？假如他真的能熬過去的話。

他回到公寓裡，意外地看到柯夏正在用一根緞帶紮起他的金髮，身上穿著整潔的亞麻白襯衣，鉛灰色的長褲裹著筆挺的長腿：「要出去？」

柯夏看到機器人管家，忍不住惡作劇道：「是啊，我決定聽從你的勸告，出去隨便找個女人做愛。」

邵鈞有些無語，看著少年紮好了頭髮，邁開長腿開門走了出去，只能默默跟上了他。

金髮少年似乎並沒有什麼目的地，只是雙手插在口袋裡，悠閒地慢慢走著，經常十分好奇地在某個店鋪前停下來，然後看一看，問一問，然後也不買，又離開了，再走到下一家，他出眾的長相仍然給他增加了不少印象分，雖然他問的問題很多很瑣碎，對方卻都十分熱情地解答。

悠悠蕩蕩的逛了許久，眼看太陽西下，他們卻是逛到了聯盟中央公園裡，鳥鳴處處，綠林延綿，路邊全是一壇一壇的花池，圈著滿坑滿谷的盛開的花，山坡上大片的草坪，草葉如絲，厚而柔軟。柯夏當真把鞋脫了，光著腳走了上去，踩了下那柔軟碧綠的草絲，看向邵鈞，抬了抬眉毛：「很軟，也很癢。」淺綠色的草葉折斷了，將白皙的素足染上了草汁，他動了動腳趾，顯然覺得這樣的感受很新鮮，又踏了幾步，才又穿回了鞋子，和邵鈞總結：「下等人的愛好。」

邵鈞無語，看著少年繼續遊手好閒地遊蕩，大概終於有些累了，他找了一處花壇旁的長椅上坐下來，靠在了原木背椅上微微揚起頭閉起雙眼彷彿休憩一般，整個人都沐浴在夕陽裡，橙紅色的光給他的側臉勾勒出了一道柔軟透亮的金邊。

邵鈞坐在他旁邊，看到遠處正在下沉的夕陽，心裡只是在計算著接下來去哪裡籌集第二期藥費，拜花間風之賜，他拿到了頗為豐厚的遺散金，但是這樣也只是夠第二期藥費的三分之一罷了，就算再靠范比羅，也不可能會找到像是花間風替身這樣酬勞豐厚的好工作。

看來只能繼續去天網裡的地下格鬥俱樂部繼續陪練賺錢比較快了，邵鈞正沉思著，忽然聽到身邊柯夏說了句話：「太濃了。」

邵鈞一怔，轉過頭看柯夏，看到他依然閉著眼睛靠在椅背上，幾乎疑心自己聽錯了，柯夏嘴角彎彎，繼續說話：「曬了一天的花香，你不是說想要聞嗎？雖然你聞不到，我可以告訴你，這個味道太濃了，各種花的味道都雜揉在一起，並沒有你想像的那麼美好——當然，可能是因為我的精神力太高了，所以感官過於敏銳，在那些精神力過低的平民聞來，大概還不錯。」

邵鈞只好應了聲：「知道了。」

柯夏繼續道：「還有什麼開重型機車飆車，和好兄弟狠狠打架什麼的，有什麼速度能比得上機甲在空中疾馳的速度呢？又有什麼格鬥拳擊，能比得上駕駛機甲戰鬥的快樂呢？至於烈酒的味道……只有下等人才用酒精麻醉自己，你如果有精神力的話，當精神力用到極致的時候，會有更大的滿足感和愉悅感，那是所有軟性藥品和酒精都沒辦法比擬的……再說女人嘛……」他拉長了語調，幾乎是帶了揶揄的笑容睜開了眼睛看向邵鈞，冰藍色的眼睛裡都是嘲笑：「太弱的易碎品……難以交流並且心情陰晴不定……」

邵鈞覺得自己如果有身體的話，現在應該是羞憤交加，萬惡的貴族階級，萬惡的有精神力的人種，他還真就是一個普通的俗人，只是，誰想到一年前眼前這還哭著喊著要媽媽的熊孩子，今天居然一本正經地和他談女人了？他一邊腹誹著，面上仍然保持著面無表情，這時候忽然有個聲音插了進來：「啊不好意思。」

兩人轉頭，看到一個紅頭髮的年輕學生，他手裡拿著個相機：「實在不好意思，剛才我在拍照片，忽然看到你們兩位，畫面實在太美，我便拍了下來，太冒昧了，真對不起。」

他手裡拿著一張照片，遞到他們眼前：「我知道不應該，但實在很美，照片給你們留個紀念吧？我沒有留底的。」

照片上金髮少年和黑髮青年坐在長椅上，柯夏正轉過頭眉毛微微抬起嘲弄他，那稍縱即逝的笑容竟然被捕捉到了，定格在照片裡，髮絲金光點點，像撒了一層金屑，邵鈞則只有個稍顯沉鬱的側影，兩人的背景是天邊柔和醇厚墜下的橙紅夕陽，如夢似幻，不似人間。

柯夏眉目冷淡，轉眼過去，顯然十分不悅被打擾和拍照，又保持著貴族的傲慢和矜持，完全不予理會。邵鈞接過了那張照片，點了點頭，那學生十分不安，又道歉了幾聲，才離開了，離開之前還偷眼又看了下那十分不好相處的金髮少年。

邵鈞有些哭笑不得，將那張照片拿在手裡問柯夏：「怎麼處理？」

柯夏漠然道：「留著吧，算個紀念，萬一我沒活下來，你就拿來當墓碑上的照片吧。」

邵鈞沉默了下，將照片放進了衣服兜裡：「好的。」

柯夏長長吸了一口氣：「真是無情的機器人啊。」

「如果我沒撐過去，死了，你能想辦法把我葬回帝國，到父親母親附近嗎？」

「可以。」

「然後把所有和我有關的記憶記憶體都刪除，算是我的最後一個指令，可以嗎？」

「好的。」

圓而通紅的夕陽在地平線掙扎許久，終於沉沒了下去，天空漸漸變暗，一點一點地變黑，然後璀璨美麗的星空在深藍色的夜空中顯露。

柯夏一動不動看著天上的星群，喃喃道：「真是奇怪，從小父親母親逼著我背過的那些詩，居然都爭先恐後地湧了上來，那些華美而無用的東西。」

「從前我嫌它們冗長而繁複，難記又難寫，除了社交場所裝點門面勾引女孩以外，毫無作用，現在這個時候，居然發現我一個字都沒有忘記。」

「我聽見那幻影群馬，他們長鬣顫抖……」柯夏閉上了長長的睫毛，微微抬起下巴：「鐵蹄雜遝而沉重，眼睛裡白光閃爍。」他彷彿詠嘆一般地讀著那古典雅美的詩句：「北方在頭頂上展開匍匐緊貼的夜色，東方在晨光破曉前把隱祕歡樂展露，西方在白露中飲泣，帶著嘆息飄逝，南方傾撒著暗紅色火焰的玫瑰花瓣……」

他的聲音猶如絲絨一般光滑，讀起這富含韻律的詩句來十分優美悅耳：「睡眠、希冀、夢想、無盡欲望之幻，災害之群馬都投進沉重的凡胎肉體……」[1]

他的聲音漸漸低了下去，模糊不清，之後長久地睜眼看著天上的星空。

邵鈞一直沉默地陪著他，許久以後柯夏才又開口：「抱我回去吧，我起不來了。」之前只是覺得有些腿麻，所以才在長椅上歇一歇，沒想到這一歇，就再也起不來了。

邵鈞驚跳起來，淡淡星光下柯夏的臉蒼白得彷彿一觸即碎，但睜著的雙眼卻明亮清醒，他彎下腰將少年那果然已經無力的身軀抱了起來，這具身軀，曾經蘊含著獵豹一樣的速度和力量，駕馭著機甲創造過令所有人震驚的戰績，如今卻軟若無骨，沉重地任人擺布。

柯夏閉起眼睛，勉力將頭靠向了機器人的肩膀，讓自己不顯得太過丟人：「叫克爾博士來，開始治療吧，我撐不了多久了，我能感覺到這具沉重的肉體，已經無法被精神力駕馭。」

1　出自 "HE BIDS HIS BELOVED BE AT PEACE", William Butler Yeats.

趕過來的克爾博士面容嚴肅，也頗為不解：「病情發展的確快得出乎意料……不知道是不是之前太過高強度的訓練導致病程進展這麼快，按說這應該是一個比較緩慢的病程，好在藥已經到了，如果準備好的話，我們即刻可以開始注射。」

柯夏嘴邊噙著冷笑：「都到這個地步了，用藥吧，沒什麼可以留戀，也沒什麼還能讓我選擇的了。」

藥注射進去沒多久，柯夏就昏昏欲睡，長長的睫毛掩著朦朧的藍眼睛，整個人深深陷入了被褥內，隱隱約約聽到克爾和機器人管家在交代：「需要全程陪護，他很快就會進入身體完全無法控制，沒有知覺的狀態，只能吃流質食物，必須全天候監控他的身體各類指標，每隔四個小時記錄一次資料……」

他忽然睜開眼睛，強撐著交代：「不要別人在房裡，只要你。」

邵鈞轉頭應了聲：「好。」柯夏這才放心地陷入了睡眠內。

克爾博士看他睡著了，輕聲道：「這樣下去也不行吧？你是主要經濟來源吧？

你如果主力陪護，錢怎麼辦？」

邵鈞低聲道：「他不願意見外人，目前還有一些積蓄，我再想想辦法。」只能先接入天網去做陪練，找一些機會，但這是初期，考慮到邵鈞的心理，還是只能多陪伴他。

克爾博士嘆了口氣，輕聲道：「前期家人的確只能多陪伴，他只信任你的話也沒辦法，我們研究室有將要淘汰的專業醫用護理智慧型機器人，能做到測量、記錄資料，搬、抱病人，幫助病人移動、為病人注射、靜脈注射，幫助餵藥、插拔尿管等功能，再修理一下還是能用的，我讓人送過來給你，從藥費裡頭象徵性扣一些作為費用就行。」

這實在是幫了大忙，邵鈞連忙道謝，柯夏如今的心結就是不想見人，只希望自己這個機器人服侍，那肯定不會介意再多一個機器人方便日常生活的。

「他這段時間精神力不會穩定，加上身體狀況不好，這段時間儘量不要上天網，等後期神經系統穩定了，才可以連結天網。」克爾博士又叮囑了一些注意事項，才離開了公寓。

柯夏醒來還要幾個星時，邵鈞便躺入了虛擬艙內，連上了天網。

一進天網，艾斯丁果然又閃在了他身邊，他大概是真的很寂寞：「你好幾天沒上天網了啊，還是要去看機甲賽嗎？還是去陪練？」

邵鈞一邊往刀鋒俱樂部走，一邊問艾斯丁：「我想請教，您瞭解默氏病嗎？」

艾斯丁一怔：「這是基因病，症狀主要是神經失覺，現在發病率已經很少了，只有一些講究純血的老掉牙世家偶發，還有帝國那邊多一些。現在也已經有有效的控制和治療方法了，胎兒期就能進行基因篩查，如果有這個基因，可以在胎兒期就干預治療和控制，基本上可以控制到出生後不會發病，然後終身服藥便可預防發病，非常簡便。當然也有貴族採取發病後基因治療的辦法，但是這個藥比較昂貴，治療過程也比較痛苦，後遺症不可控，大部分人都採取的預防控制的方法。」

邵鈞詫異：「如果胎兒期就篩查出來，是需要終生服藥嗎？如果停止服藥，是不是就會發病？」

艾斯丁搖了搖頭：「這個病發病週期非常漫長，一般來說在胎兒期以及幼年期控制好，偶爾停藥並不會發病，只是會有些身體上的小問題，現在醫學很昌明，發現症狀立刻補救服藥控制，也是完全來得及的。」

邵鈞皺起眉頭，心中卻湧起一股疑問，柯夏可是在皇族出生的，如果有這個病的基因，那也應該在胎兒期就篩查出來，但是自他在白薔薇府柯夏身邊做管家開始，就從來沒有看到柯夏吃過這方面的藥，畢竟作為貼身保母的他，不可能身上沒攜帶小主人的常用藥。

他追問艾斯丁：「那麼有沒有這種情況，嬰兒產檢之時基因篩查沒有問題，卻在成年後發病？」

艾斯丁搖了搖頭：「除非是沒有戶口的人在完全沒產檢的情況下生孩子，否則基因篩查怎麼可能查不出，這是很簡單而成熟的技術。如果基因篩查沒查出，成年後發病，那只能說明，他僅僅是擁有默氏基因，本來不該發病，因此不需要干預治療。然而成年後卻因為種種原因產生了基因突變，導致本來不可能發病的默氏基因突變發病，但是這是非常低的概率……」

邵鈞深吸了一口氣追問：「什麼會誘發基因突變？」

艾斯丁頗為耐心：「基因病毒感染，基因手術編輯，基因輻射……等等，都有可能，但是這些都是目前嚴禁在人體上實施的，一般研究室也做不到這些。」

邵鈞按下了心頭疑雲，將自己的陪練牌掛上了對戰系統，沒有和之前一樣選按時間計費的陪練模式，而是直接選擇了按勝負付費，一般來說大多數的陪練員都選擇的按時間計費，收入穩定。按對戰勝負來計費，那意味著勝有兩倍的收入，敗卻一分沒有，選擇這個陪練模式的客人，格鬥技巧成熟，也很自信，對陪練員來說就風險太高，不划算。

然而邵鈞如今今非昔比，為了掙錢，需要在有限的時間內打出最多的場次，艾斯丁眼光一閃：「你缺錢？」

邵鈞沒說話，紅光卻已閃起，邵鈞雖然這段時間玩得少，勝率卻很高，很快就有熟客挑了他。邵鈞點進了房間，並沒有花太多時間就擊敗了對方，對方自然不服氣，再次飛快挑戰，然後連敗了三次後，不得不含恨退出，又換了別的客人來，大概打了十把對戰左右，邵鈞終於感覺到一絲疲憊——這是他第一次在這個時間感覺到疲憊，原來精神力的疲憊是這個樣子嗎？

他並沒有立刻停止，而是細心體會著這種精神力上的失控感，學會更精細地使用精神力，大概又打了三把，一旁在一直默默觀看的艾斯丁警告他：「你需要休息了，你沒有肉體，精神力超載會消散的。」

邵鈞這才停了下來，看了看時間，柯夏應該快醒了，匆匆結算了今天的帳目，將錢都轉入俱樂部裡的帳戶，和艾斯丁打了個招呼，便就匆匆下了線，柯夏已經長大，不再像小時候那樣能夠糊弄過去，不能讓他發現他的機器人居然能連入天網。

只剩下艾斯丁站在原地若有所思。

柯夏閉著眼睛，纖長的睫毛猶如靜默的蝶翼，蒼白的臉彷彿一瓣凋零的白薔薇花瓣，邵鈞以為他還沒有醒，走進去查看了下儀錶上的各項資料，便看到柯夏睜開了眼睛，一雙眼睛清明得很，也不知道已經清醒了多久，卻根本沒有召喚自己的機器人。邵鈞一怔：「你醒了？」

柯夏道：「肚子餓。」

邵鈞過去用料理機將幾樣瓜果、維生營養粉混在一起打碎後，拿過來扶著柯夏坐起，用勺子緩緩餵他，然而沒餵幾口，果汁就已從唇邊流出，柯夏卻恍如不覺，只是張著嘴，看邵鈞遲疑了一會兒，拿起手帕替他擦拭嘴角，才發現自己原來已經連吞咽的能力都已開始失去，他沒有說話，邵鈞也沒有說話，只是每一勺之間隔的時間更長了，耐心地等他緩緩吞咽。

這一餐飯餵了快一個星時，才總算全餵了進去，病情推進得比克爾博士說的要快許多，邵鈞心裡想著，柯夏應該也發現不對了，表情卻絲毫沒有波動，再想起剛才明明都已經醒了也餓了，卻一直沒有按召喚鈴，邵鈞想到這個，心裡有些拿不準他這是什麼反應，但不擅長溝通交流的他也只有默默地低下頭，換掉了他的接尿儀器。

接著輪到按摩時間了，邵鈞掀開被子，隔著薄棉的睡衣，替他手足慢慢揉捏推拿，少年的雙足白皙光潔，足背血管纖細，陰暗的光線中彷彿一枝未開放的梔子花苞，邵鈞有時候故意稍微用力按在一些關節上，肌膚都泛紅了，他卻全無反應。他將柯夏翻了個身，沿著他的背脊，緩緩繼續向下推，柯夏一直閉著眼睛，彷彿又睡著了一樣，邵鈞替他翻了個身，又替他蓋了蓋被子，看著他彷如平靜的眉宇，心裡暗暗發愁。

短短幾日內，接受這樣巨大的噩耗，又做了這麼重要的選擇，然後從一個四肢健全的機甲戰鬥者，變成一個連喝水都需要人幫助的人，他又是那樣極剛極烈的性格——這樣一點情緒都沒有的平靜和漠然，不太對。

下午克爾博士派人送來了護理機器人。這是一個有著圓溜溜頭和四支靈巧機械手的通體白色的機器人，聯盟機器人刻意避開與人類的相似之處，方頭四手圓盤底座，四支機械手覆蓋著柔軟的材質，有著和人類一樣柔軟的肌膚觸感和溫度，好讓被護理的病人感覺到舒適，卻故意避開了肌膚的顏色，同時施展開來的時候，可以抱著病人的同時注射、插拔尿管、餵食，功能的確是比只有兩隻手的仿人形機器人的邵鈞要強大多了。柯夏很平靜地接受了機器人的護理，還評價了句：「確實比你專業多了。」

按說柯夏這麼安靜，對於護理人來說是件好事，但是邵鈞仍然覺得怪異，他寧願面對當初那個完全崩潰，大喊大叫的熊孩子，而不是眼前這個安靜平順彷彿認命一樣的少年，只有他知道他遭遇過什麼，期待過什麼，巨大的希望落空，天子驕子折翼，對他來說又意味著什麼。

邵鈞悄悄致電給克爾博士，說了柯夏目前的表現，克爾博士遲疑了一會兒道：「沒什麼不對，你可能不知道，精神力高的人，雖然會比平常人更敏感，但是也有一部分人展現出非凡的意志力，夏柯同學性格一貫堅忍，毅力非凡，他既然已經做出了決定，應該能夠堅持，至少堅持這段時間。」

是這樣嗎？邵鈞將信將疑。

「精神力高的人意志力更強嗎？」艾斯丁想了下笑：「從某方面說的確如此，因為精神力高的人，所有的感覺都比正常人更敏銳，神經發達，也因此他們會比普通人承受更多的東西——就我認識的人來說，精神力越高的人，的確比較容易在某方面走極端，或者說偏執，在堅持某種事情上會比一般人更持久和固執，但精神力高的人往往取得更高的成就，所以在普通人眼裡看來，這就是一種意志力，其實嘛……」艾斯丁嘴角邊浮起了一種薄涼的笑容：「其實我卻知道，許多人就因為承受不住過高精神力所帶來的一切，所以瘋了，人們都叫這個精神力崩潰。」

他轉眼看邵鈞有些震驚的眼神，又晃了晃手指：「不要太吃驚，其實你應該不是第一次見到這樣的人，你自己不就是嗎？你失去了身體，在一個機器人身軀內復活，你不也是平靜接受了這樣的人生嗎？我雖然看不出你的精神力的高低，但是如果你有肉體，我覺得你的精神力一定不會低，甚至可能會比我們更高。」

邵鈞一怔，遲疑了一會兒：「我之前覺得因為我在機械身軀內，受到了機器人的特性的影響，所以削弱了感官感覺。」悲歡喜樂，恐怖驚懼，應該是屬於肉體的東西，他沒有了肉體，似乎也一併剝離了這些感覺。

艾斯丁笑吟吟看著他：「我也不知道，也許等我什麼時候無聊也找一具機械身軀占領了，才會明白，不過我現在還不想離開天網。」

邵鈞並沒有太在意，只是追問了句：「你都在這裡頭許多年了吧？還沒膩？」每次上來看他似乎都很無聊和寂寞。

艾斯丁嘴角笑著：「我在等人啊，怕哪怕離開一秒，就錯過了。」輕飄飄的話彷彿說笑一般，問題是邵鈞知道他已經在天網裡幾百年。他在等誰？羅丹嗎？但是這都已經過去三百年，再高精神力的人也活不到這個壽命，天網只有精神力能夠接入，和資訊網有帳號密碼就能登入不一樣，死人是一定不可能登錄的。斯人墳墓已拱，白骨已枯，他還在等待一個不可能上線的人嗎？

艾斯丁卻似乎並不想多說，問他：「你不繼續去格鬥了？這些天你進步很大啊。對戰的速度越來越快，結束的場次也越來越多了，你對精神力的把控越來越熟練了。」他沒有再追問邵鈞缺錢的事。

邵鈞被他提醒，連忙又再次往刀鋒俱樂部走。這些天有護理機器人幫忙，看上去柯夏對護理機器人也適應良好，甚至似乎更喜歡護理機器人一些，他似乎完全隔絕了與人交流，可以整天的沉默一言不發，常常閉著眼睛，彷彿一具屍體一般。

這讓邵鈞感覺到十分不放心，所以他不敢出去找工作，唯一的收入來源就只變成了在刀鋒俱樂部裡的陪練報酬了。他將之前花間風送的那套天網設備接入放在布魯的房間裡，平日布魯寄宿，柯夏睡著的時候，他就直接進入天網，開始他的陪練。

他熟練地進入了刀鋒俱樂部，繼續選擇按勝負結果結帳，投入了對戰中。

而刀鋒俱樂部裡，一男一女正注視著正在對戰的他的影像。男子的虛擬形象貌不驚人，他注視道：「來了，這個叫鈞的男子，半年前就已註冊了陪練員，陪練場次並不多，偶爾才來一次，和其他陪練員一樣，按照時間時長陪練，中規中矩，但是因為很穩健，而且技巧成熟，套路新鮮。點過他的客人，重複點他的很多，甚至出現了他一上線，就有多個熟客立刻預訂他，十分受歡迎，但是他來得不多，偶爾才會來一次，每次都是立刻結算。然而從這個星期開始，他忽然選擇了勝負模式結帳，七天來，他對戰了四百八十二場，全部勝。」

女子問：「四百八十二場？平均每天六十八？平均每個星時二．八場，你確定沒算錯嗎？沒有人能二十四星時都在天網線上！這會對精神力造成太大負擔。按十星時計算的話，他每個星時至少要打敗七個客人！這怎麼可能？來這裡的都不是庸手新手，沒有人的精神力可以持續這麼高強度的對戰。」

男子苦笑：「不錯，他的確不是二十四星時都在線上，但也接近十二星時了，他最快的是三分鐘結束戰鬥，第一天他沒打幾場，之後每一天都在增加場數和陪練時間，甚至我覺得在這個高強度的對戰中，他也在飛快的成長，昨天他陪練了十八個星時，對戰了一百五十場，全部勝利——我覺得他只是湊個整數而已，如果還要打，他應該還能再打……我昨天也下場和他對戰了三次，根本撐不到十星分，我的精神力就疲憊得要隨時虛脫了。」

女子深吸了一口氣：「怎麼可能。」她凝視著場上的黑眼睛男子，他一招一式，並不顯得十分突出，甚至算不上好看，但是……非常有效而精準，這需要十分精準的精神力的操控。

男子道：「所有的錄影你都可以看，他每一次都贏得讓對手覺得很可惜……你可以親自下場，我知道你精神力比我強很多，大概會比我能堅持更久一些。」

女子問：「他是什麼人介紹來的？」

男子道：「金等會員，而且從來沒有下場過，也從來沒有推薦過人。」

女子沉默了，整個刀鋒俱樂部的金等會員屈指可數，金等意味著這位會員在刀鋒俱樂部消費已經達到了一個驚人數位，卻沒有下場記錄，只能意味著是別的地方的開支——比如買命，或者是其他見不得光的贊助，他們這個俱樂部，當然不僅僅有陪練的業務。

又過了一會兒女子再問：「他是為什麼忽然加大對戰的強度呢？」

男子道：「我們從來不問客人和陪練的隱私。但是他這樣的戰鬥方法，完全不追求格鬥的過程，只是簡單地將對方打敗，然後選下一場，不斷壓縮時間，我推測還是為了錢。沒有人會採用這樣的戰鬥來訓練自己，所以我覺得，他應該就是我們黑錨需要的人。」

他們說話間，那個黑眼男子已經結束了一場格鬥，對手倒在地板上，忽然崩潰了：「為什麼！為什麼打不過你！明明只差一點的！」

女子冷笑了聲：「不止一點點，他只是讓對方覺得差一點點而已，下一場安排我和他對戰。」

邵鈞並沒有在乎對手的哭嚎，這些天他見得太多了這樣的崩潰，他們無法接受自己被一個陪練員輕鬆擊倒，總是認為是自己來不及充分準備，於是一次又一次的挑戰，然後再次輸掉。

這一次的等候有些久，和之前只要自己一掛上去就接到挑戰不一樣，再次進入對戰房間，他面前站著的是一個女對手。

邵鈞並不是沒遇到過女性對手，但面前這個女子，卻讓他第一時間就感覺到了威脅。這還是他在刀鋒俱樂部對戰一來第一次得到這種感覺。

這房間是隨機地形雪峰，格鬥模式是武器，這倒是可以理解，女性大多不喜歡貼身肉搏，因此都會選擇武器對戰。冰天雪地，對面的女子深褐色長髮披散著，髮間露出金色花冠，穿著白色吊帶長裙，纖巧的肩膀裸露在風雪中，胸口比新雪還要白，纖腰上束著金絲花型腰帶，左手臂上戴著金色的臂環，雙手各持一把小巧銳利的光刺，凜冽的寒光在冰雪中分外醒目，雪峰上呼嘯的風裡夾著雪粒，她持劍站在那裡，彷彿雪峰上的女神一般凜然不可侵犯。

邵鈞眯起了眼，冰雪場地裡，這女子一身雪白，武器小巧，精神力也高，戰鬥時比一般人更長於敏捷，短於力量，在雪地裡速度一快，對手很可能會看不清楚，從而敗北。然而這些都只是小伎倆，邵鈞不能明白自己感覺到的威脅感從何而來，他第一眼看到這個貌似清純的女子，就感覺到濃烈的殺意——對方一定殺過人。

邵鈞一伸手，一柄約有五、六公尺長的青銅武器出現在他的手裡，前鋒銳利，他在武器裡選擇了長矛。

女子在對面也眯起了眼睛，長矛？這武器是古代騎兵所用，身著鎧甲，手持長矛，以快馬的速度加持來破陣。在機甲戰中也有一些機甲為了吸引注意力會採用這個冷門武器，但並不好用，人與人的對戰之中，卻絕沒有人使用這樣的兵器，這個男人之前的錄影她也都快速瀏覽過，武器格鬥時大多數選擇的都是重劍，為什麼這次是長槍？自己的光劍，是非常尋常的武器，他為什麼要選擇長矛？長矛怎麼打？

倒計時閃到零，她已經沒有時間思索，只有迅速地將光刺向前刺去，她的速度非常快，她雪白的衣袍在空中劃出了一道白練，從來沒有人能夠跟上自己的速度，她的外號叫「冰刺」，她的劍可以快到對方死都沒來得及反應。

然而她看到對面的黑眼男子一隻腿向前一探，兩隻手一上一下將那長矛在身前斜斜一橫，竟是以靜制動，擺出了一個她從來沒有見過的架勢，一股不祥的預感忽然從心底湧了出來，伴隨著這不祥預感的，是一個疑問：

長矛——是這麼拿的嗎？

不過一閃念，她的光刺已經靠近了對方的脖子，然而對方動了，沉重地長矛挾著風雷迎著她的光刺橫掃了過來，這長矛實在太長，以至於她還沒有貼近對手，就不得不變招應對。

一寸長，一寸強。

邵鈞面無表情，同樣以極快地速度擊出了十餘棍——不錯，他用的是棍法，選長矛只不過這個最像棍。攻則勝猛虎，進則如洪滾；一氣驟千里，一棍旋乾坤。[2]這個過去軍中節日聯歡必備的集體棍法節目早已在他身體裡熟極而流，戳劈格挑打，抹掃穿撩雲。滑擺刺壓撥，架攔隨身滾。長矛被他耍得虎虎生風，棍打一大片，打擊面實在太廣，防守更是滴水不漏。

對面的女子雖說身法敏捷，對著這五六公尺長的武器橫掃起來的威勢，也不得不連連躲閃，一時根本找不到進攻的間隙。

這是什麼鬼武器！

長矛不是直刺直戳的嗎？

這長矛卻被對方舞得宛如一面水潑不進的盾牌，將她牢牢隔在了五六公尺外，

2 引自《少林棍歌訣》。

讓她完全沒有機會貼身。她速度再快，對方的長矛卻仗著夠長夠快，打擊面夠寬，牢牢地防守住她！

對面的白衣女子艾莎，已經完全在這綿密而快速的古怪武器中亂了節奏，精神力這種東西，一旦亂了節奏，便會消耗更大，而她一直保持著高速躲閃的身法，很快也不能繼續再保持之前的速度。

輸了。

她心裡閃過了一絲沮喪，隨之是無限的憋屈。

早在對方拿出這古怪武器的時候，她就覺得納悶，然而萬萬想不到的是，殺過那麼多人的她，第一次見到有人把一柄長矛使出花來了——天網是精神力至上，但一般人也只是讓自己的精神力更快，更有力量，這一位，卻是在技巧上下功夫？這算什麼打法？

退出房間的時候，她看了下時間，仍然沒有超過十星分，那男人已經再次毫不猶豫地選擇了下一局。房間裡，黑蠍子克萊正在大笑，看到她看向她，指著她笑得喘不過氣來，一邊揩著笑出來的眼淚一邊道：「艾莎，妳也有今天，哈哈哈哈哈，妳不是快嗎！人家的長矛比妳還快！我從來不知道原來長矛可以剋妳的快刺哈哈哈！妳最好快點賄賂我，我絕對不會告訴其他人！哈哈哈！」

艾莎陰沉地看向他：「有什麼好笑的——黑蠍子，你以為只是武器相剋？」

她伸了伸手，一柄長矛倏忽出現在她纖白的手掌中，她將那沉重地長矛扔給了對面的男子。黑蠍接過那長矛，模仿著黑眼睛男子，將那長柄單手旋轉，當然失敗了，這長矛一頭重一頭輕，精神力根本無法精細地掌握平衡，那長柄舞起來的時候，自身重量又會帶來奇怪的速度，非常難以使喚，不要說剛才那個男子那麼多動作，單單只是在手掌中旋轉，使之能夠防守和攻擊兼顧，就不是件容易的事。

黑蠍臉上也收了笑容，艾莎淡淡道：「不經過精神力地刻苦訓練，根本無法掌握這種兵器——更何況，我從來沒見過有人這麼用長矛的！」

黑蠍當然也沒有見過，他若有所思：「這才是他真正擅長的兵器？」

艾莎面如寒霜：「不知道，但是我確信，這個長矛攻擊和防守的方法，如果用在機甲上……會讓很多不習慣冷兵器的機甲嚇一跳。」

黑蠍又笑了下：「不至於吧，機甲到底還是遠端武器的天下，哪來那麼多近身格鬥。雪鷹軍校今年開格鬥面試，許多人都頗有微詞，我們只是為了應試才要找格鬥教師，好的格鬥教師為什麼難找，不就是因為不實用，只是玩玩刺激嗎？」

艾莎冷笑了聲：「你懂什麼，雪鷹軍校是聯盟軍隊的主要顧問和專家。忽然重視機甲的近戰格鬥必有緣由。這些年聯盟的機甲技術有了飛速增長，普通炮彈無法命中機甲，只有機甲能夠對抗機甲，機甲是超音速好幾倍的怪物，離子炮只有近距離輸出或者鎖定，才能夠攻擊中對方，速度太慢了！發展到最後，機甲對戰只能是近戰對抗！還有，我問你，你把這長矛，按機甲來放大，會不會讓對方完全無法近身，也無法進行遠端攻擊？」

黑蠍子仍然有些不以為然：「開什麼玩笑，機甲使用長矛，那會失去平衡的。」

艾莎道：「假如換成離子光矛呢？幾乎沒有重量的光矛，如果機甲駕駛者也能熟練掌握，」

黑蠍子一怔：「妳不是認真的吧。」

艾莎卻已來了興致：「把剛才我們對戰的影片轉給我，我回去讓古雷看看，能不能仿造這個做一款機甲出來。」

黑蠍子追問：「那這個人我們還招攬嗎？」

艾莎道：「我回去問問老大，你先籠絡住他，給他想法子再追加一點酬金，不是很多人搶著要和他對戰嗎？直接拿出來拍賣，三十秒內價高者能和他對戰。」

黑蠍子倒吸了一口氣：「那他會不會拿夠了錢不來了。」

艾莎笑了下：「不會的，他一定是遇到困難了，不然不會突然採取這樣極端的方法——再說了，如果拿夠錢就不來了，那我們也不可能招攬到，還不如先套點交情，以後才好辦事。」

邵鈞並不知道自己已經引起了蟄伏在黑暗中的不明組織注意，他又打了兩場，便收到了護理機器人傳來的訊息，柯夏醒了。於是便熟練下線，看護理機器人幫醒來的柯夏按摩，餵食，餵水，然後讀書……柯夏竟然要機器人念課本給他聽，一本機甲基礎理論，枯燥得要死，他也不知道有沒有在聽，面目淡漠。

有了護理機器人，他其實不需要一直陪護在柯夏身邊，但柯夏不說話，他也不敢冒險，他又看了一會兒柯夏，確定他現在沒有與人交談的心情，於是便推開房門出外，並將房門掩上。外面鈴蘭不知道什麼時候已從學校回來，看到他連忙起來問他：「需要吃什麼嗎？我幫您做？需要我做什麼嗎？」

邵鈞搖了搖頭，剛要說話，卻看到手腕上的通訊器閃爍，是有一段時間沒見的范比羅，他接通了語音通訊：「杜因！我把花間少爺的錢換好幫你送過來了，現在人就在你家門口！今天正好順路！」

邵鈞打開門，果然看到范比羅從電梯出來，提了個箱子大步走了過來：「你表弟病得怎麼樣了？知道你急需用錢，我好不容易才全兌換成現金，這麼大一筆錢，太不容易了。」

邵鈞將他領進門，簡短地回答：「還好，多謝。」

范比羅一進門，就看到了屋裡的鈴蘭，他臉上明顯一怔，然後目光閃動了下，邵鈞轉頭看鈴蘭臉色有些不自在，目光閃爍，並沒有上前招待客人——她一貫是溫柔知禮的，他問范比羅：「你們認識？」

范比羅又看了眼鈴蘭的表情，迅速掩飾住了之前的驚訝：「不認識，就是這麼漂亮的姑娘，是你的女朋友？」鈴蘭忙忙地轉過身去倒茶。

邵鈞搖了搖頭，范比羅卻一副還有事的樣子，匆匆道：「東西放這裡了，你點一點，沒問題我就先走了，我還有個約，你什麼時候能工作了就和我說。」說完他也全然不等邵鈞點清楚，直接就往外走，竟像是完全不敢多待。

邵鈞心中那點怪異的感覺更放大了些，心中一轉念，想起了范比羅那不正經的掮客身分，忽然伸手拉住了范比羅：「你見過她！你是不是給她介紹不三不四的工作了？」

范比羅感覺到手腕上的骨頭幾乎裂開，嘶嘶地吸著氣：「不是，沒有……冤枉，我只是在港口那邊見過她一次，因為是生面孔……長得又好看……所以就問過她一次要不要拍戲。」

范比羅見多識廣，哪有可能看到個美人就吃驚？邵鈞盯著他道：「她是我妹妹，你明白嗎？」

范比羅叫苦連天：「我保證！我絕沒有！只是聽說港口有新人，多看了眼！你放心好嗎？」他忙忙看了眼臉色已經變得煞白的鈴蘭，感覺到手腕被鬆開，慌忙飛快地離開了那公寓，跑了下去。

邵鈞關上門，轉過身看鈴蘭，一言不發。鈴蘭嘴唇抖了一會兒，終於忍不住捂上了自己的眼睛，好避開邵鈞的眼光：「對不起，我知道您過得很辛苦，大哥。但我什麼都幫不上忙，只有這個賺錢最快，我還沒有開始做，只是去港口那邊打聽了下……」她抽泣著，長髮捲曲著披散下來，白皙的臉上濕漉漉的。

邵鈞道：「妳習慣了這種輕鬆就可以拿到錢用身體換錢的思維模式，錢來得快，去得也快，以後妳只要一缺錢，都只會想到這個最快而最直接的辦法，妳這一輩子就會毀掉。」

鈴蘭咬住嘴唇：「我知道！但是杜因哥！您這段時間都沒有去工作，房東已經來催了幾次房租水電費，夏又需要那麼驚人的治療費用，我問過醫生，我們的錢不可能夠的！我至少不拖累您……不能再拖累您了……」她的眼淚完全止不住，越擦越多。

邵鈞吸了口氣：「錢的事，我來解決。」他打開了范比羅剛剛拿來的錢箱，給鈴蘭看了下：「回學校去，好嗎？做妳該做的事。」

鈴蘭抽噎了幾聲，忽然低低道：「你放心杜因大哥，出賣身體的事我一定不會做，但是書我也不會再讀了。學習，什麼時候都不晚，這個時候還要裝作什麼都沒發生去上學，將生活的重擔留給您一個人，我做不到。我已經決定進演藝圈，這也是一個正當工作，您別再勸我，我已經成年，這是我的個人選擇，我知道我想要什麼。」

邵鈞沒說話，鈴蘭擦乾了眼淚，很是堅決地看向了他：「至少我和布魯斯的租金和生活費，我自己來負擔，你對我們沒有義務，我也沒這麼厚的臉皮一直讓別人供給。」

邵鈞頓了一會兒，終於鬆口：「去哪裡就職，必須要讓我知道——可以找范比羅介紹，但是不許從事任何不正當的職業。任何時候，有人需要妳付出身體的，都不值得，除非妳自己喜歡他。」

鈴蘭眼眶再次紅了：「是。」

邵鈞提著錢推門回到公寓內，柯夏睜眼看著他，雙眼裡帶著審視，他聽到了？但是柯夏什麼也沒有問，邵鈞把錢收好，過來拉開窗簾，讓外邊明亮的日光照進來，柯夏終於開口：「你出去工作吧，服侍我讓護理機器人來就行了。」

邵鈞頓了下道：「還在找合適的工作。」

柯夏臉上的表情似笑非笑：「護理機器人有程式設定，禁止協助主人自殺。不用擔心我，我不會自殺的，我現在連自殺都做不到了。」

邵鈞不知道說什麼，柯夏卻開口吩咐護理機器人：「讀那本《聯盟指揮實戰案例》。」

護理機器人立刻開始用柔和的聲音讀起書來，邵鈞看他仍然十分平靜和專心，也便又出來，接入了虛擬天網，再次進了刀鋒俱樂部，開始他機械般的無休止的陪練賺錢生涯。

漆黑的房間裡，本應該是俱樂部絕密的邵鈞與那神祕女子的對戰影像，正在空中放映著——但這影像和從前那種纖毫畢現的全像投影不一樣，而是模糊許多，並且視角偏斜，一看便知道是偷拍，但即便是這樣，邵鈞和那神祕女子對戰的大致情形，依然能基本看清楚。

黑暗中一個年輕男子開口了：「黑蠍子讓人從刀鋒俱樂部的備份雲端中刪除這一段影片，我們埋的人手覺得不對，悄悄偷拍了一份弄了出來，雖然很模糊，但是基本對戰過程也清楚了，據說對戰的女子也是這個俱樂部的高級會員，平日裡極少出來對戰的。然而依然敗在了他的手下。真是看不出，平日裡平平無奇，即使是天網中的形象，也普通得很，但是一動起來，整個人就完全變了，夏柯的近戰格鬥，很明顯看得出他的影子。」他口氣裡竟然帶了一絲敬畏來。

另外一個男子沉默著，只是凝視著懸浮螢幕上擁有著強大力量的人，那個人平時安靜寡言，相貌普通，然而戰鬥之時，卻瞬間爆發出讓人難以直視的光彩，任何人看到這個人，都不可避免的會激起愛才之心。

只是光芒奪目的山南明珠，機甲天才少年夏柯，讓人忽略了默默站在身後的他。

之前的人開口：「還是查不出他們的底細，很可能是帝國的貴族，但如今我們帝國的間諜網已經全部被破壞，推測可能只是流亡貴族的後代，難得天賦逼人，又有人教導，才脫穎而出。他為了表弟能夠如此拚命，這對我們控制他也有好處，只是這幾天他簡直是沒日沒夜地在陪練賺錢，早已超過了普通人在天網的精神力極限，我怕再這樣下去，反而會傷了他，這樣就和我們的目的背道而馳了，本來只是想逼他到了絕境，不得不找我們開口，這樣也順理成章好控制，現在他這樣子，竟然完全沒有和我們開口。風先生，您看，還要等下去嗎？我們時間不多了，要求您近期就要出發。」帶了一絲求情的口氣，原來這說話的人，正是歐德。

懸浮螢幕上的光線照耀在黑髮男子臉上，赫然正是應該在老家的花間風。

花間風終於開口：「是你讓范比羅帶著錢去杜因公寓的吧？故意讓他撞破鈴蘭想要重操舊業的事。」

歐德語塞，臉上出現了被撞破的窘迫：「對不起……」他只是不希望事情走到不可挽回的地步，雖然他們已經毀掉了一個機甲天才，這在許多人眼裡已經是不死不休的仇恨。

花間風擺了擺手，臉上帶著一絲嘲諷：「摧毀美好的東西，是人都覺得不忍。」

「只是你什麼時候才明白，我們這一行，踏進來以後，什麼良心之類的東西，早就不該存在了。」

「他還沒有見到絕境，以後還可以憑自己的努力解決問題。」

「這個時候，我們伸出手，毫無意義——一旦我離開聯盟，你有辦法絕對控制他嗎？沒有辦法，這樣的人，只要給他一點機會，他就能打出一片天來，我們的援助對他來說，並不是唯一的，我們的時間並不多了。」

歐德臉上充滿了不知所措。

花間風仍然似笑非笑：「他需要面臨真正的絕境，才會對這個時候援助他的人給出承諾，並且絕對遵守，這樣的人一諾千金。下一個療程的藥是什麼時候？想辦法收購大部分的藥，把市面上的藥價格提高一倍，沒有逼良為娼，只要他買不起藥，只能想起我們，和我們開口借錢——這事，你做得到嗎？你那無用的良心，可以稍微舒服一些沒？」

歐德沉默了許久，才低低說了聲：「好的，我這就去辦。」

花間風伸手按下了懸浮螢幕的按鈕，關掉了那個男人的影像，燈亮起來了，花間風看了眼這個和自己一起長大的表哥，臉上冰冷的神色終於柔軟了些：「帝國那邊前途叵測，我不能輸，這邊我需要一個能夠被絕對控制的人，我會補償他的，這是互惠互利的關係。」

歐德轉過臉，臉上神色已經重新變成堅定：「你安心，我會處理好的。」

市面上的藥忽然漲價的消息，是十天後克爾博士來例行檢查之時告訴邵鈞的。柯夏的第一療程已經接近尾聲，他如今已經完全失去了肢體知覺，也已經不能說話，他甚至無法控制自己的舌頭，機器人看護每天都需要注意不讓他自己的舌頭堵塞住氣管造成致命的窒息。

克爾博士檢查過他的身體狀況：「下一步我們可以進行穩定的基因治療了，近期可以先鞏固休息一下，偶爾可以上天網去疏散下心情，否則整天在床上也太無聊——第二階段非常，非常漫長，有的人甚至需要數年的時間來進行基因恢復。」

柯夏應該能聽得見，但是目光沉沉，彷彿全不在意自己的狀況，也毫不關心自己的將來，到底是強大到無所畏懼，還是已經破罐破摔隨波逐流，任何人都看不出。

克爾博士欲言又止，待到檢查完以後，才出來對邵鈞說話：「這幾天藥價忽然漲了，我怕你預算不足，如果沒有充足的藥，不好立刻就開始第二療程的治療，一旦開始，就沒辦法暫停了。可以先放慢治療過程，鞏固一段時間再開始，你先備一下資金。」

邵鈞一怔：「漲價了？那現在需要準備多少錢？」

克爾博士壓低聲音道：「第二療程十分漫長，你需要十分穩定的巨額收入，現在你至少先要保證一個月的用藥，我讓助手核算過，按最近的價格，你需要準備兩百萬聯盟幣。」

邵鈞頓了下道：「好的，我儘快籌全。」

克爾博士皺著眉頭說話：「這段時間不要拖太長，你要注意病人的心理狀態。一般來說在第一療程結束後都會儘快進入第二療程的治療，儘量縮短這個時間。」

邵鈞抬眼看他，克爾博士沉重地嘆了口氣：「這個階段是病人最難熬的時候，不能說話交流，看不見，身體毫無知覺，心理往往會出現問題……本來他身體這樣，不應該隨意連入天網的，但考慮到心理紓解，權衡利弊之下，可以適當連入天網，讓病人能夠從這種完全沒辦法控制身體的現實中暫時抽離開來，建議能有親人或者朋友在天網裡陪陪他。」

他拍了拍邵鈞的肩膀：「這真的很難，你辛苦了。」

送走了克爾博士，邵鈞回到狹小的房間裡，機器人看護剛剛完成任務，靜悄悄待在一旁，柯夏深陷在被褥裡，淺金色的睫毛覆蓋著眼睛，一動不動，看著仍然是個安靜的睡美人，誰都不知道他在忍受著什麼。

但普通的天網，能讓他紓解心情嗎？畢竟這麼久以來，他除了訓練，就是讀書，他從來還沒有見到他娛樂。

邵鈞想了下，先出來自己接入了天網，召喚艾斯丁：「刀鋒俱樂部的會員，我可以帶一個朋友嗎？」

艾斯丁輕描淡寫道：「會員可以帶一名朋友。」灰色的眼眸裡含著笑容：「是那個得了基因病的朋友吧？他知道你是機器人嗎？機器人——沒有精神力，不可能接入天網。」他善意提醒著邵鈞。

邵鈞解釋：「他長期臥病在床，我想讓他到天網紓解下心情，我會以陌生人的身分認識他，他戒心比較強。」

艾斯丁笑盈盈：「你很關心他啊，需要幫助嗎？」他目光溫暖和善，注視著人的時候，彷彿能吸引人說出自己的所有難處——如他從前所承諾的一般，他無所不能，只是需要對方開口而已。

邵鈞沉默了，藥品所需的資金的確太高，他目前沒有籌夠，如果是自己病了，他大概會放棄治療，然而是柯夏，他親眼見著這孩子曾經多麼努力，又是何等的天才，面前的艾斯丁是鼎鼎有名的科學家，品性得到所有人認可，只要輕輕鬆鬆就能替他弄到大筆錢財，解除他們目前的經濟壓力。

俗話說得好，能用錢解決的問題都不是問題。

只要他開口向眼前這人求援……

艾斯丁雙眸溫柔親和地看著他。

邵鈞卻終於還是沉默地轉過身，往地下俱樂部去了。

第二天，邵鈞便和柯夏說了他可以連上天網的消息，柯夏並沒有什麼特別反應，只是在被放入虛擬艙的時候睜開了下眼睛，看到邵鈞低著頭替他接上精神連接設備，並且十分小心地給他嘴裡加了一個小小的輔助呼吸裝置，這是防止他舌頭滑落堵塞氣管的設施。

柯夏閉上了眼睛，有些不耐煩，天網有什麼用？他這個時候任何人都不想見到，任何人。他這個機器人管家實在太多管閒事了，但是他現在沒辦法阻止對方一廂情願的好意，唯一的好處是機器人廢話少，安靜，以及最醜陋軟弱的一面不需要顧忌在對方跟前展露。

邵鈞輕聲道：「第一次，先定一個星時，我們會關注您的心率等精神狀態。」他低頭細心檢查了一遍柯夏身上的各種導線，才闔上了虛擬艙，叮囑了機器看護隨時關注柯夏的狀態，便靜悄悄地走了出來，轉到了另外一個房間。那是布魯的房間，他大部分時間住校，之前只有假期回來，如今遭受了重大打擊，乾脆也不太回來，聽鈴蘭說他又找了一份兼職，貧窮猶如附骨之蛆，讓所有人都感覺到了壓力，邵鈞打開了之前花間送來的虛擬艙，接入了天網。

藍色的主腦依然在空中閃著柔和的光，四面的傳送門人們來來往往。

一個金髮少年站在主腦下的登陸門裡，第一時間將從前的好友全部拉入了黑名單——其實他的好友不多，也並沒有在線上，這個時候大部分學生都還在上課，之後他稍微改動了下自己在天網中的形象，讓別人不能將自己和那個驚豔絕倫的少年機甲天才聯繫在一起。

然後……他就無處可去了，天網是個和現實幾乎一樣的廣袤自由的天地，但他沒有想要聯繫的人，沒有想要去的地方，也沒有想要做的事。

他面容漠然，略走了幾步靠在傳送門外側花牆邊的欄杆上，信手摘了朵薔薇在手裡揉捏著那些花瓣，熟悉的天網傳送門附近人們匆匆來去。從很久以前，他的人生就只剩下了復仇一件事，而現在他清晰無比的明白自己四肢完整地站在這裡，不過是一場沒有意義的幻夢。他彷彿一個幽魂被禁錮在肉體之中，不能行動，不能交流，沒有感覺，這一刻雖然精神上彷彿得到了自由，卻清醒地知道這一切都是虛幻的，他仍然還是一塊肉，躺在虛擬艙中，呼吸、餵食、排泄都依靠管子，他的仇人強大到不可摧毀，自己甚至連弱者都比不上，可悲的一塊臭肉而已。

一個一無所有的弱者……

想摧毀一切，想破壞一切，想惡狠狠地傷害所有人，所有人，包括自己……

心中戾氣在不斷高漲的柯夏猛然轉過頭，幾乎以為自己的情緒被人發現了。

一個黑髮黑眼的青年男子站在他身後，面容身材在天網這個能用精神力加持和修改，人人都是俊男美女的地方實在只能算普通，不過卻無端讓他有些熟悉的感覺，這種似乎面善卻又確然不認識的感覺讓他稍微有些走神，對方並沒有被他的冷漠揮退，繼續說話：「我的搭檔有事不能來了，但我在一個俱樂部今天有幾場約好的格鬥對戰，我看你的精神力很不錯，看上去也沒什麼事，想問問你是否有興趣和我組隊格鬥嗎？錢我們對半分。」

「您好，請問你對格鬥有興趣嗎？」

柯夏眼睛逡巡在對方五官上，眉毛，眼睛，到底是哪裡讓自己覺得熟悉？他心裡漫不經心想著，一邊順口嘲他：「你從哪裡看出來我精神力高？」

男子對他的冷漠態度彷彿早有準備，並沒有什麼慌亂，指了指他足尖前，柯夏低頭，看到地上落著細碎的薔薇花瓣，是他剛才沉思之時信手蹂躪的。

黑髮男子道：「在天網中越精細的動作越需要高精神力，正常人只會將花瓣揉成一團，你卻將每一片花瓣都均勻地用精神力細割成均等大小——人們匆忙來去，連上天網目的地明確，只有你站在這兒沒有去處，似乎需要打發時間，正好我需要個搭檔，所以我覺得可以問問你。」

柯夏捏著花瓣的手一頓，將剩下那已經殘破柔弱的薔薇握緊到了掌心，嘴角忽然起了一絲興味：「有錢是嗎？一共幾場？」

對方男子看著他，神情溫和：「五場。」他對柯夏伸出了手：「我叫鈞。」

柯夏漫不經心地避開了他的手：「先打一場看看吧，你太弱的話就沒必要繼續——是哪家俱樂部？」難得有人送上門讓他揍，不如去發洩一下。

眼前的黑髮男子似乎完全沒有被他的拒絕感到不適，非常自然地收回手，看著他微微一笑：「好，跟我來。」

柯夏看到他笑的時候眼角出現細細的笑紋，這並不讓對方顯得衰老，反而因這笑紋讓之前明明還平平無奇的面容顯出了富於親和別具一格的魅力來，眼神令人無端覺得真誠，而那微微有些泛紅的眼角，又彷彿帶笑桃花，教人心旌微動，被這麼一雙含笑眼睛盯著自己，會不由想要答應對方任何事。柯夏倒是將之前那在哪裡見過的感覺扔到了腦後，這樣令人難忘的笑容，他如果見過，不會不記得。

黑髮男子正是守株待兔的邵鈞，看到目的達到，欣然將柯夏帶往刀鋒俱樂部，他早就見慣了柯夏的傲慢和冷漠，哪裡會被他這冷言冷語嚇退，從容自如地帶著柯夏到了刀鋒俱樂部，刷卡開門，走進了內部。

柯夏倒是第一次來到這俱樂部，目光閃動，顯然也頗為意外，他是第一次知道這裡還有一家格鬥俱樂部。

邵鈞嫻熟地按了幾個按鈕，在牆上找了幾個允許觀戰的房間，選了個比較難的：「對戰雙方都允許觀戰的就能看，你先看一場瞭解下，規則很簡單，對方背部著地十秒，房間自動判對方負。」

柯夏漫不經心看了一場，不置可否，邵鈞卻十分瞭解他臉上的那些嘲諷，說實話，他其實也非常好奇柯夏如今是什麼水準了，畢竟他只教過他最基礎的軍拳罷了，他在學校裡，應該學到更多了吧？邵鈞想起那些精彩的機甲對戰，對眼前這個冷漠彆扭的孩子，又起了慈愛之心，十分包容道：「那我們開始吧？先隨機兩場，我們配合一下——我們需要取個隊名。」

柯夏隨口道：「就薔薇之刺吧。」

邵鈞順手打上了隊名，默認著讓邵鈞排進了隨機隊伍，然後很快匹配上了對手，進入了對戰房間內，隨機地貌是一片平坦的草原，柯夏微微瞇眼盯著對面刷新的對手，微笑著拔出了劍，這一刻他感覺到了自己精神力在燃燒一樣地興奮了起來。這是個不錯的發洩方式——撕碎對方，毀滅攔在眼前的一切，猶如揉碎那柔軟的薔薇一般。

「奇怪，今天那個鈞居然是選擇二人對戰？」一貫獨行俠，這次卻忽然結伴對戰的邵鈞這反常的行為立刻引起了隱藏在黑暗中一直窺伺他的人的注意。

艾莎已迅速過來：「先看他們的對戰再說——有他們的全身影像嗎？」

克萊道：「匹配不上熟悉的資料庫，和鈞一樣，應該沒有用現實面容，都是虛擬人像，和他組隊的叫夏，隊伍名字很簡單，叫薔薇之刺，對戰的是羅斯兄弟，他們總是一起組隊，配合得好，所以勝率也很高……」

艾莎凝視著大螢幕內的對戰，卻沒有再說話，克萊喃喃道：「奇怪，鈞一向快攻的，這次怎麼這麼保守？不過他的隊友倒是非常凌厲，即便是這樣，也很浪費時間啊，按他一貫的習慣，這樣賺不了多少錢吧——羅斯兄弟今天表現不行啊，反應好慢。」

艾莎蹙著眉，看著場中對戰，金髮少年出手開始還有些遲疑生澀，但是很快找到了節奏，之後便是快如閃電的快攻，挾著一往無前的銳氣，對方很快就在他那銳不可當地攻擊中擊潰。

克萊吃驚道：「這個夏很不錯啊，格鬥技巧非常嫻熟，而且都很有效！看來他是第一次對戰，所以開始有些生澀，但是很快上手了，精神力十分嫻熟，光刃劈砍削都十分準確，感覺很快。」

艾莎嘴角噙了一絲冷笑：「最強的還是鈞，他在打輔助配合，讓那個金髮少年能夠安心地快攻，如果沒有鈞的輔助，他根本不可能如此快速結束戰局……難道這是鈞的另外一種賺錢方式？」

克萊沉思道：「作為隊友的陪練雖然有，但是錢並不多，而且其實這種輔助陪練方式收效很低，很少有人用，只有帶新手刷積分的時候用得上……但是我們俱樂部和外頭的俱樂部不一樣，積分沒有什麼用，被人帶上來的，很容易也會輸掉，沒什麼意義……」

艾莎卻忽然說話：「我和你上去和他們會會。」

克萊笑了下：「還不服氣？」他按了幾個按鈕，很順利地讓自己和艾莎匹配上了對方的二人小隊。

邵鈞看到對面那女子再次出現，眸光微閃，沉聲提醒柯夏：「小心那女人，她很快。」

柯夏剛剛殺得起了興味，將耀眼的光刃往下一壓，嘴角嘲諷一勾，一雙冰藍的眼睛滿是傲氣：「哦？有多快？」

邵鈞還沒來得及進一步提醒，就看到柯夏拔劍衝了上去，他在身後只看到他一頭燦爛金髮在風中揚起，不由也微微一笑，手腕一抖，也拔劍上前迎戰。

對戰並沒有超過十星分，就結束了。

從房間斷開的時候，克萊喘息著：「好快……怎麼可能……」他抬起頭，額上全是汗：「我知道上一把的羅斯兄弟為什麼應對如此笨拙了，非常暴戾的精神力，那個叫夏的，是不是真的殺過人……」他被對方那可怕而恐怖的殺氣壓制得完全來不及應對，那種彷彿真的能將自己撕碎一般，鋪天蓋地來自精神力的壓迫力和威懾感，讓他對戰之時自然而然畏手畏腳，而一遲疑，就敗了。

艾莎臉色極其難看地點開了剛才的對戰影片重播，速度是她引以為傲的優點。上一次被邵鈞以奇怪的武器打敗，她雖然也承認邵鈞很強，卻也認為對方是以武器之利勝了自己，然而這次對戰對方看著不過是一個少年，卻同樣在速度上碾壓了自己！

她快，對方更快！近身快攻是她擅長，對方卻能更快地反擊！

螢幕上重播的她在近身纏鬥完完全全落於下風，她一直在被動地躲避。艾莎點開螢幕右上角的資料分析測評，上頭有著剛才對戰的速度和力量……她睜大了眼睛，怎麼可能！資料上明明還是自己的速度更快？可是為什麼她還一直有對方比自己更快的感覺？

一旁的克萊道：「一開始我也覺得肯定是那個鈞最難纏，所以還想著穩紮穩打拖住他，等妳解決了那個金髮小子再來一起處理他，結果到最後變成了我被他拖住，咦？」克萊顯然也發現了資料上的不對：「無論是速度、力量，應該都還是妳高於他？」他湊近了看著數據，嘖嘖稱奇：「雖然說資料不是勝負決定的唯一，但是也很能說明問題啊，我說嘛，怎麼可能有人快過妳……當然對方也算快了……」

艾莎沉著臉將影片速度再次放慢，幾乎是拉到了最慢，從一開始放起，克萊這下也看出來了：「他這是不要命的打法啊！本來妳的雙刺都已刺準他的耳朵，速度也比他快，當然他反應也很快，卻完全沒有躲閃的動作，這麼快的情況下，他的本能本來應該是躲閃，他卻仍然進攻……真是不可思議，即便這裡只是天網，他就算不死，精神力也要大大受損，他居然以攻代守，以光刃刺向你，寧願搏個兩敗俱傷……」

不錯，對方不怕死，艾莎卻怕死，躲開了，就為這一招，她再也沒有奪回先機，一直被對方狠狠壓制著打，兩人的速度都太快，以至於艾莎會有對方比自己更快的感覺。

艾莎胸中升起了些許難堪：「我輕敵了。」

克萊呵呵地笑起來：「沒想到啊，沒想到還有比我們更不要命的年輕人呢，即便是地下格鬥場，也很少見到這樣狠的人啊。」

艾莎沉默著繼續看著他們繼續對戰，克萊輕聲問：「原本打算今天就接觸這個鈞的，沒想到多出來一個人，還要繼續嗎？」

艾莎久久凝視著大螢幕上那個金髮少年彷彿爆發一樣的戰鬥，過了一會兒忽然道：「當然要接觸，我覺得我們不僅找到了一個優秀的格鬥老師……連機甲老師，我們也找到了……」

克萊長大了嘴巴：「啊？」

艾莎笑了下：「你再多看看他的打法……這裡頭有很明顯的聯盟軍方學院派的機甲格鬥技套路，非常標準。這位夏，實戰格鬥其實不算多，全靠著經驗豐富的鈞在彌補，我可以肯定他的特長，其實是在機甲格鬥，而不是身體格鬥，這太明顯了。」

克萊猶豫：「要不要還是再回去問問老大吧。」

艾莎蹙眉道：「少囉嗦，這事我做主了。」

柯夏酣暢淋漓地打了一場，退出房間的時候整個人戰意澎湃，湛藍眼睛神采煥發：「速度確實很快！再來一場！」

邵鈞看了眼時間卻已快一個星時，時間要到了，並沒有繼續順著他：「已經三場了，太多的話會影響身體的，我也該下線了。」

他們是由邵鈞帶進來的，柯夏臉上笑容淡了些，卻也知道自己身體不太好。今天還是第一次病了以後上天網，機器人說一個星時後會斷掉天網，再來一場大概是沒時間了。但是，這個人居然能跟上自己的節奏，柯夏若有所思看了眼邵鈞，他在天網進行機甲對戰之時，學校裡的機甲小隊並沒有人能跟上他的節奏，反而總是礙事，但這個人卻不一樣，自己攻擊時的弱處，總是有他。

這個人，很強，他為什麼找自己做戰隊伙伴？他有什麼目的嗎？

不過，自己現在還能有什麼讓人圖謀的？

柯夏默默地加了對方一個好友，邵鈞隨手通過了好友驗證，他們休息的房間門被敲響了。

邵鈞過去推開門，艾莎帶著黑蠍子站在那裡，微笑道：「你們好，我們是俱樂部的管理負責人，已經關注兩位許久，有些事情希望和你們合作，請問有時間談一談嗎？」

邵鈞婉拒道：「我們要下線了。」

艾莎兩眼掃過他身後那不動聲色的金髮少年，他提著一把劍在低頭端詳，筆直的腰杆和動作上自然而然的優雅體現著這少年有著十分良好的教養和家世——來教那群皮孩子實在再合適不過了，至少禮儀上不會太差，年齡看不出多少，但教孩子的確足夠了。她直截了當道：「我們只占用三星分——我們有一些孩子，需要聘請幾位私人教師在天網上進行精神力相關的練習，主要有格鬥技巧以及機甲對戰、精神力操控等等，我們會給予優厚的酬金，希望兩位能夠考慮一下。」

私人教師？聯盟不是所有教育免費嗎？需要額外聘請家教的，只有財大氣粗的高門——但真正的高門當然是一對一的現實家教，為什麼要在天網上找素不相識不知根底的人來做私教？

邵鈞怔了怔，艾莎已經道：「絕對比您現在陪練的報酬更高，並且我們可以預支三個月的酬金——兩位都是十分難得的人才，如果我沒有猜錯的話，這位夏先生，在機甲方面應該有著極其難得的天賦和造詣，而且應該是受過聯盟正統的機甲教育，我們也希望能聘請到夏先生擔任機甲家教。」

柯夏淡淡道：「不必了，我每天上天網的時間有限。」他就不必誤人子弟了。

天網上看不出年齡，但是他確實很年輕。

艾莎卻並沒有等他推辭的話說完：「那些都是孩子，未成年人上天網是有時限的。每天只需要你兩星時。」

他一個癱在床上不能說話甚至不能眨眼的人，有什麼辦法說服他的機器人每天給他兩星時上天網？他臉上冷冷道：「不，謝謝。你找他吧，我下線了。」

艾莎皺了皺眉，看著面無表情彷彿在想什麼的邵鈞，多年驚人的直覺告訴她，這位鈞會聽從這個年紀更小叫作夏的人。她看著對方果真毫無興趣的轉身要下線的樣子，連忙拋出了殺手鐧：「我們有一具十分珍稀卻從來沒有人能夠駕馭的機甲！」

柯夏站住了，艾莎雙眸亮得驚人：「從來沒有人能夠成功駕馭，是我們一位機甲製造師設計出來的，他一直說假如有一天能有人能使用那台機甲，他就將那台機甲贈給他……那具機甲的能源核心和別的不一樣。當然，真的機甲可能距離您比較遠，我們可以先提供天網模擬機甲給您試試。」

柯夏微微抬了下巴斜著看艾莎，這個表情其實殊為不敬，但他那種理所當然居高臨下的矜貴傲慢，做出這表情卻只讓人感覺不該惹他不快：「我很忙，沒有固定的時間。」

艾莎一口答應：「任何時間都可以！只要您上線有空時聯繫我，我就可以安排。」她轉眸看到邵鈞，笑道：「這位先生也一樣。」

邵鈞點了點頭，看到柯夏身子變成了虛影，定時的時間到了，他也迅速退出了天網。

——〈第二集待續〉

高寶書版集團
gobooks.com.tw

FH052
鋼鐵號角 1

作　　者　灰谷
繪　　者　HONEYDOGS 蜜犬
編　　輯　賴芯葳
美術編輯　彭裕芳
排　　版　彭立瑋
企　　劃　黃子晏

發 行 人　朱凱蕾
出　　版　朧月書版股份有限公司
　　　　　Hazy Moon Publishing Co., Ltd
地　　址　臺北市內湖區洲子街 88 號 3 樓
網　　址　www.gobooks.com.tw
電　　話　(02) 27992788
電　　郵　readers@gobooks.com.tw（讀者服務部）
傳　　真　出版部　(02) 27990909　行銷部 (02) 27993088
郵政劃撥　19394552
戶　　名　英屬維京群島商高寶國際有限公司台灣分公司
發　　行　英屬維京群島商高寶國際有限公司台灣分公司 / Print in Taiwan
初版日期　2022 年 11 月

本著作物《鋼鐵號角》，作者：灰谷，由北京晉江原創網絡科技有限公司授權出版。

國家圖書館出版品預行編目 (CIP) 資料

鋼鐵號角 / 灰谷著 .-- 初版 . -- 臺北市：朧月書版股份有限公司出版：英屬維京群島商高寶國際有限公司臺灣分公司發行 , 2022.11-
　面；　公分 .--

ISBN 978-626-7201-16-9(第 1 冊：平裝)

857.7　　　　111015672

I L L U S T

蜜 犬
HONEYDOGS

안녕하세요, 일러스트레이터
꿀강아지 입니다.
이 자릴 빌어 인사드릴 수 있어
정말 기쁘고 영광입니다.
모쪼록 작품에 작은 즐거움을 드릴
수 있는 일러스트가 되었길
바라봅니다.
언제나 건강하시고 행복한 하루
되시길 바랍니다.
감사합니다!

大家好，我是插畫家
HONEYDOGS蜜犬。
我非常高興也很榮幸有這次機
會能跟大家問好。
希望我的插畫能為作品帶來更
多的快樂。
祝大家身體健康，度過幸福的
一天。
謝謝！

朧月書版
FB：facebook.com/hazymoon.tw
IG：instagram.com/hazymoon.tw

IRON HORN

聯邦元帥柯夏的機器人叛逃了。

明明更艱難的時候，機器人都不離不棄，

竟然是在他功成名就後遭到背叛。

但還來不及審訊，反對派的炮彈就摧毀了元帥府邸。

雖然在廢墟中找回了中樞晶片，卻無法複製出那個獨一無二的機器人。

邵鈞意外穿越到機器人身體裡，

好不容易將命途多舛的小主人養成聯邦元帥，

還以為終於可以重獲自由，沒想到卻出了點意外……

「你現在和我說你再也不會逃，乖乖留在我身邊，我就放開你。」

ISBN 978-626-720-124-4 (857.7)
9 786267 201244
NT$360
朧月書版